乾隆下江南

不题撰人

著

中国文史出版社

图书在版编目（CIP）数据

乾隆下江南／（清）不题撰人著. -- 北京：中国文史出版社，2019. 12

ISBN 978 - 7 - 5205 - 1907 - 6

Ⅰ. ①乾… Ⅱ. ①不… Ⅲ. ①长古典小说 - 中国 - 清代 Ⅳ. ①I242. 47

中国版本图书馆 CIP 数据核字（2019）第 300918 号

责任编辑：李军政

出版发行　中国文史出版社

社　　址　北京市海淀区西八里庄路 69 号院　　邮编：100142

电　　话　010 - 81136606　81136602　81136603（发行部）

传　　真　010 - 81136655

印　　装　廊坊市海涛印刷有限公司

经　　销　全国新华书店

开　　本　787 × 1092　1/16

印　　张　17. 5

字　　数　224 千字

版　　次　2021 年 1 月北京第 1 版

印　　次　2021 年 1 月第 1 次印刷

定　　价　52. 00 元

出版说明

　　中国的文学作品具有鲜明的时代特征。明清是小说的繁荣岁月，这两个时期留下了大量的小说作品。

　　这些作品不仅是研究中国文学的宝库，也是研究中国语言发展的资源。更重要的是，虽然这些只是文学作品，但是其中包含有大量的历史知识，通过这些作品，我们还可以了解明清时代的社会、文化、生活、经济等状况。

　　虽然明清时期留下了大量的小说作品，但多是刻版印刷而成，且质量参差不齐。鉴于此，我们整理出版《明清小说书系》丛书，一是希望能为中国文学史的研究提供一份助力；二是希望能为中国语言发展的研究提供一些文献；三是希望能为明清时期的历史研究提供一些资料。

　　以今天的观点来看，毋庸置疑，明清小说中存在很多不合时宜甚至是糟粕的东西，这是我们在此提醒读者需要注意的问题。我们希望读者能够在阅读的过程中，取其精华，弃其糟粕。同时，尽管我们兢兢业业，但不足之处在所难免，不当之处，敬请读者谅解。

目 录

第一回

北京城贤臣监国
瑞龙镇周郎遇主

　　话说自李闯乱了大明天下，太祖顺治皇帝带兵过江，定鼎以来，改国号曰大清。建都仍在北京，用满汉蒙古八旗兵丁，从北至南，打成一统天下。开基创业以来，九十余年，传至第四代仁圣天子，真是文能安邦，武可定国，胸罗锦绣，满腹珠玑，上晓天文，下知地理，三坟五典，无所不通，诸子百家，无所不读，兵书战策，十分精通，十八般武艺，件件皆能。是时天下太平，人民安乐，八方进贡，万国来朝。真马放南山，兵归武库，偃武修文，坐享升平之福，有诗为证：

　　　　天地生成大圣人，文才武艺重当今。

　　　　帝皇少见称才子，独下江南四海闻。

　　却说一日，五更三点，圣驾早朝，只见左边龙凤鼓响，右边景阳钟鸣，内侍太监前呼，宫娥翠女后拥，净鞭三下响，文武两边排。圣天子驾到金銮宝殿，升坐龙案之上。王公大臣，六部九卿，及内外大小臣等，三呼万岁，朝见君王。圣上传旨，即赐卿等平身，遂启金口说道："朕今仰承祖宗基业，借尔大小臣工之力，上天眷佑，风调雨顺，国泰民安，坐享太平，实乃万民之福。昨日偶然想得一对，尔众卿可为朕对来，重重有赏。"众大臣齐声答道："陛下有何妙对，求御笔书下，赐予臣等一观。"圣上闻言，

1

即命内侍奉上文房四宝，浓磨香墨，慢拂金笺，御笔写出一联云：

　　　玉帝行兵，雷鼓云旗，雨箭风刀天作阵。

　　写毕，赐予众臣观看。众大臣见了此对，各人面面相觑，无一人对得。天子在龙案之上，见了这个光景，龙颜不乐。那时有一个大臣上前启奏。圣上一看乃是文华殿大学士陈宏谋，便问道："卿家可能对得此联吗？"陈宏谋奏道："老臣才学浅陋，不能对得。老臣有一门生，是广东番禺县人，现是新科举人，来京会试，姓冯名诚修，此人才高学广，必能对得此联，望陛下准臣所奏，宣冯诚修到来一对。"天子开言问道："此子现在哪里？"陈宏谋道："现在臣家。"天子即命黄门官："传朕旨前往陈宏谋家，立召冯诚修前来见朕。"黄门官领了圣旨，直到陈府宣召冯诚修。诚修望阙叩头，谢了圣恩，即随了黄门官，直入千朝门，黄门官带领引见，俯伏金阶，三呼万岁，朝见已毕。天子即开金口，御赐平身，问道："闻卿博学高才，朕有一对，卿能对得，重重有赏。"冯诚修奏道："小臣岭南下士，学识庸愚，谬承陈老师保奏，诚恐对得不工，有辱圣命，其罪非小，望陛下总臣之罪，赐臣一观。"天子闻言，即在龙案取了方才的上联，交内侍赐予冯诚修观看。又命内侍另赐文房四宝一副，就如殿试一般。冯诚修接了那金笺一看上联，毫不思索，举起笔来，一挥而就。殿前官便接了，进呈御览。天子龙目一看，他写得龙蛇飞舞，十分端楷，其对的下联云：

　　　龙皇夜宴，月烛星灯，山肴海酒地为盆。

　　天子看了，不觉哈哈大笑，极口赞道："卿才冠中华，深为可喜！"又将龙目一看冯诚修，眉清目秀，一表人才，出口成文，如此敏捷，圣心大悦。即着御前供奉官，在金殿之上，赏赐御酒三杯，金花彩红，护送回陈宏谋相府。候会试之后，另行升赏。诚修叩头，谢过圣恩，回归陈府，不在话下。

　　且言天子赏了冯诚修之后，遂问各大臣："孤家意欲前下江南，游玩一

2

番，卿等众臣，有何人能保驾前去？"连问三次，并无一人敢应，天子不觉大怒，说道："寡人不用你们保驾，独自一人前去。"随即传旨退班。各官退出，圣驾转到人和殿，御笔写下圣旨一道，交予掌宫太监荣禄，面谕道："朕往江南，游山玩水，久则十年，少则五载，自然回来，你明早可将此旨，交予大学士陈宏谋、刘墉等开读便了。"说完，扮为客商模样，出后宰门去了不提。

再说次日五更三点，各官齐集朝堂，不见圣驾临朝，只见掌宫太监荣禄，将昨日留下的圣旨一道，交予大学士陈宏谋等，二人在龙案展旨，同读诏云：

脱离燕地，驾幸江南，迟则十年，早则五载，江山大事，着陈宏谋协同刘墉两公料理。各大臣见宏谋如同见朕，钦此。

圣旨读完，各大臣均皆不乐，各自退朝回府，这且慢表。

单言圣天子出了后宰门，扮为客商，慢步行来，不觉到了瑞龙镇，只见街市热闹非常，迎面一座酒楼，招牌上写绮南仕商行台，又一招牌上写的是满汉筵席，京苏大菜。天子看了，放开大步，直上楼中坐下。店小二上前，赔着笑脸问道："客官是用酒饭，还是请客？"天子道："并非请客，你店中如有上等酒菜，可取来便了。"小二闻言，忙将上好酒菜一席，弄得齐齐整整，排列桌上，请客宽用，随在一旁侍候。天子一面用酒，一面道："你这镇上，倒还热闹。"小二道："这里是上京大路要道，近又迎神赛会，所以更加多人，客官不妨明日到此一游。"天子点头道："好！"一宿晚景不提。

次日用过早饭，即把包裹寄在店中，信步前行，只见大街之上，游人如蚁，走了半天，有些饥饿，望见前面一座酒楼，名曰聚升楼，做得高有数丈，楼上吹弹歌舞，极其繁华。门外金字招牌，写的是包办南北满汉酒席，各式炒卖，一应俱全。天子进来一望，酒堂之上座无虚空，再上一层楼，客虽略少，陈设比下边更好。直至三层楼上，只见摆设着无数名人字画和古董玩器，只是客座之中并无一人。天子就拣了一个客座坐下，酒保跟了上来站在一旁，请天子点菜。天子说道："你家有什么上好的酒菜只管搬了上来便了。"酒保听了，遂将酒肴送了上来。天子开怀畅饮，遥望楼下会景十分热闹，圣心大悦。

直饮至申牌时分，会景散场圣天子忙即下楼，那酒保忙把酒菜账算了，也跟下楼来。遂即向掌柜的说："这位客官，共是八两六钱四分。"天子闻言，将手往身上一摸不觉呆了。岂知来时忘了带银两，只得连声说道："来时匆匆，未曾带银，改日差人送来如何？"店家道："岂有此理？这位说未带，那位说没有，饮了酒、吃了菜，众皆如此说改日送来，小店还用开吗？就有泰山大的本钱也不够。若是没有银子，请把衣服留下。"天子闻言勃然大怒道："若不留衣服便如何？"店家说："不留衣服，便不得出店门。你就是当今万岁，吃了东西无钱也得把龙袍留下。"天子听了大喝一声，犹如凭空打了一个霹雳，飞起一脚将柜面踢翻，望着店东一掌打去。只天子是文武全才力大无穷，店东如何挡得住？早已打得各人东倒西歪。正在打得落花流水不能开解之际，忽然门外来了个童子，生得唇红齿白眉清目秀一表人才，急忙上前拦住，说："有话好讲，千祈不可动气。"

天子正在大怒之时，忽见此童子将他拦住，满面赔笑再三劝解，圣心不觉大悦，自然住手。随即问道："你这小童，因何将我拦住？难道店家是你亲戚不成？你姓甚名谁？"小童道："好汉说哪里话来，四海之内皆兄弟也，见有不平之事断无袖手旁观之理，我并非店家亲眷，不过偶然经过，见好汉如此生气特此上来劝解，万祈暂息雷霆之怒，把他不是之处对我说知，或是小事，请看薄面容情一二。古人云：'请留一线，日后好相见。'小子姓周名日清，本处人。舍下离此不远，请好汉到小居一叙如何？"

圣天子见他说话伶俐问答清楚，心中大悦，就将吃了店中酒菜，身上未曾带银等项略叙一遍，末了说道："他说若无银子，就是当今万岁，也要脱下龙袍，如此无礼！"小童闻言道："此乃小事，未知好汉所欠多少？小子代付他便了。"就在身边取出银子一锭约有十两，会了酒银便携了天子的手说："方才匆忙，未曾请教高姓大名。"天子答道："我姓高名天赐，北京城内人。"说话之间不觉已到日清家内。便问日清道："你家还有何人？方才十两银子，恐你父母要追究。"日清道："我的父亲已去世，只有寡母，你老请坐，容我禀知母亲出来相见。"随即进内，把上项事情逐一禀知母亲。

那黄氏安人，见儿子小小年纪有如此志气，也自喜欢，就叫日清倒了一盅茶出来敬奉。天子接了茶，便命日清进内，"替我与你母亲请安。"黄氏在屏风背后忙回说不敢当。一面细看天子，龙眉凤目一表人才，心中想："此人必非常人。"只见天子问道："令郎如此英俊，不知有多大年纪，因何不读书呢？"黄氏答道："小儿今年十五岁，也曾念过书，但恨他喜欢交朋结友，学习武艺，不用心念书，还望贵人指教他，就是小妇人之幸了。"天子道："我倒有句不知进退的话，未审夫人肯容纳否？令郎有这等气概，他日必非居于人下之人，小可现在大学士刘墉门下，意欲将令郎认为螟蛉之子，将来谋个出身，不知尊意如何，可否从允？"黄氏听了，十分欢喜，连道："若得贵人提拔，小妇人感激不尽。"急忙叫日清上前叩头，拜见契父。天子就用手在九龙暖肚内，摘了一粒大珍珠，作为拜见之礼。日清谢过，就送予母亲收了。黄氏问道："贵人现欲何往？可否将小儿带去？"天子道："我今欲到南京一游，令郎如愿往，不妨同去一走。"黄氏应允，即命家人办上酒肴，至申牌时分用完晚饭，日清就背上包裹，拜别母亲随了天子出门。仍回绮南楼客寓，住了一宿。

次早起来会了店钱，出了瑞龙镇往海边关一路而去。晓行夜宿，不觉来到海边关。是日尚早，投了人和客店，小二打扫干净的地方，安顿包裹床铺，泡了一壶好茶，将洗面水两盆放下。天子一面洗去面上尘垢，一面问小二道："此地方可有什么好游玩的去处吗？"小二答道："虽有几处，也多平常，只有海边关叶大人的公子叶庆昌，在庆珍酒楼旁边造了一座大花园，园内有座杏花楼极其华美，为本地第一个好去处。叶公子每日在上游玩，不许闲人进去，如遇他不在的时候进去一游，胜游别处多矣。但他每日早晚必在园内饮酒作乐，午后回府。客官碰巧，这时前去一游，回来用晚饭未迟。"天子遂问店家姓名，就叫小二看着包裹。店家道："小的姓周名洪，坐柜的是我妻弟，他姓严名龄。小的郎舅在此多年，客官放心前去，早些回来便了。"圣天子就带了日清出了店门，问了店家上杏花楼的路，店家道："由此东首大街直行，转过左首海边街上最高的一座楼便是。"日清听得明白即在前引路，正是从此一去，弄得弥天大事，有诗为证云：

帝皇无事爱闲游，柳绿花红处处优。

毕竟恶人有尽日，霎时父子一同休。

　　按下不提。再表圣天子与周日清往东边一路而来，转了弯，果见近海旁大街上远远有一座高楼，楼下四围砖墙围着，上有金字蓝底匾额"庆珍楼"，生意极为热闹。天子分开众人，与日清进了头门，看见两旁时花盆景排列甚多。一望酒堂上客位坐满。正欲上楼，只见酒保上前赔笑道："客官可来迟了，小楼上下皆已坐满，请客官改日再来赐顾。"天子闻言答道："我们不吃酒，只要你引我到杏花楼上一游，重重有赏。"酒保道："虽然使得，只是叶公子申牌时候要回来的。客官进去游玩不妨，第一件不要动他的东西，第二务要申时以前出来，切勿耽误了时刻，被叶公子看见，累小人受责。"圣天子说道："我皆依你。"酒保就在前面引路，来到杏花楼门口遂把门开了，进门一条甬道都用云石砌就，光滑不过，迎面一座小亭横着一块漆底沙绿字匾，写的是"杏花春雨"四字。转过亭子一带松荫，接着一座玲珑峻峨假山石。上了山坡到顶上一望，一片汪洋活水皆从假山四面流聚于中，这杏花楼起在塘中间。这山顶上有座飞渡桥，直接三层楼上，两旁均用小木栏杆悬在半空，极其凉爽。然此特为夏季进园之路，若在冬天，另有暖路可避风雪。这楼造得极其华丽，十分精巧。游廊上陈了各色定窑花盆，盆内都是素心兰等上细的花草。进了楼一看，四面的屏风格子俱是紫榆雕嵌，五色玻璃，时新花样的桌椅俱是紫檀雕花，云石镶嵌。四壁挂了许多名人字画，古董玩具为大众所无。

天子畅游一番，游到三层楼上，见酒厅中摆了一桌酒菜并无一人在座，便道："难道这席是自己受用的不成？好生可恶，还不快去暖酒来，我就在这里吃吧，你要侍候得好我重重有赏。"酒保闻言吓得面如土色，连忙道："此席酒是叶公子备下的申刻就要用的，谁敢动它？未曾进来之先已与客官说明，请你不要妄想，还是游玩游玩早些出去为妙，不要闯出祸来小的就万幸了，现已快到申刻，倘再耽误碰见公子，不但小的性命不能保全，连客官也有些未便。"圣天子听了大怒，喝道："胡说，难道你怕叶庆昌就不怕我吗？等我给你个厉害。"说着就把酒保提起来，如捉鸡一般，便举起望着窗外道，"你若不依，我管叫你死在目前。"酒保大叫："客官饶命！小人暖酒来就是。"天子冷笑一声将他放下，遂道："你只管放心搬酒菜上来，天大的事有我担当！"酒保无奈，只得将叶公子所备下的珍馐美味送上楼来。随即叫人去报知叶庆昌。

不表天子与日清在楼上饮酒，再表叶公子是海边关提督叶绍红之子，奸恶异常，仗了他父亲威势谋人田宅占人妻女刻薄百姓鱼肉客商，其似强盗，所以他如此富厚。绍红见他能做帮手十分欢喜，父子狼狈为奸，万民嗟怨。不知他化尽多少银子造起这座杏花楼，每日早晚同一班心腹到此欢叙，设计害人。今日在家同手下人正商议要事，忽见那杏花楼的家丁，忙奔回来报道："现有两人硬进花园，将公子备下的酒席，硬令店家卖与他吃，酒保不依，他就把酒保打死，已经在楼上吃酒，请公子快去！"公子一闻此语暴跳如雷，即刻传集府内一些家丁教头有一百余人，各执兵器飞奔杏花楼而来。

到了门首，公子吩咐众人："将前后门把住听我号令，叫拿就拿，叫杀就杀，不许放走一人，违者治罪。"遂带八名教头两个门客，当先拥上楼来。只见酒楼上中坐一人，生得龙眉凤目威风凛凛，年约四十岁，旁坐一少年十三四岁生得眉清目秀。酒保侍立一旁，满面悲容。公子见了上前大喝一声道："何方来村野匹夫，胆敢威逼酒保强占本公子杏花楼，吃我备下的酒菜，问你想死还是想活，敢在太岁头上动土，难道你不知公子厉害吗？快把姓名报来，免得我动手。"酒保见了公子急忙跪下叩头道："小的先会再三不肯，奈他恃强，如不依他几乎把小人打死，只求公子问他，宽恕小人之罪。"说着就跪向公子叩头。天子看见这般光景，不由得拍手哈哈大笑。不知说出什么言语，后来如何动手打死叶公子，叶绍红领兵擒捉，忽遭阴谴等情，且看下回分解。

第二回

杏花楼奸党遭诛
海边关良臣保驾

诗曰：

> 为官岂可性贪赃，纵子胡行更不良。
>
> 此日满门皆斩首，至今留下恶名扬。

话说圣天子正与周日清在杏花楼上饮酒，忽听楼下拥上一班如狼似虎之人，为首一人蛇头鼠眼形容枯槁声如破锣，身穿熟罗长衫外罩局缎马褂，足登绣履，口出不逊之言，酒保跪在他面前叩头，不住地称公子，就知他是叶绍红之子庆昌。听他口中一片狂言不由冷笑道："你老爷姓高名天赐，这是我的干儿子，名叫周日清。偶游此楼不觉高兴，就吃了你备下的酒菜，你怎么样呢？你若是知耻的，来叩头赔罪，倘若你说半个不字，管叫你这一班畜生死在目前，若被你们走了一个也不算老爷的厉害。"叶公子一听此言，激得无名火高三千丈，便大叫道："快与我拿他下来！"各教头手执兵器蜂拥上前。天子此时手无寸铁难以迎敌，忙把酒席桌子踢翻，随手举起座下紫榆座椅，向了各人打将过来。天子力大势猛，众教头早有一人被打倒在地，叶公子见势头来得凶正要走时，忽被地下酒菜滑倒。圣天子飞步上前，两手将他提起。众人大骇，要救也来不及。只听天子说了一声："去吧！"向了窗外如抛绣球一般，在三层楼上直抛在假山石上。这楼有八九丈

9

高，抛到石上身已粉碎。众人便大叫："不好了！打死公子了！"当下有几个家丁飞奔回府报讯。各教头见在楼上不便动手，就一齐退了下来，把杏花楼前后门户重重围住。当天子招呼了周日清从楼上打下来，一层层都是桌椅把路拦住。天子打了一层又是一层，已有三分倦乏，及打到门口又遇各教头截住去路。好在天子在楼上拾得一对双刀，日清拾了一对铁尺，故此尽力向外打来。无奈人多难得出来，虽然打死了数十人，其余仍不肯退去，只且按下不表。

再言海边关提督叶绍红，正在街内与各姬妾作乐，忽见来了两个家人跪在地下哭叫道："不好了！公子在杏花楼被两人从三层楼上提了起来，抛在假山石上跌得脑浆流出骨如粉碎。"叶绍红一闻此言，登时大叫一声死在交椅之上。左右侍妾慌忙用姜汤救了，半时之久方才醒来。放声大哭道："我的儿，你死得好苦呀！"便问家人，因何与这两个凶手争斗起来？家人就把上项事情一一告知。就说："现在各教头，已被凶手打伤了数十人，还拼命围着与他死战，不放他们走脱。我们一面守着公子尸首一面回来报讯，只求大人快些点兵去协同各人捉他回来，以报公子之仇要紧。如若迟延，定然被他走脱了。"说完，只管在地上叩头。叶绍红听了，只气得无名火高三千丈七孔内生烟。即刻拔下令箭，亲自带了提标部下五营口哨兵丁飞奔前往杏花楼来。不多一刻早到杏花楼前，只听得一派喊杀之声。登高一望，只见家将们被那两个人打得抵挡不住，看看要突出重围。当下绍红便喝令众兵上前，不一刻见二人勇猛，众人难以抵敌，就暗令各人远远将长绳绊他脚下。

且言天子正在追杀各打手，忽见兵丁越杀越多就知有接应的来了。心中想招呼日清打了出去，只见有许多长绳板凳绊将来，日清早被绊倒，急忙去救时自己也被绊倒。心中一急，他乃万民之主，有百神护佑，泥丸宫真龙出现，只见金光万道上冲云霄。

这日玉帝升殿，查核下界善恶，查到海边关提督叶绍红前生本是灵猴，修炼千年合入地仙之列，因与太行山八百年硕鼠有父子之缘，故令先后下世。本望他爱民惜福，不料他二人投入官家，前言尽背无恶不作，所犯之过，早经空中神祇日夜侍察，陆续奏闻。是日玉帝查明，拍案大怒。忽见守殿仙官跪称："当今天子被叶绍红绊倒，亟须救援。"你道城隍是谁？原来就是做太仓州的陆稼书老爷。玉帝见其前生正直，就令为该处城隍。今三帝见奏，即传令城隍土地及南天门黄灵官等，分头救护，钦此。城隍一领天旨，即同当方土地文武各神兵直奔杏花楼而来。只见叶绍红正在指挥一班兵丁动手。城隍一见大怒，即举手向叶心一指。却说叶绍红因见打死儿子的仇人眼中冒火之时，忽然心中大痛，大喊一声满地乱滚。那些手下见此光景，早把绊天子的绳去了赶来慰问。只见叶绍红口吐鲜血斗余，大喊数声一命呜呼了。众人无奈，只得设法用软轿抬回。所有中军等官不明其故，互相骇异，一时轰动了合城人民，齐来观看探问。有说他是气死的，有说他遭阴谴的。有学问深的说他父子同日死于非命，以平日作为而论之，定受阴谴。此系恶报，于是说他受天谴，大快人心。

且言圣天子被绊倒在地，见绳一松就翻身立起，忙将日清扶起，顺手在地上拾起两把短刀，日清也拾了两根铁尺，正要动手往外打，忽见人渐散去，传说叶提督吐血而亡。暗想此等恶人，不遭天谴也定干国法，今虽死了，必使受戮尸之刑方快天下人心。正与日清提刀而行，遥见客店中的严龄跑得气吁吁来说道："才听人说客官在此与园主打架，恐有吃亏之处，故此奔来探听。"天子一见他，心中大悦道："你来得甚好！"即与严周二人转至杏花楼账房，随手取了一张花笺写了一信，封好了口，正欲与严龄说话，忽闻日清道："孩儿想叶奸臣虽然身死，然他是朝廷大官，今日之事定然要截阻我们不得脱身，请干父早定妙计。"天子道："吾儿放心，管教太平无事，只要烦严龄速将此信连夜送到京城，就有天大的事，都可消得。"即叫严龄前来附耳道："你快把此信送至京城大学士刘墉府中，说有圣旨他自然会接你进去，你可将目下情形说知，叫他快来，自有法儿，你放胆上前去，不可泄露误我大事！"严龄日清至此始知就是圣驾，连忙跪下，口称死罪。天子嘱他不要声扬，立即前去为妙。当下二人知是天子，不由得且惊且喜。

却说那日刘墉正在府中静坐，忽听家人报说："外面来了一人，说有机密圣旨。"不觉大惊，即将严龄请进，排列香案叩头跪读诏曰：

朕游历江南，驾至海边关庆珍酒馆内杏花楼饮酒，因该关提督叶绍红之子叶庆昌欺朕，被朕打死。其父提兵赶来，亦受天谴当场吐血身亡。但查得伊早时为奸作恶，实堪痛恨，望卿见旨，即命九门提督颜汝霖提兵前来，除将该父子戮尸之外，并着将叶氏满门抄斩以伸国法，钦此。

刘墉读毕大惊失色，急忙去拜望九门提督，将圣旨予他看了，随即点齐十八名侍卫，三千御林兵，飞马一般奔到海边关来叩见天子。天子即密下口诏："一着颜汝霖将叶绍红父子戮尸，满门抄斩。所遗之缺，即着山西提督姚文升处理。颜卿家即可带同侍卫等回京。"说完，赏了严龄银两，即令回寓将行李送来，当下与颜军门分手。带了日清，直往江南海青县进发。

一路上天气晴和，晓行夜宿，已到大江边。是日天时已晚，就投店住宿。次日天明起来，搭了一只过江便船，遂与日清持了包裹，下得船来，只见搭客及货物纷纷而来，也觉甚是拥挤。幸喜船内倒还宽舒，只见船主手执一本红纸簿子进了船内。从头舱客起次第收钱，舟中所搭的客人或银或钱都见交予船主，还嘱其虔诚，不知是何缘故。天子好生诧异，随即细问同舟的一个老诚客人。那老客道："客官是初入客途不知风俗，听在下的说来。离此数里大江之中有一座山，上有老魔神庙，这位老魔神十分显圣，来往客商从此庙经过都要捐银，备了猪羊祭礼虔诚到庙祭谢求其庇佑，自然太平过江，若不如此，就是风平浪静，将到彼岸也折转来，舟沉覆没性命难保。此是向来规矩，少时我们到了庙前，也要上去敬香呢。"正说着，船主已到跟前，圣天子冷笑道："你们不要如此破费银钱，只管放心开船，大江中如有风险，老魔神作怪，我有异人传授符咒，使将起来包管你们平安无事。"各人听说齐道："客官如没有银钱不妨直说，我们代你二位多出些便了，这事不是当玩的，合船数十人的性命呀。"当下众人都不信他有法术，情愿代他出钱。天子见众人如此，眉头一皱计上心头，回首在贴肉汗衫内五宝珍珠纽上，解下一粒避水珠藏在手中，这珠有五粒，是金木水火土五行宝珠，做在贴肉汗衫纽上，因此刀兵水火不能近身。将来后段提及汗衫之时再详细表明，按下不提。

且说天子对众人道："列位不信，看我作法，分开海水给你们看如何？"众人齐声道："如此好极！"天子就到船边，众人来看，天子把此珠握在手内，假作念咒，将手向水中一分，只见海水登时裂开有几丈远、丈余深，众人称奇喝彩。天子将手提起，水仍合拢。众人多深信不疑，船主就将先收的捐钱，照旧退还各人。随即开船，挂上风帆，乘了顺水，如箭一般行去。看看到了老魔神庙前，只见庙里鸣钟擂鼓，香烟蔼蔼。庙门外停的船有百十号，鸣锣放炮之声不绝，只有圣天子这船并不停留，一直冲波逐浪前去。

此时正当日午，风清气朗。却言那船正往前行，忽见来了一阵狂风波浪打到船上来不能向前，各人坐在舱中衣服也被浪打湿了。众人便大叫道："客官快些使法术呀，性命要紧，此必是老魔神来显圣了，若再迟延我们同老兄多要葬入鱼腹之中了。"此时天子闻言，心中一想，当初唐太宗跨海征东，曾遇龙王来朝，风浪大作几乎翻船。后来御笔写了"免朝"二字放在水中，就风平浪止。大约朕今日过此，也是龙王来朝亦未可知，朕且写"免朝"二字放下水看是如何。就对众人道："待我来画符。"忙取了一张红纸，口中假做念咒，即舒开御腕，一笔写成"免朝"二字，叫日清走出船头放下水中。说也奇怪，红笺一下水，霎时间浪止风平。众客人见他如此神验，都欢呼拜谢。自此以来，曾经天子金口说过，不用拜祭，老魔神就不敢擅威作祸，直至如今，来往客商省了无数钱财，表过不赘。

当日平安，一路行来别无阻挡，不觉船到埠头，当下众人起货，纷纷上岸各投住处而去。周日清就跟随天子沿街而行，只见海旁一带房屋，造得极其富丽，与江北景况大不相同。往来游船画舫，笙箫管笛之声不绝于耳。二人慢步行来，抬头见许多牌坊都题的是古来忠孝节义的名人。流芳旌表，以风于世。好一个南京地面，正在观之不足玩之有余，不提防顶头来了一人与天子撞了一个满怀，一脚踏在袜上。那人慌忙打恭，赔了不是又往前飞跑，满面愁容望着前途若有所候。天子看了这般光景，知他必有紧要之事，即回身赶上将他一把拖住问道："你因甚缘故这等慌张？详细告我！"那人道："小可适才污了尊足实是无心，请即放手勿误我救命大事。"说着又挣脱而去。天子追着问道："你有什么事情不妨对我说知，或可分忧一二。"

那人闻言，回转身来深深一拱说道："我听阁下口音不似这里的人，请问尊姓大名，何方人氏，到敝处何干？"天子道："在下姓高名天赐，北京人，现在中堂刘墉门下帮办军机事务，闻得南京好风景特地到此一游。这位是我的干儿子，姓周名日清，带他来长长见识。你有什么要紧事儿，快快说给我听。"那人听了喜道："踏破铁鞋无觅处，得来全不费工夫，小可正为家兄叫我出来寻访大贤，不期凑巧遇着，这是我的侄女该灾难满了。在下姓陈名登，家兄名青，本地人氏，家中颇有家财，只可惜兄弟二人并无儿子，只家兄单生一女名唤素春，今年才十六岁，许配了肖家，现在男方已不日来娶，忽被妖怪缠住，弄得她七死八活，害得我一家慌张无主，也曾请过许多法师来收他都不中用，几乎这些电迷道士被妖怪吃了。无奈又请高僧打斋念经，也不中用，弄得我们兄弟二人无法可施。昨夜家兄忽

14

梦见一位金甲神人说：'今日今时，搭船到了北京来的一位高天赐老爷和周日清公子，打从这条路来，此二人有绝大的神通，能除妖怪救得侄女的性命，千祈请他回来不可错过。'所以家兄绝早，就吩咐我在此守候，不期神圣之言果然应验，巧遇二位大贤到此，务望大发慈悲广施法力，救得我侄女残命，愚兄弟情愿酬谢白金三万两明珠一百粒，以报活命之恩。"不知圣天子如何回答，能否收得这个妖怪，正是：

　　　　　　欲观天子渑妖怪，更见佳人配艳夫。

　　后事如何，且看下回分解。

第三回

退妖魔周郎配偶
换假银张妇完贞

诗云：

> 假托妖魔却是神，只因做合结成亲。

> 可怜世宦官家子，为骗钱财丧了身。

话说陈登说明神人指点，今日幸遇贵人，总求大发慈怜，请去救活侄女收了妖魔，不但侄女儿感谢，就是我兄弟合家人口也沾二位大贤莫大之恩。说罢倒身下拜，叩头不止。圣天子不待说完，连忙扶起，心中十分惊疑，答道："不瞒陈兄，我实在未曾学过收妖之法，若论武艺功夫倒还懂些，只是妖魔鬼怪云来雾去，你不见他他能见你，有力也无处施，这就难以效劳，请你另访高人收此妖怪，免误大事。"陈二员外一听此言，疑是他推却不肯，只得又跪下哀求道："贵人到此是神人的指引，如此应验，更叫我去什么地方另访高人，断不肯当面错过这个机会误了侄女的性命。"说完，伏在地下痛哭哀求。

早有跟随陈登的家人，飞跑回来报知大员外。陈青一闻此言，即刻备了两顶轿子亲自带领赶到跟前，也就跪下叩头哀求。过往的行人看见这个光景，不知是何缘故，就围了一大堆人。其中有知陈家被妖怪扰害的，想必是请他们去收妖。有不知的，议论纷纷，十分拥挤。倒把圣天子弄得没了主意，只得把陈氏兄弟极力扶起。便道："你们且站起来再为商酌，不必如此。"正欲用些言语宽慰，以为脱身之计。不料旁边周日清到底是小孩子脾气，不知妖怪厉害，年纪又小，心肠又热，禁不起人家哀求，他早已流下泪来。说："干爹向来肯济困扶危的人，为何不允许了他，同孩儿到他家，拼力会一会这妖怪，或者能把妖怪捉着了，给他家除了一害也未可知，何必苦苦推却，望寄父亲应许他吧。"话未说完，早把陈氏兄弟二人喜得跳了起来，说道："令郎已经恩准了，万望上轿到舍下去吧。"当下不由分说，把圣天子推进轿内，周日清也坐了一顶跟随在后，往陈家庄而来。

到庄上早有手下人把中门开了，一直抬到大厅下轿。此时天子只得说道。"我们本不会法术捉妖怪，因见你们这样哀求，我的小孩子又应承了，只得去会一会妖怪，捉得来是你家的造化，捉不来可不要见笑。但不知道妖怪藏在什么地方？望你们带我二人去看一看方好动手。"陈青道："现今天色尚早，妖怪还未曾来，小女的卧房在后花园牡丹亭内，大贤请宽坐一刻，待小人备杯薄酒与贵人助威。"天子道："既然如此，可请令爱到别处躲藏，这席酒可就摆到令爱房内，我饮着酒守候妖怪来。"陈登问道："不知贵人要用何物？请吩咐下，我们好预备。"天子道："你备一根铁棍给我做兵器，其余多挑几个有胆力的庄丁随着我儿，一见妖来在亭后鸣锣放枪炮，高声喊叫以助威风，门房各处多设灯球火药，另把上好玻璃风灯多点几盏，防备妖风吹灭了灯火。妖怪是个阴物，最忌阳气，哪有火药的东西最宜多烧能够避邪，你们有惧怕的，只管请便。"陈氏兄弟随即就命人办齐了应用各物，把酒席设在女儿房内，遂请天子父子到后花园。来到了房中，只见摆着一桌满汉大席，天子父子二人坐了客位，陈氏兄弟主位相陪。时已到未牌，天子见事已如此，也就放开酒量开怀畅饮，与陈氏兄弟高谈阔论。

看看吃到黄昏时候，酒也有了几分醉意，随即用了晚饭，撤去残席另换果碟下酒慢慢等候妖怪。闲谈时已交二鼓，一轮明月照耀如同白昼。大家又谈了许久，天子将身离席，下阶解手后复同日清陈氏兄弟在阶下小步。举头望月将及三更，忽见东北角上来了一朵黑云，如飞直奔亭中而来。霎时间起了一阵狂风，飞沙走石遮得月色无光，四处灯火灭而复明。众人知是妖怪来了，都皆躲入后座。

天子龙目一看，只见半空中落下一个道者，有三十多岁，面白无须，身穿蓝袍，头戴角巾，脚蹬云鞋，腰束丝绦，身旁佩剑，手执尘拂，到了亭中喝道："谁敢在此饮酒？扰吾静室。"天子大声骂道："何方妖道，在此兴妖作怪，淫污良家妇女，好好听我良言，早早收了念头，改邪归正。如迷而不悟，就要五雷轰顶，永受地狱之苦，那时悔之无及。"道者闻言，大吼一声道："你好大胆，敢管闲事，想是活得不耐烦了，我与陈素春有宿世缘，他家也曾请过许多高僧高道，奈何我不得，我因他们都是哄骗钱的角色，才饶了他们的狗命，你有多大本领，敢如此出言无状得罪贫道？快快避开，若再多言恐你的赏钱就得不成了。"这一番话，只激得天子气冲斗牛，大喊道："我高天赐若不把你这妖道劈为两截，也不算好汉！"说着就举起铁棍，照头就打。

道人忙拔剑相迎，二人搭上手，战了数十回合。天子打得性起，只见这铁棍一派寒光，总不离妖道头面左右打将去，后面众人齐声喊杀助威。周日清又督着些人，把洋枪花筒向妖道乱打。妖怪抵挡不住，他手中之剑又是短兵器，哪里敌得天子这条铁棍？招架不住，就虚砍一剑急忙就走。大叫："不要追来！"天子不舍，在后紧紧追了下去。当下众人也远远地跟着，妖怪回头看见追得紧急，即在地下一滚现出原形。

天子正在追赶，忽见妖怪现了原形，身高丈余，腰大数围，头大如斗，满面红毛，眼似铜铃，张开血盆大口，舞动利爪，向天子顶门扑来。天子吓得魂飞魄散，那泥丸宫一声响亮，出来一条五爪金龙，将妖怪挡阻。那道者知是天子驾到，就化了一阵清风，留下一张柬帖而去。是时天子见他逃走去了，后面日清及众人也赶上来，齐道："幸亏方才一道金光把妖怪吓走，不然险被他伤了。"日清遂在地下拾起一张柬帖，呈予天子接了，在灯光之下一看，只见帖上写道：

前生注定这鸳鸯，不该错配姓肖郎。

太白金星神阻挡，日清素春结凤凰。

当下陈氏兄弟二人听见天子念出红帖上的四句诗，忙以手加额道："却原来小女与肖家无缘，应该配令郎周日清。既蒙神人点化前来做合，不知贵人肯允从否？如蒙不弃，愚兄弟愿与贵人结为秦晋之好。"天子听了不胜之喜，便答道："如此好极！"但是在客无以为礼，遂在身上解下一粒明珠送予员外作为聘礼。陈青收了，随即焚香点烛，同大家当天拜谢太白金星为媒之德，就请他父子二人在书房内安歇。

兄弟二人告辞进内，告知院君们知道，彼此十分欣悦，一宿无话。次早起来，吩咐家人备办成亲喜酒。肖家因素春被妖怪侵害，员外已与当面说明，四处出下榜文，有人能除得妖怪救了女儿性命，就把女儿许配他。肖家久已应承退亲，所以招赘日清之事，毋庸与他说知。故嫁妆也是现成的，极为省事。随即到书房见天子，问了日清今年十五岁，素春大他一年十六岁，就把二人八字写了，去请一位算命先生择好一个吉日成亲。就选了明日寅时大吉，员外随即叫人知会亲友，就将牡丹亭绣房打扫干净，做了新人卧室。一到次日，各亲友前来拜贺，晚间笙箫鼓乐送入洞房花烛。郎才女貌，十分恩爱。员外安人得了这个女婿，称心满意，这且毋庸多赘。

单言天子在此间欢饮了喜酒，韶光易过，不觉过了三朝，遂与陈氏兄弟说知，因有事不能久为耽误，刻下就要动身，再图后会可也。当下带了日清拜别起程，员外同众人多依依不舍，殷勤送出庄来珍重而别。

日清带了行李，随着天子一路晓行夜宿。一日，天色将晚，正欲投店，忽见前面海边树林阻住去路，耳边水声不绝，转过林外见一条大河，一带并无船渡。只见一怀孕妇人抱了一个岁余的孩子，后跟了三个儿子，最大的在六七岁光景，在叫天呼地地痛哭，意将投水，悲惨之形人不忍见。天子急忙上前拦住，谁知那妇人反倒放下脸来骂道："我与你这汉子非亲非故，男女授受不亲，你何得擅自动手阻我去路？如此无礼，快快与我立开些！"天子被骂，怒道："古云救人一命值千金，岂有骂我之理？你既寻死路必有冤情，何妨对我说知，或可代你出力，免累一条小孩子的性命。"那女人道："我这满腹的冤情，除非当今万岁才能与我做得主，就告诉你也无用。"天子道："我高天赐现在办理军机，宰相刘墉的门下，尽可为你申冤，你可细细说来我自有道理。"

那女人道："如此请听禀，奴乃本处人氏，姓高，配前村张桂芳为妻，丈夫向来挑担贩卖鸡儿度日。因前村区家庄新科翰林区仁山，昨日他儿子做满月买我丈夫一担鸡，共该价银十两三钱八分，我丈夫是小经纪的人不识银子好歹，谁知交来的银子都是铜的，去与他换他不肯承认。我丈夫一急就与他争闹，错手打伤区翰林的左额，被他喝起家丁将奴丈夫锁进金平县，严刑逼认白日行刺问成死罪，现已收监。要把奴卖落烟花，奴被逼不过只得投水自尽以存贞节。客官能搭救奴丈夫出狱，恩沾万代。未知贵人肯与小妇人做主否？"

天子闻言大怒道："这狗子如此无理，真是可恶，我因有要事不便久留与他作对，也罢，我给你百两银子，你可到区家与他善言说和赎回你丈夫便了。"那妇人拿了银子，千恩万谢叩头起来，就携了儿女而去。走了数步，复转来跪下说道："不识恩人尊姓大名，住居何处？小妇人夫妇好来拜谢，若区仁山不允和息，也好来禀知另求设法救我丈夫。"天子微笑答道："我姓高名天赐，偶然经过此地，你也不必谢，倘区仁山不肯干休，我明日准到你家探讯便了。"当下分了手，就在本村投了客店住了一宿。

次晨起来，付了店钱与日清一路问到张桂芳家，见了高氏，她婆媳二人十分感激。高氏就请婆婆带了一百两银子到区家去说和。约有两个时辰，只见他婆婆杜氏披头散发一路痛哭，拿了银子回来说："被区仁山将钢银顶换，反将我乱打出门，口称不允私和，定要把我媳妇卖入烟花，如此良心丧尽欺我孤儿寡妇。"天子一闻此言，真难忍耐，随即叫杜氏引路直至区家庄。到了门口，就命杜氏回去。叫庄客通报，区仁山接了进去到书房坐下。茶罢，彼此通了姓名，天子就将张桂芳之事再三讲情，说："我望仁兄看我薄面，可怜他一家老小性命，若能释放我也感德不浅。"仁山道："既是如此，可将十万银子交来我就放他便了。"天子道："你要十万银子也不为多，只问我的伙计肯不肯？"仁山道："你的伙计在哪里？"天子把两手一扬道："这就是我的伙计！"说时迟，那时快，将仁山一掌打倒，跌去丈余。仁山爬起来，就叫二三百个家丁，齐拿兵器，将前后门把住不许放走。当下众庄客一声答应而去，又命几个教师，手执刀枪奔入书房，正是：

任君纵有冲天翅，难脱今朝这是非。

　　不知后事如何，且看下回分解。

第四回

区家庄智退庄客
金平城怒斩奸官

诗曰：

仗势欺人总不宜，祸到临头悔恨迟。

为官若欲徇情面，管教性命丧当时。

话说区仁山齐集庄丁教头，喝令捉拿高天赐重重有赏。已把各处路口守得水泄不通，自己却在旁观战。当下天子举起座椅，望着众人打将过来，早把一人打倒。飞步上前夺了他手上的刀，大杀一阵。虽然杀伤十余人，因他重重把守，各庄客拼命死战不肯退下，天子无路可出。忽然一想，我今别无出路，何不用关云长单刀赴会挟鲁肃出园之计，以救目前之急？立了这个心，就一步一步退到区仁山身边来了，出其不意大叫一声，将仁山拦腰一把挟了起来。就把左手的刀，在仁山头上磨了两磨。仁山吓得魂飞魄散，大叫好汉饶命。天子喝道："你若要狗命，快叫庄客们退下，开了门送我出去，若稍迟延，我先杀了你再杀他们！"仁山连忙道："我就叫他们开门便了。"遂叫众人不要动手快去开门，请高老爷出去。庄客们一声答应，把兵器丢了，一路开门不敢拦阻。

天子遂将刀架在仁山颈上，眼看四路耳听八方，挟了他走出庄门之外。意欲把他放了，回头一想道："我若把这狗子放了，他必定追来，虽无大碍

22

也要大杀一阵，万一被他暗算了到底不妙，莫如我把他拿到县里去，再摆布他便了。"当下就一手挟着仁山，大踏步往金平城而来。

入城来到衙门，将仁山放下，拿住他辫子，上前提起拳头将鼓乱打大叫申冤。县主随即升坐大堂，令行役把二人带进，问道："你等有何冤情？快禀上来。"仁山被挟得气喘未定，不能即答。天子随即上前说道："区仁山私造伪银，恃势骗混张桂芳鸡儿一担，因换银子彼此争论，反诬他白天持刀行刺，瞒禀父台，经已收监，又要把他妻子发卖烟花，逼她母子投河自尽，幸遇小可救回，因怜无辜赠她白银百两，着桂芳之母杜氏前往恳求赎回桂芳以息争讼。不料仁山天良丧尽，又复将伪银顶换，乱棍把杜氏打回哭诉于我，只得亲到仁山家再三善言劝解，本欲多补些银子了结此事，免伤几条性命。哪知他出言无状，要索十万银子方肯罢休。小可以正言责了他一番，他不但不从，反喝令他家丁二三百人齐用兵器围住我厮杀。我万难脱身，不得已拿他开路吓退庄客，故此来见县尊，务求明镜高悬为民申冤除害，实为公便。"

仁山此时气喘定了，方上前打恭道："这高天赐是江洋大盗意欲打劫小庄，被晚生识破机关不能脱身，反陷晚生私造伪银强逼民命，望老父台明镜见万里为晚生做主，感恩不浅。"天子就把顶换的一百两银子送上说："贵县主验明伪银，望即派人查抄他家内必有证据，如有虚言甘愿反坐。"这位徐知县虽是清廉，但生性懦弱诸多畏惧，当下听了他二人口供，腹内明知区仁山品行不端恃势害民。因他与知府是同年交好，往往朋比为奸。自己官小，奈何他不得。又看这高天赐仪貌堂堂，有如此胆量必是有脚力之人，也不敢为难，忽想到何不将二人解到府衙听其发落有何不妙？遂传集两班衙役，带了高区二人亲解上府。

却说到府署，随即进内禀了知府胡涛，当即告退回行。胡知府也随即升堂，传进二人略问几句，不管皂白就将区仁山释放回家。在公堂上将惊堂木一拍，喝令把高天赐押下候办。天子不觉勃然大怒，大骂："昏官，枉食朝廷俸禄，包庇乡宦，偏断重案，通同作弊，剥害良民，问你该当何罪？死到临头还不知道，谁敢办我？"狗官胡知府被骂，便喝叫手下："与我重打一百嘴巴。"差役答应一声正欲上前，早被天子飞起左脚把这差人踢下丹墀，又有数人扑上来，多被打得东倒西歪，不敢上前。知府见势不好正欲逃走，早被天子将知府一把拖了下来，按倒在地。胡知府大呼救命。但众人谁敢上前？天子打得性起，用脚在他背上一踏，用力太猛，只见胡知府七孔流血呜呼哀哉！早有衙役飞报臬台黄得胜，这黄得胜字粥臣，湖南人，与弟有胜同在衙中，忽闻有人在公堂上打死胡知府，即刻飞调游府，点兵前往捉拿。又传令紧闭各城门，一面点齐衙役，前往会拿。各处路口派人把守，按下不表。

再言天子走入二堂，寻到一把大刀，复出大堂将胡知府一刀斩为两段。随即出了府署，行未数步，只见街上兵马围拢来。天子心中一急，就奋勇杀将上去，连杀十余人，手中大刀已不堪用了，兼且越杀越多，不能突围。且街路又狭，不便用武。游府许应龙督领兵丁，会合臬署差人，用绊马绳绊倒天子。幸而身上有五宝衫护着龙体，再有神兵暗助，因此毫不受伤。各兵一拥而来，同到臬宪衙中。黄得胜即刻升堂，吩咐将人带上，定睛一看，原来是当今圣上。得胜在京多年，因此认得，斯时大吃一惊，不知圣驾因何到此。只见天子昂然直立，冷笑两声说道："黄得胜，你可认得我吗？"得胜此时连忙吩咐将他带进后堂，传令掩门，书差各人退下。与弟有胜，急上前亲解其缚，请天子上座，朝见已毕跪问圣上："因何到此？臣等罪该万死，还求陛下宽恕。"天子道："不知者不罪，卿家何以认得寡人？"得胜道："臣当年在京当差，因此认得圣容。"天子道："卿既忠于国，朕当嘉奖，今日之事卿宜守秘，可速备人马，候朕旨到去捉拿区仁山，不可有误。朕因欲往江南一游，就此去也。"兄弟二人即易便服，私送出城叮嘱而别。

再言天子回到店中，对日清说明，一宿无话。次早写下密旨一道，着店家送往江苏巡抚署中，赏银十两作为路费，嘱其切勿迟误。店家取了书银，立刻起程而去。天子便命日清收拾行李，投往别店住宿不提。

再言现任江苏抚台，姓庄名有慕，系广东番禺县人，是状元出身，历任江苏巡抚。一日在署，忽接得密旨一道，忙排设香案，跪读诏曰：

朕来游江南，路经金平府区家庄，遇民张桂芳之妻高氏，携带男女五口连孕六命，欲投水自尽，凄惨之形目不忍见。再三询悉，为区仁山翰林诬陷其夫于死罪，威逼此妇发卖烟花，因欲存贞故而自尽。朕当即面见仁山调处，几为所害。金平府胡涛狼狈为奸被朕手刃，幸遇枭臣黄得胜送朕出城。卿见旨，着即点齐人马会同该按察司捉拿区仁山，就地正法不得有违，钦此。

庄大人读罢圣旨，谢了恩，即点齐五千兵马，与中军王彪连夜赶到金平府扎下行营，令人知会黄得胜。当下黄枭台领了合城文武，来到行营参见。遂与各官到店迎接圣驾，岂知天子已于昨日起程去了。此时各官即会合大军，将区家庄围住。

区仁山一闻官兵前来攻打就知不妙，忙请齐庄内一班亡命之徒，四面紧守。他庄上炮火一应齐备，急切难以攻下，一连围了两日，然他却不敢出来迎敌，唯一味死守。官兵也不能近他，庄大人见他如此坚守，遂与枭台商议分兵四路，自去攻他南路，枭台去攻北路，王彪攻打东路，金平游府施国英攻打西路。四面一同着力攻打，使他首尾不能相顾。果然，至第三日午刻，庄内炮火用完，官兵四面爬墙而入，开了庄门大队拥进，把那些庄丁杀死无数。区仁山带着死党教师十余人拼命杀出，正遇王彪的兵马把他围住，一阵乱箭射死数人，仁山与余匪身负重伤，尽皆捉获。当下打入庄内，不分老少尽皆捆了，抄出金银数十万，军装器械不计其数，房屋放火烧了。庄大人即命黄臬台将各要犯分别办理。男子自十五岁以上者，一概就地正法，女子除该犯妻妾儿女外，所有下人及从匪家属，均皆从宽赦免。是日复命，共办男女匪犯五百二十三名，释放妇女小孩七百余名。庄有慕督同文武百官拜折后，即各回衙门。张桂芳及所有被害之人，均当堂释放回家不提。

再说天子躲在一间僻静的小客店中，打听得庄巡抚办妥此案，十分欢喜。念张桂芳之妻高氏贞节可嘉，就草诏一道，交日清持往，面给按察使黄得胜见旨，即在抄没区仁山家产内拨钱十万两，赏予高氏，奖其节义。桂芳自得此银之后，居家富厚，兼且乐善好施，后来五子均皆成名，出仕皇家，这且不表。再言日清回店复命，天子随即起程，又往别处游玩不提。

第五回

英武院探赌遇名姝
诸仙镇赎衫收勇士

诗曰：

聚赌窝娼犯禁条，洪基罪恶本难饶。

贪心当铺心难足，利己骗人种祸苗。

再说圣天子与周日清此时到了金陵，此处是日清家乡，其母自从将他过继高客人之后，自己就回乡居住。此时日清入门，见了母亲请安，天子也彼此见了礼，就在书房安歇。日清又慢慢将一路经历之事及目下定亲之事禀明母亲，母子二人十分欢喜。次日起来预备早饭侍候，天子用完，一同出门到金山寺游玩。一路驾小艇来到山前，见这寺建在江中十分巍峨雄壮，景象辉煌。到了玉台书前一望，见往来商船源源不尽，远看水色天光玲挑剔透，果然好一座名胜禅林。圣天子此际满心欢喜，就在桌前取了一管笔，向墙上题了一首诗云：

龙川竹影几千秋，云锁高峰水自流，

万里长江飘玉带，一轮明月滚金球。

远看西北三千界，势压江南十二州，

好景一时看不尽，天缘有分再来游。

写得笔走龙蛇，一挥而就即放下笔走进寺门，只见山门内立了哼哈二将。二门内坐的是四大天王，大雄殿中香烟霭霭，两游廊十八罗汉皆用金装，打扫得地方一尘不染。住持机达老和尚带领一班僧人出来迎接，请入方丈侍茶，又吩咐厨下备斋相款。圣天子取出香资二十两送予当家，略坐一会，看天色尚早就携了日清要往山前山后散步。僧人本欲随行，日清道："我自认得，不烦引道。"二人走出山门到处游玩。将到一座塔前，忽闻一声响亮狂风大作，黑雾之中出现一条大白蟒蛇，身长五丈有余，头如米箩，口似血盆，张牙舞爪，飞风迎来。吓得日清一跤跌倒在地，圣天子此时也着了忙，急在腰间拔出龙泉宝剑，定睛一看，只见那蛇伏在地上，将头乱点似朝参一般，方悟他是来求封的，遂喝道："快现人形！听朕封赠。"那蛇就在地上一滚，变成一个道姑跪在地上叩头。天子即封她为雷峰塔主白氏夫人，在金山寺受万民香火。白氏谢恩起来，化一阵清风，两个仙童，一派仙乐，引回本位为神去了。

日清此时定神睁开眼不见妖蛇，连忙爬将起来细问方知是来讨封的。看见天色将晚，二人回转寺中，机达和尚已整备斋筵盛意款待，是夜就在方丈歇宿。三更时分偶然起来解手，忽闻一阵风声，一只黑虎在后追来，吓得天子大惊。

却见黑虎伏在地上，把头乱点，也欲求封。天子手指道："朕封你为镇山的将军，受万民香火，快去吧。"黑虎谢恩，往山前去了。天子解了手，仍回方丈去宿。次日起身，换了衣服参拜如来三宝圣佛，回到方丈用过早斋，与日清辞了机达和尚，回到日清家内。路上闻人说英武院十分热闹，日清也说："此处有叶兵部之弟叶洪基的赌场，他本是一个劣悖，家中有无数教师，专门包揽讼词欺凌平民，大小文武衙门也奈何他不得。不论什么人到他馆中赌博，若无现银，就将兄弟伯叙的屋产抵押借银与他，输去之后，不怕你亲族中人不认。还更有损人利己之事指不胜屈，所以得了许多不义之财，起造这座花园十分华美，我们何不到他园中走走。"

天子闻言道："他如此行为，我倒要去看看是真是假，为地方除了大害。"就同日清漫步往英武院而来。果然话不虚传，十分热闹，进得头门，只见松荫夹道，盆景铺陈，香风扑鼻，鸟语迎人，迎面一座高石桥，远望假山背后，影着许多亭台楼阁，船厅前面就是赌场，因欲前去看他作为，所以无暇到别处游玩。带了日清，走进场中将身坐下，早有人奉上茶烟走来，笑面相迎问："老爷也要逢场作庆吗？"天子略点头说："看看再赌。"那人遂又递上一张开的摊路，慢翻慢看。场中已经开了两次，不过是平常小交易，倒也公道赔偿。就在手上取下一对金锅交于柜上，兑银子一百五十两筹码，天子押在一门青龙之上。此时开摊之人，见此大交易，自己不敢做主，报于叶洪基知道。洪基走来一看，见是生人，早已暗中吩咐："只管开着。"恰巧天子押之青龙门，取回筹码，就向柜上兑这四百十八两零的银子。洪基闻言，走出说："你这客人难道不知本馆事例，小交易不计，大交易要赌过三场方有银子兑的。"天子喝道："胡说，多少摊由我钟意，谁敢迫我？速兑银来，若再迟延我就不依。"洪基道："就死在这里，也奈何我不得。"叫道："左右何在？"一班恶徒抢将进来，这些赌客一哄散了。日清亦跟这干人混将出去，在外探听不表。

此时天子看见日清退出，他就振起神威，取出一对软鞭大叫："叶洪基，你恶贯满盈，待我为地方除害。"舞起手中龙鞭如飞。早有一班打手围将上来，厮杀一场，好不厉害。叶洪基指点众人："捉拿此人，重重有赏。"不料天子十分勇猛，把这班人打得落花流水，头崩额裂，死者数人。洪基传齐备教师，上前对敌。看看日光西堕，到底寡不敌众，势在危急。本境土地城隍十分着急，慌忙寻人救驾。看见百花亭上总教头唐英在此打睡，走上前说道："唐英醒来救驾！"将身一推，唐英惊醒，听得叫杀之声不绝，连忙取了军器飞步上前看是何人。来到前厅，见一班徒弟围住一个中年汉子，在那里死战，询问下人方知缘故。见此人只有招架之功，并无还手之力。忙上前喝道："各兄弟退下，待我来捉他。"众人正难下手，却是为何？因有城隍土地率领小鬼暗中帮助。否则天子早就抵挡不住。各人一见师父到来，俱退下。唐赟上前虚战几回合，四下一看，见各人离得远，说道："快跟我来！"自古聪明不如天子，当下天子见唐赟这个光景，知他有意来助，跟他一路追将出来。唐赟假拿一枝飞镖，在前败走，口中叫道："是要赶来送死！"这些人以为唐教头要引他到无人的地方取他性命，都怕误中飞镖，所以不敢跟来。洪基也料唐赟引他入后园把他结果，所以也不提防。

唐赟见各人并不追来，心中十分欢喜，一路引着天子走到后园假山之下。自己将身一纵跳上墙头，解下怀中腰带放下来，尚属太短，天子急把自己宝带解下，唐赟复跳下来接好，再纵上墙把带放下，天子双手拉住，唐赟在上提起说道："外面是礼部尚书陈金榜的后花园，权且下去再作道理。"天子答道："陈金榜我素认识，下去不妨。"天子再三致谢："请问高姓大名，何方人士？"唐赟连忙跪下，口称万岁："小人唐赟，乃福建泉州人氏，曾在少林寺学习武艺，现充府内教习。今日下午梦中得蒙本省城隍托梦，保驾来迟合该死罪。"天子闻言大喜道："英雄何罪之有？快些起来。"即在手上除下九龙汉玉扳指一个，嘱道："他日孤家回朝，爱卿将此扳指，见军机刘墉，自有升赏。"唐赟谢恩，指前面一带房屋说："这是陈礼部上房，万岁小心前往，小人就此拜别。"说罢纵上墙顶，如飞而去。天子大加赞赏。此时约在初更，夜色朦胧，星光闪闪，心中思量，陈金榜现在京中，他家女眷又不认得，怎肯容纳，这便如何是好？

正在进退两难之际，忽见遥遥灯火，有妇女之音，照望而来。将近，急忙将身一躲，闪在假山洞内，只听得一个婢女叫道："小姐，这就是后园，两边都是花树，没有人影，哪里有什么皇帝到此，要我们接驾？昨夜菩萨报的梦是假的，倒不如早些回去，禀知夫人关门睡吧，免得她老人家还穿起朝服在厅等候。"又听得一个娇声骂道:"多嘴的贱婢,谁要你管我的事?还不快去周围照照明白来回话,我在此听信。"侍婢连说:"我再也不敢多嘴了。"急忙拿了灯笼到各处照去了。

天子听她主仆言语,乐得心花大放,急从假山石洞中走出,说:"孤家在此,毋庸去照,爱卿何以晓得?"小姐此时,急用衣袖遮面,偷眼细看,却与昨夜梦中菩萨所说圣容服式,丝毫不错,此时小姐心中敬信之至,即口称:"臣女接驾来迟,罪该万死。"天子说道:"爱卿平身,何罪之有。"小婢在地叩头,就叫起来引路。三人慢步走出前厅,小姐禀知母亲。杜氏夫人大喜道:"果然菩萨显灵,前来指点圣驾到此。"忙请天子上座,母女二人一同朝拜。天子口称:"免礼,一旁坐下。"

此时灯火辉煌,仆妇家人两旁侍立鸦雀无声,也有在窗框之外门缝之内偷眼细看者。天子便问夫人道:"因何得知孤家到此?"夫人奏道:"臣妾杜氏,乃礼部尚书陈金榜之妻,与女儿王凤。昨夜母女二人,蒙观音大士指点,得知今夜初更有当今圣驾到此,当速迎接,今实来迟罪该万死,望我皇恕罪。"天子大喜道:"难得菩萨指引,夫人母女平身,坐下细谈。"杜氏问道:"不知我皇因何到此?"天子答道:"朕因私游江南,与干儿周日清到隔壁英武院游赌摊。叶洪基恃势不肯赔钱,反被他围困,虽然打死几个,因为人多,战到近黑时分险些遭他毒手,幸遇教头唐夹,也蒙城隍土地点化他来,接引跳墙。"把这事情细说一番。侍婢奉上香茶,备办酒席,十分齐整。饮酒之际,天子吩咐陈府中人不许传扬出去,违者治罪。恐叶洪基前来陷害及各官知道后,难以私行游玩了。杜氏道:"臣妾府谅叶洪基不敢前来查问。"即差一妥当家人到日清家内知会此事。这日日清逃了出来,在外打听并无消息,心中十分着急,连忙回家告知母亲,正要设法,忽见这个消息,才放下愁肠,在家静候不提。

再说洪基见唐教头诈败,引那人入后花园内,意必将他结果。方来回报，故此将门户关锁，静候唐奂回话。不料等到三更时分，还不见来，心中着疑，莫非两个都逃了不成？此是城隍土地，特意将他瞒混，好待圣驾平安，所以叶洪基一时毫无主意，等到夜深，方才命人提着灯火进院搜查，一面着人将死尸收拾洁净。他自己怕唐奂放走，也跟众人一路细查。又大闹了一夜，周围搜遍，哪里有踪影，是时方知被唐奂放走，自己也逃出园外去了。洪基大怒，即差人到各文武衙门知会说："叶府教头唐奂，盗去钦赐物件，昨夜走脱，所有各城门，一同派人严密追查。"各官无有不遵，弄得江南城内商民出外好生不便。那些叶府家人，狐假虎威，借端敲诈，小民叫苦连天，关门罢市。陈府家人将此情由报知主母，杜氏夫人大怒，即差人与本府说知："若再如此，是官逼民变，定即禀知相公奏闻圣上，勿谓言之不先也。"知府着忙，也怕弄出事来，只得知会洪基，将各城门照旧放行，商民仍然开市，这些不提。

再说天子在陈府书房中暂住，颇觉安静，翻看古今书籍，有时游玩花园。光阴易过，已住五天，天子欲往河南诸仙镇游玩，遂辞了陈府夫人小姐，到日清家内，取了行李同日清出门，往诸仙镇而来，久闻该处是四大镇之一，所以到此一游，行七日方到。果然好个市镇，各项生意兴旺，因此居天下之中，四方贸易，必从此处经过，本地土产虽然不及南京富庶，但出处不如聚处，所以百货充盈，酒楼茶肆娼寮，更造得辉煌夺目。

天子与日清在歇店住下，直至把所带零碎银两用完，方悟预先汇下河南银票失漏在日清家内。他是用惯的人，无钱焉能得过，只得将身上护体五宝绸汗衫暂为质典以作日用，即命日清去当。走了数典，并不识货，到大街成安当内，有一张计德乃是一识货的，认得这五粒衫钮，乃是连城宝珠，即刻写了一百两票子，交予日清去了。

铺中各伙计不知是宝，就向东家说："今日老张不知什么缘故，一件旧汗衫，一口价就当一百两银子，好生奇怪。"东家一听，取汗衫一看，果然

32

是件旧绸衣服，就向计德道："因甚将我血本这样做法？就当一件新的，也不过二两余银，你今当了一百两，岂不要我折本吗？"计德笑道："莫说一百两，就是一千两，此人必定来赎，绝不亏本。"东家道："莫非真是颠了不成？"张计德笑道："东家若要知此汗衫好处，只要请齐本行各友，同上会馆，当众人前，把这汗衫试出值钱好处，只怕同行各友俱无眼力，此时要求东翁，每年加我束脩。如果试来并无好处，愿在俸内扣除照赔，不知东家翁愿否？"

东家大悦，说道："有理！"固可叼教同业，心中也舒服。就即吩咐家人去请各店执事商议，明日同行齐集会馆。家人去不多时，各执事俱已请到。就将此事详细说明，各人也觉奇怪，问计德怎么试法？计德道："只需预备大缸十个，满注清水，再铁锅十口，炭一石，利刀十把，临时取用。"各执事答应了。

到了次日，计德约同东家伙计来至会馆，早见合镇当押行中，先后齐集约有数百人。计德把汗衫呈出，放在桌上，细把缘由说出，内中也有几人道："昨日我也曾见过这件衣服，他要当一百纹银，就许他五粒纽子是珍珠的，也不值这价，故而没理他，不意张兄有这般眼力，望祈赐教。"计德道："这五粒纽儿，乃连城之宝，当日狄青五虎平西，取回的珍珠旗上有避火避风避水避尘避金五个宝贝，就是此物。诸君不信，待我试出。"取过备下的十把利刀，分十人拿着，将汗衫摆在桌上，吩咐十人，持刀乱砍，就见它避金的功力，十人用力砍去百余刀，刀口缺坏，汗衫一无破损，众人齐赞道："果是好宝贝。"计德又叫道："你们十人用大扇扇锅中炭火。"即将此衫尽盖锅上，炭火尽皆熄了。各人鼓掌称奇。又见计德持了宝衫，放在缸内，只见缸中之水四面泻出，缸内一滴不留，衫并不湿。当下各执事走来阻住，说："不必试了，一缸既然避得，谅必九缸都是如此了，从此本行，要推老兄为首席了。"计德谦让不敢，众人就此而散。成安当主，回入店中，备办酒席与计德酬劳，饮至晚间，见衫上宝珠发光，计德计上心头，意吞没此宝，即唆使东翁把假珠顶换，商酌定妥，将五粒宝珠收起，把假珍珠穿在原位之上等候赎取。

再说圣天子当了宝衫暂作用度，自己住在客店，打发日清星夜赶回把银票取来。日清奉命往返。耽误约十日光景，已经收到，遂往本镇兑了银子，提出足色纹银一百两，另加一月利息，来成安当铺将衫赎回。圣天子看出了假珠，心中大怒，追问日清，只说不知，这必当店作弊，将珠换了。天子即带同日清同到店内追索原宝。张计德及店主等均一口咬定，就是这五粒珠儿，并没什么宝珠。天子见他矢口否认有心图赖，即同日清二人跳过柜台，把他东伙二人一齐拿下。腰间取出宝剑，向他颈上磨了一磨，大骂道："我把你这狗头，碎尸万段，才泄这气，怎敢贪心吞没我的宝珠，若再胡赖，管叫你死在目前。"

此时店中各伙，欲上前救护又怕伤了性命，也明知此事不该做的，所以无一人敢上前劝阻。成安店主吓得魂飞天外，埋怨计德道："都是你惹出来的。"叩头道："我是一时糊涂误听人言，得罪好汉，万望饶我。"就向写票的说："你快开珠宝柜，把五粒宝珠拿还好汉。"当下那人忙入内拿了出来。圣上冷笑几声说："算你见机造化，这狗男子却饶他不得。"随即放了当主，抢上前把计德踢了几脚，踢得他地下乱滚，父子二人方才大骂而去。计德心上不服，吩咐快关当门，自己跑上更楼将锣乱打。向来规例，当店鸣锣，附近各店一齐接应锣声，街坊店户闭门。驻防官兵闻警，即四面跑来捉人。况白日鸣锣，非同小可，惊动了大小衙门差役，持了兵器，随地方官前来会齐捉拿。

此时天子与日清走出当门未远，听见传锣捉人，也就吃了一惊，又见各店闭门，走得数家，后面早有张计德带了各伙，又引了官差追来。圣天子勃然大怒，拔出宝剑翻身迎来。计德叫一声："这人就是！"一言未了，早被天子手起剑落分为两段，当下兵差见他行凶伤人，大喊一声一齐围将上来。诸仙镇是紧要地方，官兵又多，他二人四面被围，战了半日，越杀越多不能突出。

　　这些护驾神明、当方土地忙寻救驾之人，一眼见更楼之上睡着更夫，此人姓关，因好打不平，所以名唤最平，乃是一员武将，两臂有千斤之力，因为时运不通埋没在此。今日合该运来，走上前梦中叮嘱。今番将他推醒，最平爬将起来，不见托梦神人好生奇怪，耳边听得金鼓喊杀之声，如雷震一般，推窗一望，见有二人被兵困住十分危急，那人头上放出红光，想必就是神圣所言，当今天子有难，合该我救。跳起来取了铁棍，飞奔下楼，一路用棍打来，这些兵役如何当得起？只要撞着就死。各兵将见他如此凶狠，大发喊声让开一条大路。关最平直杀到天子面前，说道："小人来迟，罪该万死，请主上跟我杀出去吧。"天子龙颜大悦说："恩公快快与孤一同杀出。"于是关最平在前开路，正遇本镇协台马大人挡住去路，大战十余回合，被最平顺手一棍，扫下马来。兵将等拼命救了，不敢来追。天子再叫："壮士复身杀入重围，救了吾儿才好。"最平闻言，提了铁棍，回身再入重围，各兵丁知他厉害，谁敢阻挡？早给他寻到日清，招呼着重新杀出。天子见他如此勇猛，问他姓名，方知名叫关最平，江南人。乃神人点化他来救驾。此时三人来到店中，取了行李，走到十里，天色已晚，投入店中，用过晚膳，就在灯下写了一道圣旨，交最平进京，投见刘墉，放为提督之职，赏了他盘川用度银两，最平谢了恩，次日起程，入京去了。正是：

　　　　君臣际会成知己，父子同游订素心。

　　欲知后事如何，且看下回分解。

第六回

杨遇春卖武逢主
僧燕月行凶遭戮

诗曰：

君臣已自如鱼水，奸贼何劳起毒心。

佛地扫除谓污秽，石莲花放圣人临。

话说天子打发最平走后，与日清算还店钱，取了行李，出门顺着大路欲往镇江游玩，岂知走了半天，问及土人，始知前面是临青，若到镇江须回旧路才是。他父子二人将错就错，就先到临青一游，再到镇江便了。即往临青赶来。该处是中州到南京必由之路，热闹虽不及诸仙镇，也比别处不同，沿途另有一番景象。早行晚宿，走了二天，进了临青界内，只见六街三市，店铺整齐，商贾往来，贸易极大。来到大街，投万安客店住宿，次日起来，梳洗已毕，遂向各处游玩，这且不表。

再说现在两广总督杨寿春，原籍浙江余抗人，由两榜出身，莅任清显，位列封疆大臣，洁己爱民，清廉勤慎。家有弟遇春，懒习诗书，弃文就武，好交天下英雄，虽则武艺精通，有万夫之勇，只因性喜嫖赌，不务正业，流落江湖之上，卖拳度日。是日天气清明，正在关帝庙前打拳，想众人帮助他盘费，他到底公子出身，不惯江湖事例，未曾拜候当地上棍，因此得罪了临青一位无赖姓段名德，诨名小霸王。他当场吩咐看的不许打彩于他。

遇春不知就里，耍了半天拳棍，用尽平生武艺，不但一文没得，就连彩也没有一人喝。只得说道："小弟偶经贵地，缺少川资，故略呈技艺，欲求各位见助一二，不意贵镇虽大，并无好义之人，如以小弟拳技荒疏，不足观看，何妨哪位同弟一角。"段德喝道："你这要拳友，全不知江湖规矩，自古道入山要拜土地，出外要靠贵人，汝到我本境卖武，也不来拜我，我不开口，谁敢喝彩，今看你这个声口，还欲与你老爷试试手段不成吗？"遇春道："即是如此，小弟不敬了，敢问仁兄高姓大名，贵居何处？改日登堂谢罪如何。"段德道："天下走江湖的朋友，哪一个不知我是小霸王段德，方才你大大夸口，欺我本境无人，我若不将你当场打死，不为好汉。"说罢照胸一推山掌，打将下来。

遇春是会者不忙，忙者不会，见他来得凶猛，叫道："来得好！"就左手往上一挑，架过他的掌，趁势飞起左脚，正踢在段德小肚之上。段德被踢离数尺，跌倒在地，满面羞惭，忍着痛跳将起来，拼命扑上，再欲争斗。适天子也在人丛之中，与日清同看，见此人才能出众，相貌魁梧，虎背熊腰，威风凛凛，声似洪钟，语言有理，耍了半天，无人喝彩，正要上前问明姓名厚赠他盘川。见此情景即与日清上前拦住道："壮士高姓大名，仙村何处？本地无相助之人，何必计较？小弟有白银二十两，送作路费，祈为笑纳。"此际日清也将段德劝开。

段德见那客人送他二十两川资，圆睁怪眼喝道："你这个客人，特意与俺作对，要在我临青地方称凶吗？"说着一面走，一面指手画脚骂道："总叫你两个认得俺老子手段就是了。"圣天子因为闹过许多惊险之事，所以忍耐得住，只是付之一笑，即拉着遇春道："我们三人且到前面酒店，慢慢细说如何？"遇春深深致谢，十分感激，忙将武具收了，速步同走，不多远已至酒楼。抬头一看，招牌写的"得月楼"。三人分宾主坐下，即刻酒保送上茶来，问："客官用何酒菜？"日清道："你店中有上等酒菜，备一席便了。"小二连忙答应下去，陆续先后搬上。圣天子持杯说道："壮士如此英雄，何不投身营伍，为皇家出力，而徒浪迹江湖，殊为可惜。"

遇春长叹一声道："某本籍浙江余杭，姓杨名遇春，祖父以来，世代簪缨，家兄寿春现在两广总督，因自己懒于读书，性好拳勇结交天下英雄，不久竟把那家资散完，学就一身武艺，只因遇强遭祸，兼为狎邪之游，素为家兄所责，只得改换名姓流落江湖，不得不以卖武为生，今长者下问，不敢虚言，有负雅意。不知二位高姓大名，仙乡何处，为何到此?"天子知他是寿春之弟，十分欢悦，就将私下江湖游玩，实对遇春说知，嘱其不可张扬。遇春且惊且喜，拜倒在地，口称："小臣有眼无珠，望陛下恕臣死罪。"天子扶起，重新施礼，再倒金樽，直饮至夜，即还了酒钱，三人一同回寓不表。

再说段德是日回家，用药敷好伤处，遂着手下徒弟们打探，知他三人同寓万安客栈，就与各门徒计议，诈称请杨遇春到家教习拳棍，预先埋伏打手及绊足索，把他擒住，送本县，诬说他捉得江洋大盗，我再亲见县主，作为证人，本县向来与我相好，定能将他极刑拷打问成死罪，如此办法，不怕他三头六臂，插翅都难飞去。众门人都道："好计!"即刻去骗，段德分布各人安排停当，明日绝早，门徒到万安栈来请遇春，正是：

挖下深坑擒猛虎，安排香饵钓鳌鱼。

天子日清遇春三人在店一宿无话，次日起身，梳洗已毕，正欲一同前去各处游玩，忽见店主引进两个大汉来，说是拜访师父，遇春忙出迎见礼，彼此通过姓名，一个姓林名江，一个姓李名海，二人也回问了三位姓名，因道："昨日与李贤弟在关帝庙前，看见老师耍弄拳棒，十分精妙，意欲请回家中训习技艺，若蒙允许，按月每人送教金三十两，其余食用衣物，均由某等兄弟供给，未知可以俯从否?"遇春未及回言，天子答道："既然如此，杨兄不妨在此少留，俟我镇江回来再作计议，但不知尊府在于何处?

回时可来拜讯。"二人道："小可寓所，去此不远，一问店主便知。"遇春只得应允，遂取了包裹行李铁棍作别而去。

天子同日清前往玩耍，游到申牌时分方才回店。于路上风闻，知小霸王捉了昨日卖武之人送往临青县，严刑讯实乃是福建海洋大盗头目，现已收禁，候详军门办理。回来急忙根究店主，方知前日早上二人就是段德的徒弟设计请去的，店主因惧祸故不敢直言，此际天子问明端的，不禁大怒，即刻飞奔临青县大堂而来，将鼓乱击。县主贾到化正在晚饭，忽闻鼓声如雷，早有街役报称有一汉子鸣冤，求老爷定夺。县主即升座大堂，只见击鼓之人气宇轩昂，知非等闲之辈，遂问道："有甚冤情快把状词呈上。"

天子一看这县主，虽为民父母，却遇事贪财，兼好酒色，形如烟鬼。遂说道："我无状词，只因友人杨遇春与段德恶棍口角，被他捆送台下，陷他江洋大盗收禁牢中，特来保他，愿县主勿信此无赖无据一面之词，释放无辜，实为公便。"县主喝道："你姓甚名谁，是该犯何亲，敢来保他？本县已经通详备宪，要起解赴省，岂有轻放之理？汝必同他一党，姑念无知，从宽不究，还不退下出去？"天子大怒骂道："朝廷法律，获盗凭赃定罪，今你这贪官贪功枉法，我高天赐虽非遇春亲眷，亦是朋友，怎肯容你把他不白致死？而且你知他是何人，乃两广总督杨寿春之胞弟，寄迹江湖，学习武艺，因而至此，伊兄若然知道，亦未必干休。"知县拍案大骂道："大胆花口，敢在公堂之上藐视本县，自古道王子犯法与民同罪，难道他是总督之弟，本县就怕他不成？"喝令："左右，拿下！"早有个倒运差役，上来动手。天子一拳一脚，如踢绣球一般。趁势上前，公案内把知县提了下来，笑道："你这狗官，是要生是要死？"此时贾知县如杀猪一般，大叫："好汉饶命！"天子喝道："要我饶你快放杨遇春出来！"县主要命，叫手下到监，放了遇春，来到大堂。

天子见遇春并无伤处，把知县放下，骂道："暂寄你这狗头在头上，日后来取。"二人正欲出署，早有本城文武各官，闻县衙中抢劫犯人，忙点齐兵差行役，带了军兵前来擒捉，本衙差役，也由内与知县一齐追出，前后追杀，好不厉害。岂知他君臣二人，哪里放在心上？早被遇春打倒两个，夺了军器，一路杀出，犹如虎入羊群，那兵役跑的跑，躲的躲，走个干净。杀得各家闭户，路少行人，因此并未打死兵役，不过打伤二三十人。走出城外，正遇见周日清，打了包裹行李在此停候。三人同行，往镇江大路而来。再言内外各官，一面申文报省，一面悬赏捉人，医治打伤兵役。

且说天子与日清遇春三人，走了三十余里，天色已晚，投入恒泰寓内，此地名为瓜州，乃镇江丹徒县界，前临扬子江，对河就是扬州。江都甘泉两县所管，是往南京必由之路。宿了一宵，次日三人到了镇江南门外，找了一个连升栈住下。次日起来，日清因感冒风寒，腹中作疼肚泻不止。天子令遇春入城，请了一个郎中前来看视。郎中道："不过外感，只要疏解，安息二天，并无大碍。"天子是最好游乐之人，哪里耐得烦在店里守候，路上闻说石莲寺最灵验，有一朵石莲胜景，立心要去游玩，就留遇春在店调理日清，独自一人往该寺而来。已有辰牌时分，只见市井繁华，人烟稠密，此寺却在城外，不用进城，到了寺外，只见一小沙弥，年十五六岁，生得姿色美丽，体态轻盈，犹如绝色佳人一般，观其动静毫无男子风气，再复留心细辨，喉无结骨，绝是女子无疑。这小沙弥回身见有人看他，急忙回身向内了。

天子方才进二层山门，仰见两旁四大天王金身，都是丈余高大，倒也打扫洁净。望后一看，放生池中，夹一条雨道，直达宝殿，青松白鹤，连接池边，正欲举步入内，早见当家和尚，领了一班僧人，迎了出来，引至客堂，见礼献茶。和尚欠身问道："不知大檀越驾到，有失迎迓，敢问尊姓大名，仙乡何处？"天子道："小可顺天人，姓高名天赐，打断老禅师静功，休得见怪，素知宝刹石莲胜景，天下所无，求和尚指示一观。"和尚即着那个小沙弥引到各处游玩。

　　天子来到正殿，参过三宝，跟小和尚到后花园而来，过了几个佛堂，由殿侧月门入后园中，只见四围花果，香气袭人，菩提棚下，异鸟飞翔，忽见池塘之中，朱漆栏杆，围着一朵斗大石莲花。那小沙弥指道："这里便是。"只见此莲，高丈余，梗如中碗之粗，四面山石，形容酷似莲叶，或高或低，天然围护，十分奇异。正在赞叹之际，只见石莲根，起了一阵怪风，只见石莲望着天子，连点二十四下，犹如朝参一般，忽然霹雳一声，爆开一朵千层石莲花，比前大了数倍。天子且惊且欢，只见小沙弥双膝跪下，将头乱点，口称："万岁，搭救奴家蚁命。"天子急忙扶起，说道："你果然是女子，快把冤情报上，我自然设法便了。"小沙弥哭诉道："本寺住持燕月和尚，十分凶恶，收集亡命之徒为僧，出外抢劫资财，遇有美貌少妇，设法带至寺中，收入地牢之内，次第奸淫。如若不依，他就杀死，历年如此，现今还有三十余名妇女，收在牢内。奴家姓潘名玉蝉，父名德辉，母亲何氏，乃广西梧州府苍梧县人，贸易至此，前年父亲亡故，棺木寄停在此，母女二人奔驰千里，欲运柩回乡安葬，就在此寺打斋。贼僧见奴美丽，把母亲踢死，弃尸灭迹，逼奴成亲，奴家宁死不从，蒙神圣托梦云：'石莲花开时，万岁到此，救你脱离。'因燕月贼僧，容奴守孝三载，方与他成亲，将我削了头发，作为小沙弥。因为不是本处人，别无亲故，初时尚怕我逃走，近来已不疑心，故得出入自如，总求万岁天恩，救我三十余人蚁命。"

　　天子听了大怒，方欲开言，遥见燕月手拿缘簿，走将进来，遂忍口不言。小沙弥迎上，诉说石莲花之事，燕月大惊，暗思昨夜土地报梦，说今日午时三刻，圣驾私行到此，石莲花放，嘱我千祈不可起心杀害。今见小沙弥眼尚盈盈，料必被他识破，所以哭诉怨苦。我若不杀了他，他绝不饶我。莫如骗他上楼，结果了他。遂笑脸相迎道："恭喜大檀越洪福齐天，石莲花放，深为可贺。"旁有僧人奉上香茶一盅，住持把缘簿持上，"请施主薄助香资。"天子一面逊道："小可何德何能，蒙老和尚称许。"即在珠袋内取出一粒明珠，放在香盘之内。燕月忙打一稽首，口称："阿弥陀佛。"合掌致谢。随即令斋筵设在楼上。小沙弥大惊，就知他要害圣驾。此楼乃谋人性命之所，造得凶险，内有生死机关，若非寺内门徒，必然错踏路，遭他陷害，尚幸潘玉蝉追随燕月，也习了一身武艺，当下回到自己房中，取了两副兵器，结束停当，藏了双刀铁尺，紧随师父，相机暗助万岁。

再表燕月见门徒来报："斋筵已备，请施主上楼赴斋。"假意小心，殷勤引路。天子已尽悉伊淫恶之事，圣心大怒，只因独自一人，恐众寡不敌，反为不便。哪里还有心吃斋？再三推言有事，改日再来。燕月道："大檀越即有公干，不便久留，略饮三杯水酒，少尽诚心。"天子只得往楼上而来，沿途只见都是小巷，弯弯曲曲，难认出路，只是潘玉蝉紧随身旁，因此放胆上前，到得楼上，只见四处密不通风，正中排一席斋筵，遂分宾主坐下，燕月有心把他灌醉，方才下手，谁知天子略为应酬，酒不沾唇，坐了一刻，即起告辞。燕月见此情形，早知被他识破，诈称解手，取出戒刀，发起暗号，合夺三十余僧，俱拿军器赶上楼来。

天子此时，手无寸铁，正在慌张之际，见小沙弥将刀高举，叫："万岁，跟奴出去！"天子大喜，接了双刀，大骂："秃贼，你恶贯满盈，死在目前！"燕月和尚切齿咬牙大骂："贱婢！我不杀你，不消此恨。"喝徒弟们紧守要路，谅二人插翅也难飞去。一边举刀望玉蝉劈来。玉蝉铁尺相迎，天子将手中刀一展，忙杀上前，各僧人亦刀棍乱杀，这些贼秃哪里是天子对手？早被他伤了几个，只有燕月戒刀厉害，二人且战且退，下得楼来，路口分歧，难以认识，且要隘均有贼僧把守，幸玉蝉识惯，不致踏错坑内。燕月在后紧追，前后夹攻极力死战。眼看天色已晚，黑暗中又要防其暗算，一时间又杀不出去。

且说店中周日清吃药后身子渐爽，尚未痊愈。见主上往石莲寺至晚不回，即命遇春前往找寻。遇春随即访到寺前。直入正殿不见一人，好生奇怪，遂向后殿而来，正往里走，碰着一个僧人，满身鲜血，遇春见了，心知主上在内，忙上前一把提起这受伤僧人，喝道："你干得好事，快快招来！"僧人高叫："好汉饶命，这不干小僧的事，乃燕月老和尚，决意杀害高天赐，反被他杀害寺人不少，我如走得迟，命都送了，求好汉饶命。"遇春问："高客人现在何处？引我去便放你！"遂放下寺僧，命他引路。大步飞奔，来到夹巷之中，早见几个僧人，例关棚门，持军器极力顶住，只听里面叫杀之声，就把引路僧人踢开，扑上前，又将守门贼僧打散，急忙开了棚门，看见天子与一小沙弥同众僧巷战被困，遂大吼一声，如空中霹雳："俺杨遇春来了！"

天子一见棚门开了，遇春杀来，大喜，就拼命杀入。各人哪里抵挡得住？燕月早被遇春夺了军器，劈倒在地。各僧跪下求饶，天子喝叫各僧打开地牢，遂进一间小室，陈设精雅，桌上摆一铜磬，一僧将磬敲响，有女子自内推开座中字画后面门户，将画卷起如帘一般，三十余名妇女从夹墙走出来。潘玉蝉说明，那些女子犹如遇赦一般，叩谢活命之恩。天子吩咐遇春及玉蝉，找寻麻绳把未伤奸僧捆起来，其中死伤二十余名，跪下哀求。又下圣旨二道，一道予地方官，将石莲寺僧一概正法，所收各妇女有父母翁姑者领回，寺内现存银两，酌量远近，分给川资。另潘玉蝉自愿为尼，特给银二千两，以奖其功，拣清静庵堂，安顿她出家。如无亲人领，每人给银五十两，当官择配，其石莲寺即由该县主招禅林僧人主持，除分给外，余存赃物银两，缴存库中，以备济荒，钦此。遇春办完此事回京，将第二道旨交大学士刘墉，将遇春由军机处记名，以提镇补用，钦此。当下遇春叩谢天恩，回京不表。

天子恐文武各官前来接驾，急忙回店吩咐店主道："有人来访，你说我已赴南京去了。"随同日清投别店住宿。后来各文武官及遇春等遵旨办理到店缴旨，已经不遇，遇春只得回京而去。不知后事如何，且看下回分解。

第七回

遇诗翁蔡芳夺舟

访主子伯达巡江

诗曰：

诗对风流岂易言，无手含愧夺花船。

圣人自古灵神护，害父欺君万世传。

话说前因天子不欲见本城文武百官，所以寓居镇江南门外聚龙客店。今日清在店养病，天子独自游玩，早出晚归，更无别事。近日周日清身子亦复原，兼届端阳，向例在扬子江中大放龙船三日，官民同乐，极为大观，酒茶旗帜，烟花炮火，乃各处富商巨贾，备做夺标之彩，这几天画舫游船，蜂屯蚊聚，男女到此赏玩者，如云如水。此所谓万人空巷，更有那些文人墨客，酒友诗翁，或驴上，或车中，或数人唤一船，或携文闲行，又有些青年浪子，或携妓于高台，或访美人于陋巷，评头品足，觅友呼朋。船中五音齐奏，岸上热闹非凡。

天子这日与日清用了早膳，同到码头，雇定画舫，言明游行一日价银十两，酒菜点心，另外赏给。船用二人荡桨，一小童入舱侍候，另加犒赏。下了船，望着热闹之处，四面游览，只见满江锦绣，到处笙歌，城市山林，桃红柳绿，远望金山古寺，高接云霄，怪石奇峰，插天突兀，正在赏玩之际，忽迎面来一队大艇，每船长十余文，高如楼阁，内分上中下三层，两旁飞桨十余枝，中层陈设各式景致，扎成戏文，上层是秋千走马，形成诸般奇巧耍物，围以绸缎，高约二丈，船身通用五彩，画如凤鸟一般，旁拖锦帐如凤翅然，自头至尾，列桅三条，锦帆风送，势如奔马，争奇斗胜，夺帜抢标，十分热闹。

随看随行，见一只大座船边，有许多小艇在旁停泊。忽见大船上横着一匾，写的是仁社诗联请教，天子不觉技痒起来，吩咐水手把船移近，搭扶手板跳过船来，见座中是社主，架上摆着雅扇汗巾、纱罗绸缎、扳指玉石鼻烟壶、各种酬谢之物，面上贴着诗赋题目，中舱案上笔砚诗笺，已有十余人在那里，或赏诗文，或观题纸，日清也过来共看。适社东上前，招呼手下人奉上香茶，彼此请教姓名，知此社东，是丹徒县陈祥之少君，名玉墀，乃广东番禺县人，与表兄武探花萧洪金，因回乡省亲，路经此地，正逢端阳，他虽武弁，倒也满腹诗书，最好此道，所以约了同来。意欲借此访几个鸿才博学的朋友，问了姓名，十分恭敬。天子本天上仙才，这些章句诗词之事，可以立马千言，何用思索？遂将咏河珠一题，援笔即成，诗曰：

> 风裳水佩出邯郸，手撒珍珠颗颗圆。
>
> 金谷三千风里碎，江妃一斛雨中寒。
>
> 露丹凉滴青铜爵，鲛泪香凝白玉盘。
>
> 持赠苏公须仔细，休将遍水误相看。

写得笔走如龙，快而且好，陈玉墀、萧洪金二人极口称赞，连忙送上金面苏扇一柄，天子再三推让，方才收下。又接下数张诗联题目，日清也将就拣了咏船即景诗题一张，写道：

> 淮杨一望景装成，谁夺龙标显姓名。
>
> 蒲艾并悬迎瑞气，藕菱同进祝遐龄。
>
> 红莲朵朵鸥鹭聚，绿柳枝枝蝴蝶盈。

　　　　　日费斛金浑不足，愿将诗酒送升平。

　　陈萧二社主连口赞道："好！但究不及高诗翁老成历练，还望勿吝赐教。"天子与众互观，已将诗联一挥而就。

　　　　冬夜灯前夏侯氏读春秋传，东门楼上南京人唱北西厢。
　　　　枣棘为薪截断劈开成四束，间门起屋移多补少作双间。
　　　　七里山塘行到半塘三里半，九溪蛮洞经过中洞五溪中。
　　　　西浙浙西三塔寺前三座塔，北京京北五台山下五层台。

咏金山寺诗云：

　　　　金山一点大如举，打破淮扬水底天，
　　　　醉倦妙高楼上月，玉箫吹彻洞龙眠。

又花月吟诗云：

　　　　花香月色两相宜，爱月怜花卧独迟，
　　　　月落凭漫花送酒，花残还有月催诗。
　　　　隔花随月无多影，带月看花别样姿，
　　　　多少花前月下客，年年和月醉花枝。

　　各人读完，齐喝彩道："如此仙才，拜眼之至。"当下陈、萧二社主将所有谢赠之品着人送来，周日清代为收下，他自己也得了汗巾，十分高兴。

　　不料旁边却恼了一人，此人乃三江总镇蔡有武的公子，名叫蔡芳，虽读书多年，仍是腹中空空，性情又极鄙劣，因见摆得许多杂物，装腔作势，带了眼镜，与几个朋友看过龙船，预先夸下大口，要到社中得些头彩回去，他自以为别处恐难如愿，此陈玉墀萧洪金，必自看他父亲一面，就是胡乱几句，他也要送些彩物，及至入中舱一看各对，是极难下手的，遂在舱内走来走去，想了多时，满以为社主必来招呼，岂料陈萧素知他品行不端，闲话亦不与他多一句，所以忍着一肚子羞闷之气。那些手下人道："我以为今日高兴，所以带了包袱来拿东西，谁知踱来走去，一句不成，莫若早些回去吧。"

蔡芳此时正是怒无可泄，见周日清欣欣得意，他见二人得了许多物件，即借题发挥，以消此气。说道："据我看，你这首咏龙船诗，算什么好诗，不过遇了瞎眼社主，给尔物件，你就轻狂到这个样子。"周日清心中大怒，回骂道："你这小贼种，我与你素未谋面，你管我什么事？你若真有本事照题也做一首，果然胜我，情愿将所得诸物送你，若不胜我，只好写个门生帖子，在我跟前赔个不是。"于是彼此相争，天子与陈、萧一同上前劝解。蔡芳也自知理亏，在此没趣，只得怏怏而去。

玉墀道："这混账东西，借端惯生事，如此恨怨而去，必无好意，二位必要小心防备。"天子问道："他是什么人？强横如此。"玉墀因把他姓名、平日恃势欺人之事略说一遍。"以王法为儿戏，所以镇江大小商民，畏之如虎，他父亲亦不能奈何，故小生兄弟亦不甚理他。"天子问明他父子恶迹，将姓名记于心内，遂说："莫管它，且尽今日之兴。二位诗翁何不一开我茅塞？"二位忙道："敢不遵命！不知何为题目？"日清云："方才所咏花月，倒也别致，莫若萧陈各做一首，以广见闻。"二人如命，提笔立就，陈先萧后，写得字迹端庄，各人争来观看，日清高声朗诵。

仿花月吟　陈玉墀

开尽心花对月轮，花身月魄两温存，
花朝月夜餐云母，月窟花房绕竹孙。
急系花铃催月镜，高磨月镜照花樽，
拈花弄月怜又惜，重叠花荫罩月墩。

仿花月吟　萧洪金

花辉玉茗月凌楼，问月评花尽夜游，
花露朦胧残月度，月波荡漾落花流。
多情月姐花容瘦，解语花姑月佩留，

对月长歌花竞秀，月临花屿雁行秋。

天子看完喜道："二位仁兄诗才敏妙，立意清新，令我月中现星之愧。"二人逊谢道："小生兄弟还求指教为幸。"天子与日清起身作别，意欲回舟，萧探花及陈公子决意挽留一醉。天子见二人如此见爱，也不便过于推却，因伊船已备下酒筵，将舟湾泊堤边，立即入席，彼此开怀畅饮。席中天子引经据典考究一番，二人应答如流，言辞敏捷，陈玉墀更为渊博，凡诸经典，无所不通，痛饮至夜，订期明日到此再叙，珍重而别，各自回寓。

到了次日，天子与日清用过早膳，往南门码头而来，正遇蔡芳在彼雇舟游江，与天子昨坐之船议价，该水手见高老爷周公子，想他昨日游江，赏封何等富厚，知他蔡公子性情极劣，即使订明价值，还要七扣八折，因此不肯载他。反赶上岸来，笑着向高老爷、周少爷道："想必今日再去游江，小人船在此处，请老爷就此上船，价不论多少，听凭赏给。"说罢移舟搭跳，扶了上船，十分恭敬。蔡芳见此情形，大怒，骂道："奴才欺我太甚，敢在太岁头上动土，难道我没船钱与你吗，想你活得不耐烦了。"船户道："小人怎敢欺负公子，只是他二位昨日已定下小人的船，今日所以不敢另接他人。"说完跪在地上叩头认罪。蔡芳圆睁怪眼喝令手下，"先将船拆了，并与我痛打这奴才。"

这些从人，向来情势霸道，欺压平人，一闻公子下令，就如狼虎一般，七八个大汉抢上船来，一面拆舟，一面揪着船家，正欲乱打，吓得众水手魂不附体，叩头如捣蒜一般，呼："公子救命！"天子忍耐不住，周日清也惯火冲天，齐喝道："休得动手！"这一喝如霹雳一般，抢上前抡拳就打，这班人哪里挡得住，早打得个个头破面青东倒西歪。蔡公子看势头不妙正要逃走，却被日清赶上按倒在地，想起他昨日无故羞辱，更加可恼。也顾不得招灾惹祸，奉承了他一顿拳头。那蔡公子乃酒色之徒，娇生惯养，如何经打？不消几拳就口吐鲜血。

此时天子已将众奴打散，恐日清打死蔡芳，虽与地方除害，终不免多生一事，遂赶上前阻止，早见蔡芳血流满面叫喊无声。船户见此光景，料其父蔡振武知道必不肯干休，恐怕累及，也有将船往别处躲避的，也有搬了物件弃舟逃生的。所以旁岸的许多绣艇，顷刻间一艘无存，这且不表。

且说三江总镇蔡振武，正在衙中与姬妾作乐，忽见一班家人，背了蔡芳回来满身血污，大叫："爹爹快与孩儿报仇！"蔡振武只吓得浑身发抖，急上前抱着儿子问道："什么事，被谁打到这般厉害？为父与你报仇。"蔡芳哭倒怀中，把上项事细说一番。蔡振武听了，无名火起三千丈，拔下令箭，着旗牌立刻飞调部下五营四哨，千把外委，大小兵丁。自己先带一百多名亲军，飞奔码头而来，各店铺立即闭户，路少行人，沿途再令中军到江口，调集水师巡船，带了打伤家人作为引线，恐此人逃走。不得违误。中军领命而去。

当下蔡振武来到码头，不见一人，只见一只空花船，忙吩咐各兵沿途跟缉，行里许，见前有两人慢行，被伤家人指道："打公子就是这两个。"各人闻言，忙举钩枪上前乱搭，天子与日清正在闲行，出其不意，手无寸铁。日清向能游水，遂往江内一跳去了，天子方欲对敌，不料钩枪太多，已被钩住衣服，各人蜂拥上前，因蔡镇台要亲自审问，遂带领入城。途遇丹阳县陈祥，由两榜出身，为官清正，百姓爱如父母。今见蔡镇台带许多亲兵，弓上弦、刀出鞘，如狼如虎，带一汉子入城。再看此人相貌堂堂，似正人君子，今被他拿着，定要吃亏，莫若要此人口行审问，若果冤枉，也可设法。随即下轿，迎将前来，只见一队队兵丁排开队伍，押着这人过去，后面把总外委、武弁官员，护着蔡振武而来，果然威风凛凛、杀气腾腾坐在马上。

陈祥不慌不忙，怀中取出手本呈上道："卑职丹徒知县，禀见大人，愿大人稍停，卑职有禀。"蔡镇台素与陈知县不甚相得，因他为官清正，极得民心，虽欲害他，无从下手，兼之文武不管束，奈同做一城之官，见面却情不过，只得跳下马来，吩咐随员站立，遂勉强笑道："贵知县如有要事，请至敝行酌议，何必急迫如是。"知县答道："无事不敢冒渎，适才偶见大人亲督兵弁，拥带一人，不知此人所得何罪？乞示原委，俾得带回衙中审办详细禀复。"蔡振武冷笑一声道："岂敢劳动。这人胆敢在花艇逞强，横行霸道，还有帮凶之人赴水逃走。将小儿蔡芳打得吐血不止，死而复生，随行家人，也被他二人打伤数名，我今捉他回行，追究主使。"陈祥道："此人是本处百姓，或是过往商人，应该本县审办。既然打伤公子，朝廷自有法律，百姓岂无公论，谁是谁非，应照大典，还请大人三思，卑县就即告退。"

蔡振武见知县忽然作色，回想自己做事任性，必招物议，莫若交县带去，即差心腹人会审，谅老陈也不敢放松。因说道："仁兄方才所言极当，请即带回贵署，容再差员会审，小儿及各家人受伤轻重，烦即到街一验，望务严究，实为公便。"知县忙即拱手答道："卑职自当仰体宪章，秉公办理。"彼此一揖，各回衙署。

到了次日，蔡振武差人前去，请陈老爷赴署验伤，明日午堂，再委本城守府连陞到县会审，陈县主只得答允，打拱告退回行。因前日自己儿子与萧探花游江回来，已将诗社中得通高天赐周日清，及后被蔡芳当面相欺，与日清口角等情，早已说明，所以这案情，县主已略知底细，更兼平时早晓蔡公子恃势欺人，专管闲事，他自己向来最肯替人申冤理枉，怎肯将儿子的好友屈办，奉承蔡振武？既回衙后，查明高天赐起事缘由，意欲想一善法，怎奈无可借词。

陈公子在旁，再三要父亲设计化解。萧洪金道："小侄辞陞出京之日，适与巡视长江河道、提督伯大人，一同起程，昨闻宪牌已到大境，莫若姑

51

丈推说办理供给，无暇提审，延迟数天，待他伤口平复再审，便能减轻。"陈玉墀道："表兄这话虽然有理，无奈已经验过，填明伤格。"县主点头说道："也只可如此，碰机缘罢了。"当即唤那门上家人道："你回说本县因办巡江提督伯大人公务，绝早出行去了，请大爷迟几天再来会审。"家人接连回复几次，把蔡镇台激得暴跳如雷，大骂道："这是陈祥主使来打吾儿的，待我申详抚院，看你做得官成否？"即与幕宾诬造虚言，说伊子陈玉墀与己子蔡芳不睦，胆敢暗嘱别人将蔡芳毒打，吐血几死，家人亦被打伤，今已捉获，督同该县验伤在案。岂意该县胆敢包庇，并不审办，欲行私放。此词造得千真万确，飞禀抚台。

庄有慕大人，接得这封文书，素知陈祥是老诚稳重之员，此中必有别情。遂面托伯大人到江巡阅之际查办。伯达道："我在这里许久，不能访得主上踪迹，谅必在此左近，我明日到镇江访驾，顺察蔡案虚实。"当下庄大人一别回衙，次早会同各官到行台送行。伯达辞谢各官上船，往镇江进发，一路留心巡视，各处防务均颇稳妥，到了镇江，早见文武各官，均在侍候，船泊码头，各官俱呈手本传见已毕。伯大人道："留丹徒县问话，余各回衙办事。"只剩丹徒县在此，巡捕连忙领进中舱，只见伯督已经换了便服，吩咐："免礼，一旁坐下，有话细谈。"陈祥急步上前，打了一躬，即垂手拱立。伯达道："请坐，毋庸太谦。"知县连忙退到下首末座坐下。伯达道："本部堂自省下来，庄大人托访蔡总镇告贵县欺藐上司，容纵儿子陈玉墀，招聚强徒，将伊子蔡芳及家人数名，打伤几死。且言伊曾督同贵县亲自验明，填格在案，命贵县将人带回而贵县延不审办，意欲相机释放。未悉果有此事乎？本部堂一路闻贵县官声甚好，庄大人亦闻蔡振武父子强霸殃民，所以托我访查。贵县不妨直说，自有道理。"

陈祥闻言，连忙离座打躬道："小官怎敢纵子胡为，还望大人明见。"伯达道："慢慢细说。"陈祥遂把儿子陈玉墀、内侄探花萧洪金，游江看龙船开诗社，遇高天赐、周日清二人，后来怎样被蔡芳欺负口角，次日自己路上遇见蔡镇台亲带兵丁，拥了高天赐进城，因见其相貌轩昂，因此力带回衙叙说一遍。伯达不等说完，忙问："高天赐现在何处？曾被伤否？"陈祥说："尚在卑县署中，未曾着伤，原欲设法释放，岂料蔡镇台迁怒卑职，捏词上控，幸二位大人秦镜高悬，不为所动，不然卑职已堕其术矣。"伯制军遂斥退侍卫人员，附耳说道："你果有眼力，这高天赐是圣上假的名姓。我陛辞之日，已荷二位大人嘱托，沿途查访，恭请圣安，早日回京，所以一路留心暗访，不意却在此处，你回衙不可声张，我随后来见圣上。"

陈祥听得，惊喜非常，飞赶回署，私与儿子说明，请出高天赐，直入签押内房，其时伯达已到，当下一同叩见。自称："臣等罪该万死，望陛下宽赦无知。"天子道："陈卿何罪之有？可速守着门外，勿令下人进内。"天子端座椅上。伯达跪下奏道："奴才出京之日，蒙大学士陈宏谋刘墉吩咐，访遇天颜，代为奏恳，以国计民生为重，务望早日回京，以安臣庶，上慰皇太后倚阊之望。"说罢叩头不止。天子道："朕不日便回，汝可起来，毋庸多奏。另有别说。"遂将前在南京，叶兵部之事说知，"把他一门家口拿解京都，与兵部府中眷属，同禁天牢，候朕回京再办。这蔡振武父子为害地方，若无陈祥，朕躬几被所谋，亦即拿解，交庄有慕按律重办，以除民害。丹徒县陈祥，官声甚好，救驾有功，暂行护理三江总镇。其内侄萧洪金，是福建人，新科武探花，武略精详，俟省亲后，即在该镇中军帮办操防军务。"就在签押桌上，写圣旨二道交于伯达，乃着会同庄有慕妥商办理复奏。说罢起身而去。

伯达、陈祥父子暗暗跪去相送，伯大人遂将暂署三江总镇旨意予父子看了，陈祥连忙望阊谢恩，并谢伯大人玉成之谊，彼此谦逊一番。伯制军因有要事，不敢久留，回船即委中军官带领兵丁，捧了圣旨，到三江总镇家中，将蔡振武全家拿下，备了移文，解赴省城，并将密旨封在文内。庄抚台见了圣旨，跪读已毕，也将叶兵部家眷拿解京都，另委干员处理丹徒县事。陈祥交卸后，即换了顶戴，到三江署理总镇印务，各官多来贺喜不表。

再说此日天子出了丹徒县衙，适遇日清在署前探听，二人同出城来，取了行李，遂搭便船，往松江而来，远望洞庭山及太湖风景，又与江中大不相同。数日之间，船到府城码头，投入高升客寓，次日用过早膳，询问店主道："素仰贵地有四鳃鲈鱼，为天下美味，是否真的？"店主笑道："有四鳃鲈鱼，乃敝地土产，每年二三月极多，目下甚少。"天子道："原来不是常有的东西。"又问了些风景，进同日清出门漫步，一路游玩，只见六街三市，贸易纷繁，那生意之中，以布匹为最，绸缎次之，其余三百六十行，无所不备。苏松自古称富庶之邦，诚为不差，走过许多海鲜店，果无四鳃鲈鱼，忽见一渔人手拿数尾，不觉满心欢喜，忙唤日清道："买了再走。"遂问价多少，渔人道："此鱼在春尚便宜，今暑天深潜水底，甚难取得，所以一月下网，只获此数尾，每条要卖纹银五两，已经有新任知府少爷月前预定，有即送去，不论价钱的。"说罢就走。

天子只要试新，哪惜银子，急叫抬回。忽遇一人，身穿轻纱长衫，足穿京履。手持金面扇，后面几名家丁，向卖鱼的道："我月前也曾吩咐，叫你有鱼就送来，你既有了，怎敢发卖他人？"这一个卖鱼的吓得魂不附体，诺诺连声道："小的已经说明，他要强买，不干小人的事。"那人怒目相视，指着天子与日清道："你好生大胆，可恶，可恶！"一面押鱼担而去。天子就知他是新任松江府之子，但见满面横向、凶恶异常。那旁人道："汝算高运的，未曾拿到行中治罪也就好了，这位伦尚志府大老爷，上任一月有余，未见办过一件公道事，一味听儿子伦昌的主意，鱼肉百姓，为害地方。"

天子闻这些言语，大怒道："买鱼可恕，殃民难饶。"急赶上前拉住鱼

54

担，高声叫道："你虽预先定下，也要让一条予我。"吩咐日清拿鱼。伦昌怒从心起，吩咐家人："与我拿这两个回衙。"众人正欲上前，早被日清三拳两脚打开。伦昌一见，自恃本领，抢上前用一个高操马的拳势，把日清打倒在地，飞步抢来，意欲捉人，天子见他拳势不弱，飞起一脚，正踢在伦昌阴囊之上，登时倒地，乱滚叫痛。正是：

是非只为多开口，烦恼皆因强出头。

不知这场人命如何了局，且看下回分解。

第八回

夺鲈鱼踢伤伦公子
投村庄收罗众豪杰

诗曰：

英雄片语便伤心，喜见姚磷动义情。

绿林自有真豪杰，出场努力诛奸臣。

话说伦昌自恃拳勇，将日清打倒。天子眼明手快，骤起蟠龙脚，正中在伦昌阴囊之上，即时倒地，吓得几个败残家人，急忙上前救起，飞奔回署去了。日清已经跳起，忙与天子跑回店中，拿了行李。店主因离得远，未知缘故，遂收了食用钱，他二人出门去了。本处街邻，因皆素恨伦昌，所以都不查问，各自关了店门。再说新任知府伦尚志，知儿子受了重伤，气得火上加油，一面请医用药，一面自己亲带三班衙役飞风赶来，到时已经连人影都不见了，只见两面店铺各闭门户，追究街邻，齐说方才打架之后，各自奔散不知去向。尚志无奈，带了几个附近居人回衙，追究此人何等服色，出了赏格，追缉不提。

再说天子与周日清防人追赶，不行大路向小路而去，连行三十里，天色已夜，只得就近村庄借宿，适遇庄主姚磷，乃是山西巡抚姚国清之子，乃父为官清廉，百姓叫他姚青天，天子也素知道。今这公子，也极肯输财仗义，交结四方英雄，所以一见，情投意合，与日清结拜为兄弟，认天子

56

为义叔，盛情款留，在庄耽搁数日即行。姚公子说道："本处中元七月十五日，有水陆盂兰盛会，大放花灯，以度无主孤魂，热闹非常。"力挽二人在此玩赏，仍旧在书房安歇。天子见他实心相待，也就安心住下。到了那日，城厢内外均建醮，兼放烟火，沿海岸边，各设醮坛，僧道两教，各修人事，各行店铺，此三日内连宵斗胜，陈设百戏及古玩人物景致，以夸富丽而祝升平。四方之人，扶老携幼都来看热闹，兼到寺院庵堂，报施金钱，以结万人胜会。有诗为证：

> 长江灯市闹喧天，月朗中秋赛上元，
> 千朵莲花飞水面，九层珠塔插云端。
> 金签玉象来三宝，琼阁瑶台列八仙，
> 普渡慈航逢此节，官民同乐万人欢。

闲言表过不提，且说天子同日清住在姚磷家，十分相投，这姚磷乃是一个最好交友的，今见高周二位，肝胆相照，更见亲爱，而且中元今节，每日在庄与文人王太公酒筵相待，极尽地主之谊，饮到酒浓之际，或谈诗赋，或讲经典，兵书战策，拳棒技艺，精究其理，以广见闻。因此三人俱恨相见之晚，自十三日前后，这几天都是公子自己陪着看那水陆灯景。到了十五晚上，姚磷身子不快，不能亲自同往，天子独带几名村客，与日清信步游行，闻城里今夜花灯，比往年更胜，即命备了两匹马，与众从人一路到松江府而来。

二更左右，到了城边，果见城门大开，灯市大兴，一时得意，早把踢伦昌一事忘了，所乘之马，交予庄客，自与日清及从人走进城来，看各行店铺，列着许多奇异灯彩，每到寺院之前，更加热闹，醮坛之外，大驾鳌山，海市蜃楼，装得极妙，一路闲行，不觉已到府前。正在观玩，却被日前跟伦昌的家人看见，忙回署报知伦尚志。他见儿子伤重，正在烦闷，忽得此报，忙传令闭城，又亲自带了三班衙役追上前来，顶头遇见，天子同日清也因这晚饮得酒多，浑身无力，一时抵挡不住，所带几个庄客已经走了。兵役又多，二人见这光景，回身要走，却被两下长绳绊倒，拥入街中，正要开堂审问，本境城隍土地及护驾神，举手向伦尚志打了一掌，尚志一阵头痛，不能坐堂，只得吩咐权且收监，明日再宣。

自此每欲坐堂，便苦头痛。慢说诸神救驾，再说是夜姚家庄客，躲到众百姓中，混到五更，逃出城外，会同看守马匹之人，飞奔回庄报知姚磷。此际姚磷吓得惊疑不止，大骂："伦尚志赃官，定为案情紧急，贪冒功劳，捉我世叔义弟来塞海眼。我姚磷怎肯干休？"即欲带了拳师庄丁等前去索讨，倘若不许定要动手。王太公道："他是父母官，莫若先礼后兵，写信求情，他如不放再作道理不迟。"遂进书房写信，差家人姚德飞马入城投知府行中，守候回音。姚德速进，交予门上，请其呈上。这日伦尚志正在养病，忽接姚磷之信，拆开一看，书曰：

尚志老公祖大人钧览：敬禀者，昨有舍亲高天赐周日清二人，入城看灯游玩，不知因何起见，致被贵差送案，窃查此二人，由家严署内回家公干，在庄月余并未出门，岂贵差私意或线人搪塞，抑因案情紧急，欲以面生之人，胡乱结案乎？严刑之下，何求不得？恳念愚父子薄面，曲赐怜释，感激高谊，非止一身受者已也，谨此保释，仰祈俯允，实为公便。治晚生姚磷顿首。

伦尚志拍手大怒道："原来是姚磷这狗头，仗父之势，主使高天赐二人将吾儿打伤，幸吾将此二人拿住，看他恃势欺压我！难道惧你不成？"越想越气，喝令家人把下书人带到面前，姚德上前叩头。知府把案一拍，大骂道："你主人好生可恶，暗使人把我公子踢伤阴囊，死活尚在未定，还敢写信来保，明欺本府奈何他不得，问他应得何罪？"令左右乱棍打出，将书丢在地下，姚德拾起，被衙役打出，只得忍着痛奔回庄中。

见了姚磷哭诉前事，气得姚磷暴跳如雷，一时性起，点齐合家庄丁，共有二百名，暗藏军器，闯入松江府城，到了府署门前，也不见知府，亲自带领三十余名，闯入府署，谁不认是姚公子，急忙闪开。姚磷问道："高周二位现在何处？"差役只得带他相见，随即同他二人回庄而去。及伦尚志闻报，点齐差役追来，已经去远。只得回行说道："姚磷畜生，如此目无王法，待我禀知上宪，再来问你。"遂唤打道出门。适本县到来请安，兼问姚磷一事，知府就把此事说知，约他一同去见苏松道台朱良材，设法擒拿。即一同上轿，到了道衙，参见已毕，伦知府将事禀明，求朱大人捉拿姚磷。

朱道台也吃了一惊，说道："这还了得，若是点兵围捉，万一有伤官兵，事情就弄大了，而且姚抚台面上也不好看，彼此官官相卫，岂不存些体面，不如用计骗来，将他几个一同拿了，知会他父，始行照办，此为正理、兼且公私交尽。"府县齐道："大人所见极是，只怕他不肯来。"道台云："这姚磷并没甚大罪，所不合者，吵闹衙署，着周高二人伤人致命，亦不过以一人致命，谅他必然肯来。"议定，即着妥当家丁拿道宪名帖，往姚家庄请姚公子明午到行赴席，兼议妥事。姚磷自恃血气之勇，全无畏惧，公然坐轿进城，竟入道署，当下见道宪府俱在座中，即上前见礼，各官因他父亲，也只得以礼相待。

茶罢，一同入席，饮至中巡，朱道台开言道："昨闻贤侄到府署中，抢回周日清、高天赐二人，其事是否？这二人因踢伤伦昌贤侄，死活未定，所以本府将他暂收，以候伤愈再行公办，贤侄知法犯法，如此行强，若本府通详上宪请旨办理，就连令尊大人也有不便之处。本府念彼此世交，不忍不力为调护。务将此二人交出，自有公论，若仍恃勇不交，本府亦难曲徇私情矣。"姚磷拱手道："承大人见教，敢不遵命。只是高周二人，自到舍下将近一月，每日不离晚生左右，从何打伤伦公子？讵于十五夜进城看灯，竟为伦府人错认拿住，斯时晚生也曾代禀伦公，力为申明，不料伦公偏信家人胡指，急于为子报仇，不容分说，将晚生家人姚德乱棍打出，故

59

晚生气愤不过，亲至行中带回高周二人，如果确有凭据，自当即刻交出，若无确实见证，只听下人一面之词，绝难从命。"伦尚志闻言气倒，禀上道宪。道台见姚磷再三不允，也就变脸，命将姚磷拘禁。遂委知县王云到姚家庄捉高周二人一同候审，叮嘱不可乱动姚府物件，以存体面。姚磷自知中计，只可耐着性子，再作道理。

再说本县王太爷，即到姚家庄，下轿步入中堂，令人请贾氏姚太君出来，把上项事说知。说这事本与公子无涉，不过暂行留着，只要交出高周二人便无他得。天子在内听得，怕累及姚家，即同日清挺身而出，别了太君，跟随了去。太君吓得心惊肉跳，挂念儿子。立请亲家王太公入城打探消息。王太公也十分着急，忙奔入城，花些银子，走入县中，见了女婿并高周二人，商议脱身之计。姚磷托他到海波庄上告知好友崔子相。太公回去向老太君说知，并且安慰女儿一番，即日起程向海波庄而来。

再说这崔子相，世居海波庄，乃是水陆响马头领，家中极为富厚，专打抱不平，交结英雄好汉，生得相貌堂堂，身高六尺，学就武艺，件件皆通。手下一班兄弟，俱是多谋多智、武艺高强，并无打家劫舍、为害百姓等事。若知有赃官污吏与走私大贾，绝乎不肯容情，必欲得之而甘心。且保护附近一带村庄店铺，田地墟场，坐享太平，并无别处盗贼敢来相犯，所以各居民自愿私送粮米与他，文武官见其如此正道，亦不来查问。姚磷自小与伊同师，结为生死之交，彼此意气相投，肝胆相照，遇有患难，互相救护，赴汤蹈火在所不辞。

是日崔子相正在庄中，同各兄弟比较刀枪拳棒，庄客报道："姚家庄王太公来见。"崔子相知是姚磷之外父，忙请入庄，见礼已毕，奉上香茶，王太公又与各好汉一一相见，彼此坐下，子相拱手问道："不知老伯驾临，有失远迎，望乞恕罪，令县近况如何？老伯因甚光临？"王太公道："老汉特为小婿被困县中，着我特来恳求，务望出力相助。"子相大惊道："贤弟受屈，因何起见，小侄自当设法。"王太公即把前事说明原委，子相听了，沉吟半晌道："我带众兄弟，暗入松江府城，救出贤弟及高周二人也非难事，只因姚老伯现任山西巡抚，如此做法，必然带累，这便如何是好？"旁忽激怒一位义弟，名叫施良方，大叫道："事到如今，也顾不得许多，只要我等走去，不惊动百姓与官府钱粮，只要结果伦尚志狗官父子，将姚二哥三人救出，到我庄居住，预先请王老伯将姚府家属移到此处，他就请兵来捕，我就同他对敌，就不干姚年伯之事了。"

子相此际也无别法，只得令王太公快去搬取姚府眷属上下人等，到海波庄居住，以免受累。随后带施良方金标两个头领，皆能飞檐走壁，如步平地一般，与手下庄客十余名，兄弟三人分作三起，混入城中，在府前后赁房居住下，定下计策，到了八月十五夜，王太公买办三牲羊酒等物，令人挑进县里，说是姚磷公子在此，多蒙照应，因此今日与大家一醉。各役闻言，十分喜悦，接了人去，整备好了，送至姚公子房内排下。姚磷只顾劝酒，待他们酒至半酣，暗将蒙药浸入酒中灌醉，是时已及四鼓，房上跳下施良方，将链子开下，复上屋接应他三人走出门外，爬过城墙。埋伏庄客预先在此等候同伴出城。

再说崔子相金标将军器马匹叫手下人预先带到北门外关王庙旁僻静地方守候，他饮至三更时候，走到衙门后花园，跳将下去，走入后堂，遥见伦尚志还与爱姬饮酒，只听尚志道："你看今夜月被云掩，令人扫兴，我因公子受伤，今仇人虽获，尚未定实罪名，听道台的口音，是不肯难为姚磷这狗子，我真气闷不过，兼之我前日办了几件案情，未免弄了些银子，百姓多说我贪赃枉法，若被上司知道，有些不妙，想起来也无心饮酒，莫若早些睡吧。"有一少年女子答道："老爷何不将这造言生事的办他几个警诫。"伦尚志道："也说得有理，明日就差你哥出去，暗中访察，捉几人来，办一个毁谤官长的罪名加在头上，作为样子也好。"即令下人收拾杯盘，进了上房，闭门安睡去了。直至四鼓方各睡熟。崔子相取出火种，点着问香，托开房门，来到床前一刀结果伦尚志。又到伦昌房内，也是一刀，走出来从房上跳出去，飞身上马，离了关王庙，到小路，大众会齐同到海波庄而来。到得庄中，姚磷及高周二人再三致谢。唯姚磷愁眉不展，怕父亲为他所累。高天赐极力安慰说："京中军机刘中堂，与我有师生之谊，纵有天大事情，自有高某担当，你只管放心，只要告知令堂，请他毋庸害怕，我自有回天手段，绝不累汝父子。"姚磷闻言大悦，入内安慰母亲妻子。

且说松江城内，伦知府父子被杀，又走脱姚磷高周三人，道宪忙调兵差把姚家庄围住，打开庄门，并不见一人，明明此事必定姚磷私约贼人，谋杀知府。一面申详督抚，一面出列赏格追缉凶手。军民人等，有能捉获贼人者，赏纹银千两，各门张挂告示，画影图形，追拿甚严。不数日间，有人通报姚磷家眷逃往海波庄崔子相家，苏松道台朱大人闻报，即赏了探子，莫知抚院庄大人，发兵调将来查办。登时调集属下官营各步马兵丁，除留守府城外，共带兵马一千，奔海波庄而来。巡抚庄有慕接了该道请兵文书，急命抚标中军高发仕，统兵五千，浩浩荡荡，杀奔海波庄而来。

再表是日崔子相与姚磷各家兄弟，正在庄中司高天赐周日清王太公大众谈论兵机武艺，拜眼高世叔才广见高，正在高兴之际，忽见庄丁禀道："列位老爷不好了，庄大人委高发仕领兵五千，一路杀来，朱道台亲自带领人马一千，分水陆两路由府城一路杀来，两处人马就要到庄，请今定夺。"各人齐吃一惊，虽然各处山寨英雄，亦有数千，可以迎敌，只是官兵势大。兵连祸结不是好事。姚磷更加惊慌，只见高天赐哈哈大笑道："你们不必害怕，有我在此，这些人马包管无用。"

众人听了半信半疑，不知他有什么手段，姚公子急忙拱手道："世叔既有妙计，请早施行，待兵马到来便退了。"高天赐点头道："是。"走回自己卧房，即写下圣旨，盖了御印，外用纸封好，不予各人知道，对日清附耳说知:"你一路迎着高发仕这支人马,见了高发仕说有圣旨,要见庄有慕,着他暗中知会朱良村,暂将两路人马分扎庄外,差官同你入城投递,不许声张。"周日清即刻起程,走不多时,正遇高发仕人马,随即进营,备细说知,这高参将也知近日圣驾在江南游玩,只得遵旨。一面知会朱巡道兵马,一同安下营盘,一面着手下都阃府陈邦杰护送日清到抚辕,向巡抚说知。庄有慕忙开中门,排列香案跪接,拆开一看,乃御笔草书一道云:

朕昨到松江欲尝四鳃鲈鱼,几为伦尚志父子所害,该员性极贪鄙,鱼肉子民,朕已令姚磷等于救驾出去之时,将其父子杀却,此案即可注销,毋庸追究,差来海波庄人马,火速调回。知照刘墉等不得归罪姚磷之父,朕日内亦将往别处游行,卿宜照常办事,不必前来见朕,以避传扬。钦此。

庄有慕接过谕旨,随即请了圣安,与日清见礼,请教姓名毕。日清道:"大人只宜机密照办,不可声张,小可即刻回庄报知,以慰圣心。"抚院相送出街,日清复命不提。

再说庄巡抚即着调回两路兵马,将松江案注销,另委知府署理松江府印务,移文军机,毋庸议山西巡抚纵子私杀命官之罪,一概不论,安静如常。是时崔子相姚磷请入,只见周日清送信去后,果然两路官兵,安扎庄外,偃旗息鼓,住了数日,周日清回来,这两处人马,立即退去。各人十分惊喜,私相忖度,大约高世叔必是王公御戚,始有这回手段,均各倾心敬重,极意奉承。崔子相将自己生的四子,长子崔龙,次子崔虎,三子崔彪,四子崔豹,胞侄崔英,拜求高世伯教习武艺。天子因见诸人都有忠义之心,这五个孩子,都在成了之岁,相貌英俊,技艺虽略知,未得名师不能精妙,倘能学成,亦他日栋梁之器,崔子相又如此敬爱,所以极口应承。暂住庄内,倒也快乐,这且不表。

再说抚标中军高发仕,此人乃白莲教中人,是时回省复命之后,因知天子在海波庄,遂起了谋反之心,私差人暗约白莲教军师朱胡吕。此时朱胡吕奉八排白莲洞主宾扬二大王之命，私历江南，结交群贼与各赃官入教者，相机而动，欲谋不轨，今得高发仕之信，满心欢喜，连忙知会宾扬二位，发贼兵到来照应，一面招集附近会中群贼，共有三千余人。高发仕也带了亲军五百名，私出省城，暗将家属移往别处，前来助战，将海波庄前后围得水泄不通。此际崔子相等并无准备，忽见贼兵到庄，吓得大众惊疑，不知何故，即着人打听，方知白莲教匪前来劫驾谋反，幸而崔子相也是雄霸一方，这海波庄各头领除施良方、金标、崔家父子、姚磷外另有十余名俱是武艺高强，尚堪迎敌。事到其时，天子只得实对他们说知，面许各人奋勇退贼，各加重赏。各人忙叩头谢恩，不究失敬之罪，诸人此时雄气十倍，情愿效死，以保圣驾。崔子相忙奏道："此事还须令人杀出重围，到省调兵，内外破贼。"即有金标挺身愿往，天子立即写旨一道，命其到省见庄巡抚，叫他前来。金标结束停当，扬枪上马，冲出贼营。正是：

　　　仁君被困孤庄内，义士冲围取救兵。

　　不知能否杀出，且看下回分解。

第九回

妖道人围困海波庄
玉面虎阵斩高发仕

诗曰：

> 邪正原来自古分，白莲教匪枉劳心。

> 群雄赴义施威勇，杀贼安邦辅圣君。

话说金标饱餐战饭，上马提枪，即杀奔贼营而来，这时朱胡吕安营未定，措手不及，被金标拼命杀进营盘，远者枪挑，近者铜打。自古道："一人拼命，万夫莫当。"这金标乃是有名武将，一枪一铜何等厉害。正在冲踏贼营，忽见一员贼将挡住去路。金标抬头一看，认得他是抚标中军高发仕，送大骂："反贼！枉食朝廷俸禄，助奸叛逆，禽兽不如。"高发仕被他骂得羞惭满面，低头偷看，也即骂道："该死奴才，休得无礼，快把狗名报来，好取你性命。"金标道："我乃海波庄义士，玉面虎金标是也，绿林中朋友，谁不畏我。"

高发仕闻言，暗暗吃惊，却因久知海波庄玉面虎之名，倒要当心。金标纵马挺枪，分心就刺。高发仕连忙架开，回手一刀，当头就劈，两人搭上手，走马盘旋，冲锋过去，战有八九个回合，金标怕有人来接应，卖个破绽，虚晃一刀，冲围而去。高发仕不舍。金标大喜，故意将马一慢，高发仕追到，双手举刀从背后尽力劈来，金标回个身子，左手横枪向上，把刀架开，右手抽出腰中银铜，望发仕颈上打来，打得连头都不见了。这叫作秦家撒手铜。高发仕尸身倒下马来，手下兵士围将上来，被金标连挑数员，杀散众兵，飞马向省城大路而去。朱胡吕赶来已经去远，追之不及，只得收点残兵，这一阵金标杀死上将十余员，精兵七百余名。朱胡昌十分气恼，随即收葬各尸，另派贼人，把守要路。

再说天子与各英雄，在高楼之上，用千里远镜，照见金标勇猛，杀死贼将贼兵不计其数，冲围而出，心中大悦，说道："金标武勇如此，堪为国家上将。"各人齐声称贺道："此是圣上洪福，使金标立此奇功。"此时圣主再将庄外四面一看，只见近庄围绕，俱是鱼塘，只有进庄一条大路，弯弯曲曲，都要经过各炮台，庄外围墙，做得极其坚固。楼上各排着铜炮鸟枪火箭等物，军装齐备。崔子相奏道："请主上宽心，小臣庄上，粮草可以支应半年，火药炮弹，亦可足用，弓箭军器，颇可应敌，只要派人轮守炮台，他就有数万贼兵，也难近庄，并且附近围墙外有陷坑，内有毒药竹钉，即来攻打，亦不怕他。"天子遂命子相，分拨各将把守炮台。子相派施良方姚磷及四子一侄，各带副头领二名，庄客五十名，分守庄内八座炮台，东西南北各要口，又令周日清统领五百壮丁巡查，且接应炮弹、火药、弓箭等物，将庄桥扯起，紧闭庄门，落下千斤铁闸。仍留王太公伴圣驾，派妥各人侍应饮食茶水。天子见他调度有方，倒也放心，自与王太公各处游行，以观动静。

且说朱胡吕到了次日清晨，升坐帐中，唤高发仕之子高能霸，将他父亲棺木，运回安葬。因安营未定，先丧名将，即欲攻打，以泄此愤，当下高能霸领棺回去后，至半路遇风沉船，一家大小，尽埋鱼腹，此乃为臣不忠之报。后人有诗记之曰：

欺心奸贼逼明君，天灭全家绝嗣根。

只为帝王洪福大，绿林豪杰也归真。

是时朱胡吕打发高能霸去后，遂问帐下："哪位将军，前去打庄，待贫道压阵，用法相助？"只见一将应声愿去，乃是先锋毛英，毛英连忙结束停当，腰藏十二枚飞镖，坐下一匹卷毛赤兔马，手持一把三尖两刃刀，一马当先，来至庄外，朱胡吕亲押后队，即来讨战。天子在庄台下望见贼兵耀武扬威，杀奔庄来，忙问崔子相："谁去杀退贼人，朕当封赏。"只见姚磷挺身而起："小臣愿与贼人决战。"天子正欲放行，忽见施良方上前奏道："磷贤弟未可轻身，臣闻白莲教军师朱胡吕，擅用妖术，适才贼阵后队八卦旗下，有道装妖人，谅必是他，今只宜先令一员副将，探其虚实，臣与姚磷等分立两队，各备枪弓，埋伏在左右阵内，以便接应，庄门口准备火炮，以防冲进，如此方不至疏失。"天子点头应道："施兄所见极妥，"遂问副头领中，谁去破敌，早见一猛将应声愿往，众视之，乃步军教头雷文豹。此人臂力甚大，武艺皆精，现充庄内教习头目。子相大喜道："雷教头出去极好，只要小心，防他妖术。"文豹道："得令。"领五百步兵，姚磷、施良方亦各点五百马步兵丁，各藏火器枪炮，分左右后队，一声炮响，大开庄门，杀出三队人马，排成阵势。雷文豹手持铁棍，当先出阵，大骂："何方毛贼，敢来送死。"

此时毛英正在辱骂讨战，只听得一声炮响，铁鼓如雷，庄门大开，三员大将，率领三队兵马，陆续杀来。为首一员步将，手中铁棍有三四十斤，威风凛凛，高叫道："谁敢前来接战？"毛英被在马上喝道："来将通名受死。"文豹大怒道："吾乃崔大王麾下大头领雷文豹是也。你这毛贼，快把狗名报来。"毛英被激得满面通红，大叫道："吾乃八卦国师朱麾下，正印先锋毛英是也，奉了将令来捉你君臣，你若知机，快快回去，叫崔子相把天子献出，得了天下，与你平分，如若不然，杀进庄来，寸草不留。悔之不及。"雷文豹大怒喝道："休得胡说，看老爷取你性命！"手起一棍，照马扫将过去。毛英忙用三尖两刃刀相迎，马步交阵，一场血战约有三十个回合，打了六十个照面。那雷教头使动手中四十斤重的铁棍，犹如风车一般，望着毛英打来，毛英虽勇，怎奈步骑相交，十分费力，却被雷教头左一棍，右一棍，忽前忽后，毛英顾人顾马，勉强招架，杀得吁吁气喘，只得拖刀往本阵败下。雷文豹喝声："往哪里跑！"冲开大步，紧紧赶来，手下步兵一齐奋勇追杀贼兵，如斩瓜切菜，上前乱杀。

朱胡吕在门筛内看了大惊，忙拔下宝剑向东一指，喝声"疾"立起了一阵怪风，刹那间天黑地暗，日色无光。他在葫芦中倒出一把草茎，往空一撒，口中念念有词。雷文豹与各庄客手下正追杀贼人，忽然伸手不见五指，飞沙走石迎面打来，忽见一队神兵，带了无数豺狼虎豹来扑人，吓得各步兵魂不附体，回头就走。胡吕指点苗兵乘势追杀回来，雷文豹身受重伤，五百壮丁自相践踏，夺路败回。幸后队姚磷、施良方一见黑雾，就知妖法作怪，忙放起火箭，燃起火把，败兵遂往光处奔回，后面妖物引着朱胡吕大兵杀来，施良方又传令各人不准乱跑，违者斩首。各庄客站定，同将火箭炮向妖物打去，只见各怪物被阳光冲开，不能向前。朱胡吕见有准备，也只得收回妖法，退入妖营，此际姚施二将，兵分二队，让过败兵，保着雷文豹，慢慢退进庄来。这回一胜一败，两家俱有伤损，雷教头虽有重伤，幸不致命，急忙用药调治。天子各加奖劳，令崔子相记下各人功劳。死伤庄客，查列姓名注册。论功行赏，施良方当居第一，是日大排筵宴，为众压惊，这且不表。

再说朱胡昌收兵回营，查点各兵，共死伤五百余名，偏将被雷文豹杀死八员，伤者十余名，这回若不是用法取胜，毛英必死在黑贼之手。先锋毛英上前叩谢军师搭救之恩。座中忽有一员大将高叫："军师何长他人志气，灭自己威风？明日待本帅临阵，管叫他片甲不回，如有不胜，敢当军令。"朱胡吕见是统军大元帅苗威，此人力大无穷。使一把溜金枪重六十四斤，有万夫不当之勇，在八亩洞蛮之中，推为头等好汉。朱胡吕笑说道：

"既元帅亲自出马，也要小心，这崔子相等也是有名上将，你看前日冲围的金标，即可概见了。高发仕如此英雄，尚且丧在他手，临敌之际务须加意提防，不可恃勇。"苗威道："本帅自有道理。"朱胡吕道："但愿马到功成，旗开得胜，我主之福也。"到了次日天明，朱胡昌见他恃勇轻敌，恐防有失，暗领兵遥为接应，这且不表。

这日天子在聚义厅中，商议退敌之计，忽见庄内守门士兵跪报："庄外有人讨战。"忙问施良方姚磷崔子相等道："朱胡吕妖法，当用何法可破？"施良方奏道："臣已准备乌鸡黑犬，出阵时杀血，和杂污秽粪草，缚附战枪之上，若遇着邪法，一齐施放，想仗主上洪福必可破敌。我今仍分三队，首尾衔接，以便救应，何惧之有？"天子大喜道："卿调度有方，定能制敌，朕有何忧？"早有姚磷、崔子相、崔龙三人愿与施良方一同出战，议定姚磷当先破敌，施崔二人左右接应，各带马步庄丁五百名，各暗藏秽物埋伏两旁，分派定妥，放炮杀出庄来。

且说前队姚磷，来到阵前，把马勒住，只见对阵一员苗将，蟹面环眼，身高八尺有奇。手持镏金枪，座下青鬃马，生得十分凶恶。姚磷大喝道："贼将通名受死！"那苗威正在讨战，忽听炮响，庄中飞出三队人马，品字排开，为首一员大将，貌如天神，年约三十岁光景，跃马扬威，喝问姓名。苗威答道："本帅乃宾大王驾前统兵大元帅苗威是也。你若知本帅厉害，快快下马受降，免你一死，如若不然，不要后悔。"姚磷笑道："无名鼠辈，有何本领，今日遇见本公子，只怕你死在目前。吾乃山西抚院大公子姚磷是也。奉旨前来，取你狗命。"大喝一声，犹如霹雳一般，跃马一刀，向苗威顶头盖将下来，好不厉害。苗威大叫："来得好。"将枪往上一架，走马冲来，回手尽力一抢，也非同小可。

二人搭上手，如走马灯一般，一冲一撞，一来一往有数十回合，正是棋逢敌手将遇良才，施崔二人在左右压住阵脚。苗阵上毛英及各副将一字儿排开，遥为接应，两面摇旗呐喊，战鼓如雷，从辰至未，仍无胜败。姚磷暗中想道："苗贼果然厉害，必须用拖刀计斩他。"遂虚晃一刀回马就走，施良方见他刀法未乱忽然败走，料必是计，知会崔龙仍然压住阵脚，不来救应，诈为不知。苗成见姚磷败回，大呼："走的不是好汉！"苗贼从后追来，姚磷听得后面铃响，知中他计。对阵朱胡吕远望苗威恃勇追赶，恐防姚磷是计，急令鸣金收兵，苗威哪里肯听，只顾追来，姚磷待至近身，忽勒马回身，出其不意，用尽平生之力，举刀劈来，苗威一时措手不及，大叫一声，连人带马，分为四段。姚磷取了首级，又领兵冲过阵来，逢人就杀，勇不可当，苗军抵敌不住，毛英败走后阵，朱胡吕赶到，接着混战，施崔二人，兵分两路，进前助战。

朱胡吕料难取胜，忙作起妖法，顷刻间天昏地暗，鬼哭狼嚎，狂风大作，飞沙走石，无数神兵杀将过来。姚磷与各庄客大惊，退后便走，施良方急令发燃火器，让过退兵，将各式秽物一齐射上前去，只见一霎时，各妖变为纸剪草人，纷纷落下，天色明朗，风沙尽息。朱胡吕见被破了法术，越加愤怒，就在豹皮囊中取出五毒神针，口念真言，往空祭起，五色祥云，往对阵打来。姚磷正在当先奋勇攻杀，不提防他一神针从空中打将下来，大叫一声："不好了！"将头一偏，中在左膊肩背之上，痛苦难当，几乎跌下马来，伏鞍逃回。朱胡吕连祭此针，打伤副头领及各庄丁数十人，施良方一见大惊，急用强弓硬箭，火炮枪炮敌住贼人，保着姚磷并受伤各人，一路陆续退入庄内，闭住庄门，挂起庄桥。胡吕也因枪箭厉害，不敢追逼，当即取了苗威尸首，引兵退归，用棺收殓，就地埋葬。一面修表，奏知苗王宾扬二元帅，请即火速添兵前来助战。

再说天子在望楼之上，见姚磷斩了贼将，我兵大胜，施良方又连破妖法，圣心大悦，正在夸赞，后来看见姚磷中毒，兵将受伤逃回，此时圣驾忙来看视，只见姚磷及被伤各人，昏迷不醒，着伤沉重，命在顷刻。姚家婆媳、王太公及伤者各人父母妻子，皆来围着，虽哭声惨切，而各无怨言。此时圣心忧愁之至，忽悟自己所穿珍珠衫，最能解邪避毒，其避水火二珠已历试不爽，何不将来一试，或能有济，各人就有生机。即将宝衫卸下，先在姚磷伤处，四面旋转，似乎随手消肿，未及数次，肿毒全消，其痛若失，姚磷如醉如醒，跳将起来，各人均如法调治，一时皆好，叩谢天恩，皆云："陛下有此神物，实乃国家之福。"崔子相吩咐备酒与各人压惊。天子在席中与众商议道："破贼不难，总要捉住妖道。"各人道："我主所见极是，然妖道朱胡吕十分厉害，怎能捉得他到？要先访一人，将他治服，方才妥当，今除非暗地差人到江西龙虎山，召请天师府张真人来，始可破妖术，否则即金标召得勤工兵来，也难抵挡。"

天子正欲允行，却见崔龙跪下奏道："小臣师父云霞道人，姓黄号野人，广东罗浮山黄龙观主持，前云游到此，收臣兄弟为徒，每年必到臣家住数日，驱邪治鬼，行雨求晴，又肯方便济人，故所至之地，民皆迎留，以此亦不肯轻出。半月之前到此，现在住吕祖庵中，一切食用由臣家供奉，当今往询其破妖之术，定有良策。"子相接口道："非臣儿提起，臣几忘却，三年前他曾说：'三年后此庄必有大敌，恐为妖人所困，宜先在庄内，起造四面望台八座，外添设鱼塘，修四面围墙，以资防守。'所有入庄盘道各楼，一切形势，均伊布置，并多储米粮，且又教练庄丁。今日有备不为苗贼所乘者，皆此道人之力，正天子有百灵扶助，诚非虚语。"

天子听了喜道："这道人既能前知，卿可代朕前往恭迎。"子相连忙领旨，亲到庵中，见了黄道，告明此意。道人并不推却，欣然同于相上马来到府前，同入府中。天子见他童颜鹤发，有神仙之态，忙起座相迎，着以常礼相见。黄道上前叩首道："山野庸夫，知识浅陋，辱承顾问，望陛下宽恕疏狂。"天子用温语慰劳，遂询破朱胡吕妖术之道。道人奏道："陛下合当有几日虚惊，今已应过。且待勤工兵到，便能截断贼人归路，彼时贫道自能破其妖法，现在外援未至，纵使取胜，贼必四散害民，不若权且忍耐，以俟内外来攻为妙。"天子大喜道："得仙长如此仙机，朕何顾焉?"遂令人出探救兵，准备破杀，一面送老道回庵，待时而动。

且说金标冲围而出，飞奔到江苏省城，令把门军士飞报中丞，有机密圣旨。庄巡抚即刻接进，排开香案，拜读诏旨，朕在海波庄，现为苗贼朱胡昌所困，特命金标冲围而来，卿即火速调附近水陆各军，星驰前来破贼，速速勿延。钦此。

庄巡抚大惊，忙与金标见礼。金标把高发仕通贼劫驾等情况说知，要他火速调兵前去。庄有慕道："他系参将，胆敢谋叛，乃下官失察之罪也。不道伊两日前请假出省，叛逆至此，幸为将军所杀，其功非小。"说罢不便久待，立时点水陆各军，令副将徐昭代理军中事务，领战将十员，由水路督率战船先行。自与金标部下将领，由陆路星夜飞奔海波庄而来。再出兵，除留官兵紧守城池外，更发水陆兵三万接应。一面知会海关提督姚文升，即是姚磷胞叔，并河道总督伯达，各起兵助剿。当下兼程倍道，赶到海波庄，离庄三十里，探马报道："前面数里，就是贼营，请令定夺。"庄大人闻报，遂将水陆两军，相度要隘，安下营寨。次日升帐，探子来报："浙关提督姚文升、河道总督伯达二位大人亲统精兵五千赶到，现在营外，请今定夺。"庄有幕即时请进营中，彼此相见。议定本日各带本部人马，分为四路，一齐奋勇杀贼，议罢回营拔寨齐起，叫杀连天，伯大人从东方，率领部下中胁杨应龙，统兵杀入。庄提督与各军大喊一声从北方杀入。金标领五万人马，从西方杀入。徐昭领本省抚标精兵，从南方杀入。

是时朱胡吕陆续聚集苗上各匪，虽乌合之人，也有数万，正在商量，奈四面鱼塘围绕，入庄大路又为各望楼枪炮轰击，立足不定，日夜俟探，全无善计，这日忽见四面大队官兵杀入营来，势如风火，就知各路兵已到，自恃妖法，毫无惧栗，即督领毛英等上马杀出营来，分头迎敌。

庄内敌楼上，望见四路人马杀入贼营，天子即请黄道长统领庄内各将，自内杀出，此时贼营大乱，内外夹攻，首尾不能相顾。朱胡昌见势已急，忙拔雌雄宝剑，画符念咒，霎时天地乌黑。顺手在葫芦内倒出一把草并纸人，往空一撒，顿时狂风大作，飞沙走石，一群怪物妖兵，向对阵扑来。庄内各兵等，吓得魂飞魄散，正要退下，欲用秽物破他。只见黄野人不慌不忙，拔出背负桃木剑，口中念动真言，举手打一个掌心雷，只听一声霹雳，妖物消失，天色开朗。

朱胡吕一见大怒，喝道："何方野道，敢破我仙法？"黄野人骂道："你这毛贼，敢逞邪术，死在目前！"朱胡吕暴跳如雷，大骂道："我不杀你，难消此恨。"遂在豹皮囊中取出八宝五光神石，念起真言，向黄道长打来，只见霞光万道，好不厉害。黄道人急将桃木剑抛起，口诵真言，用手一指，一声响亮，将宝石斩落地下，分为两段。朱胡吕大惊，只得把针祭起，黄道人忙把背上风火蒲团取下，祭起空中，令黄巾力士把此针卷回罗浮山去。黄巾力士一声答应，将针卷去。朱胡吕急得目瞪口呆，把雌雄二剑如雪片一般，向道长面门乱砍，黄真人与之大战有数回合，是时各队官兵，已将苗土群贼，杀得七零八落。朱胡吕见势不好，方欲借此遁走，早被黄道长祭起桃剑，斩为两段。

庄大人正在指挥，见贼首已诛，乃传令军中，降者免死。余贼闻言，一同跪下请降。庄伯二大人即鸣金收兵，领大小各官入庄朝见，跪请圣安。天子大加慰劳："候朕回朝，论功升赏。"余匪及善后事，着庄有慕妥为办理。黄真人即欲告别回山，天子御口亲封为清虚妙道真人。道长谢恩，霎时不见，各官均称奇异。文武饮完酒筵，各回本任去了，天子降敕一道，交予崔子相、姚磷、金标、施良方、雷文豹五人，着入京谒见兵部，以提镇参游都司简放。

　　天子分派各事已毕，带了日清，仍前装扮，向姑苏游行，到了苏州虎丘山。

　　要知后事如何，且看下回分解。

第十回

刘阁老屡代光昌
赵庆芳武艺无双

诗曰：

> 姑苏天下最繁华，吴王伯业至今夸。
>
> 子胥经济兼雄略，一腔忠义在邦家。

且说圣上因欲游玩苏常风景，亲访英雄，以备他日将才之选。是日海波庄大设筵宴，各人执盏饯行，送出庄外，周日清负了衣包被褥，跟随在后。由崇明到苏州甚近，因欲沿途游玩，自航海抵南汇、上海、嘉定、太仓、昆山，一路探风问俗，夜宿晓行，一日将入夜，行抵苏州娄门。入城至护龙街，见满街灯火，夜色如昼，见有客寓灯笼，大书"得安招商客寓"，二人径入。寓主姓张号慎安，苏州洞庭山人，见客进门，殷勤接待。日清择定安静房屋一所，将包袱放下。寓主命厨师速备夜膳。

是夜，主上用过晚膳，日清困倦早睡，主上一人出游。是时街市灯火辉煌，如同白日。每店排列三层，花式不同，大店家每层用灯五六十盏，小店家亦有二十余盏，斗巧争奇，彼此赌赛。那剃头铺点灯如昼一般，都是上、中、下三层，坐满剃头。招牌上写："向阳取耳，月下剃头。"圣天子心中诧异，难道苏州地方，日里都不剃头，定是晚间剃不成？旁有一位老翁，便请教这个原因。老者道："原来客官初到敝地，不晓此处晚上剃头规矩，待老拙说与你知道。这苏州日间剃头，有两等行情，若剃荤头，都是那班相公们，做摩骨修痒的工夫，把客人的邪火摩动，就是妓女一般，做那龙阳勾当，所花的银两，或数两，或一二两不等；若剃素头，剃头打辫，取耳光面，摩骨修痒，五个人做五层工夫，最省。不过也须每人给钱五十文，手松些的或一百，或二百不等，所以动不动剃一回头，费却一千八百，不以为奇，故而日间剃者甚少。这晚上不论贵贱，都是十六个铜钱，剃一个头，打一条辫，其余一概不做，故而这些人均是晚上剃头居多。"

圣天子闻言，点头微笑，拱手道："多蒙指教！"转身向着那边走来，更加热闹，姑苏夜市，天下有名，近水一带，越觉好看。遥望那花船酒艇，来往游行娼寮中，万盏银灯，一齐点着，映得水面上下通红，耳边只听得琵琶箫管，弦索笙歌，悠扬快乐。太湖里小艇如梭，绿波荡桨，果是繁华富丽无双。天子此时，龙颜大悦，顺步走近码头，早有船上少妇一群儿枪上前来，你扯我拉，口称："老爷，我的船又轻便，又宽舒，十分洁净，游湖探妓，请上船来，水脚价钱，听凭赏赐。"众口合声，都道自己船好。圣天子拣了一只上等花船，踏跳登舟，走进中舱，将身坐下。艇里一面开船荡桨，口中请问："老爷要去西湖，还是回府饮酒?"只见那艇梢后面，走出一对十二三岁俊俏女童，罗衣满身，打扮齐整，一个用茶盆托出一盘龙井香茶，放在小凳之上；一个手提银水烟筒，吹火装烟，艇中摆设，倒也不俗。圣天子说道："你且与我到那热闹地方，游玩一番，再到那本处有名的第一等妓女寮中，饮酒便了。"艇家听罢，将船往湖中极盛之处慢慢摇来，圣天子推宙观望，畅饮欢游。

且说苏州有一富翁，姓张名廷怀，表字君可，家资百万，最爱结交天下英雄、四方豪杰。生平最好除强助弱、济困扶危，性情慷慨，挥金如土，因此上学就浑身本领，文武全才。所以太湖强人、绿林响马，一闻他无不倾心仰慕。若是正人君子，寄迹其中，借此隐名埋姓，虽为强盗，心存忠义的人，伊广为结纳。其祖上历代贩卖两淮私盐，所以绿林朋友，彼此相通，取其缓急之际，借为照应。因此廷怀所运私盐贩往各处埠头，历年未曾失手。家中广有姬妾，生性最好狎邪，不惜缠头，若遇才貌双全之妓，更加称意，挥霍不吝。烟花队里，行户人家，无不均沾其惠，因此上苏杭地方，花船行中，起了他一个诨名，叫作品花张员外。是日，也雇了一只长行快艇，顺流飞桨沿途驶来，其行如箭，迎面而来。是时微有月色星光，一时趋避不及，与天子所坐花船，挨舟擦过，快船人多力大，一声响，早将花艇桨撞折，船身震动，船妇高声喝骂索偿。快艇水手不依，彼此口角相争，惊动了张廷怀，步出船头，询知缘故，遂将自己水手责备一番，即着手下人，拿了三吊铜钱送过船来，说道："这钱是张老爷赏你买桨的，不必吵了。"

此际圣天子也到船头上来观看，意欲调停此事，听见他将自己水手骂了一回，遂拿钱来赔偿。暗想此人举动大方，谅来定是一个豪杰，遂向船妇道："小小船桨，能值几何？焉可破费他主人赔钱，待我多赏你一二两银子便了。"船妇忙即将钱送还过去。张君可连连拱手道："适才冒犯宝舟，原是小弟快船水手粗鲁，老先生既不见罪，又将小弟所赔之钱送还，反使小可愧感不安，望乞示尊姓大名，以资铭感。"圣天子连忙以礼相还，答道："这些小事，何足挂怀？在下姓高名天赐，乃直隶顺天人氏。不敢动问仁兄上姓尊名，贵乡何处？"廷怀忙道："小弟是本处苏州人，姓张名廷怀，字君可，因欲去探望相知，不期得遇高兄，实乃天缘凑合，断非偶然。古人云：四海之内，皆兄弟也。如蒙不弃，何不请过小舟，一同前往，俾得少尽地主之谊，实乃三生之幸。"

天子举目将他一看，见他仪表非常，年约三旬，眉清目秀，面如满月，声音雄亮，举止端方，此人必是英雄，何妨与他结识，观其品格，以便日后为国家出力，岂不为妙？立定主意，答道："足见张兄雅爱，只是小弟未经拜访，造次相扰，殊切不恭，容日到府拜候奉陪如何？"这张廷怀天生一对识英雄的巨眼，一见高天赐龙眉凤目，满面威仪，年纪与自己相仿，谈吐间，声若洪钟，目射神光，气宇轩昂，居然是一个王侯品貌，一心要与他结纳，焉肯轻轻错过？忙即走近船旁，一手挽着花艇船边，踱将过来，躬身施礼，口称："高兄若果如斯客套，非像你我英雄了。"天子还礼道："既承雅爱，焉可再辞？"随即携着手同回快艇中来，步进中舱，重新见礼，分宾主坐下。见舱内陈设，与那小花艇，格外不同，所有名人字画、古玩几桌色色华丽。水手及使用下人，有二十余人之多，献罢茶烟，廷怀吩咐将那小花船，扣在自己快艇后，一路游玩，要到得月楼寮中，去访姑苏名妓李云娘、金凤娇诸姐妹去。水手遵命，飞奖便往。一面摆点心、糖果、围碟等物，放在红木桌上。廷怀恭请高兄上座，彼此谦逊一番，方才就座。

　　二人谈论经纶，略用茶点，廷怀指点沿途经历景物，一切湖里繁华，证今评古，自吴王建业、子胥筑城至今，本朝所有先后贤人，圣天子层层考博。那张廷怀谈论风生，百问百答，极称渊博，廷怀有所难辨，天子亦详为讲解分明，彼此言语投机，各恨相见之晚。说话之间，船到得月楼一带娼船之前，快船水手将船扣好，将近万字栏杆旁边，圣天子举目看时，见一字儿湾泊着许多画栋雕梁、铺金结彩极大的花船，大者高丈余，长四五丈，舱内均建层楼，横阔丈余或八尺不等，四面花窗，色样奇巧，窗内镶嵌玻璃，船头翠绿栏杆，上面挑出五色花绸遮阳，箫管琵琶，摆列船头，鸨儿与一班弦索手站立一旁，一齐与二位大爷打躬作揖。张廷怀携着高天赐手，踏过船头，李云娘早已迎到舱门，笑道："今日什么风，吹得二位大人来此？"慢举金莲，上前万福。二人亦以礼相还，行得舱来，廷怀忙尊高兄上座，三人谦逊一番，方才分宾主坐下。丫鬟捧上三盅香茶，就在旁边侍候装烟。

圣天子看那舱中，陈设极富丽，两旁挂着许多名人题赠的诗词。留心看这李云娘，倒也十分标致，眉如新月，眼若秋波，面白唇红，腰肢婀娜，体态轻盈，虽不及沉鱼落雁之容，也有六七分姿色。只见她轻启朱唇，请教这位贵客："上姓尊名，贵乡何处？"廷怀忙道："此位敝友，乃北京人，姓高名天赐，适才路上相遇，倾谈之下，遂成莫逆之交，特地邀来拜访，博览群芳。诸姐妹中，准人才貌称著者，请来一会，以尽今日之欢。"高天赐连忙逊道："岂敢，岂敢！小可不过奉陪张兄到此，以图一夕之欢，望勿见笑。"云娘答道："素仰尊名，幸蒙光降，何乐如之。但敝姐妹中，难言才貌，诚恐辜负雅意，切勿见怪。"

说着，鸨儿早已听见有新来北京大客，又是张员外好友，自然都是阔客，既要博览姑苏名妓，即刻将左右邻船几个有名的妓女，一齐装扮得如仙子一般，送到云娘艇里来。一同上前，与二位客人见了礼，两旁坐下，就中有一个姓金名凤娇，年方二九，生得月貌花容，颇称苏州水陆教坊中班头领袖，虽则她貌如苏小，才胜薛涛，还在云娘之上，只因她性情骄傲，恃才傲物，不肯做那迎新送旧、转脸无情之态，即如富翁张员外，稍有一言不合，她就冷淡如冰，不肯曲意承欢，以图宠爱，诸如此类，与客无缘。虽然才貌超群，反落诸妓之后，今闻直隶高客人要访才貌双全之妓，谅必此人不俗，特意前来一会。见圣天子有龙凤之姿，天日之表，气概不凡。暗想这客人品貌，不知他胜怀如何，一试便知。

彼此谈了谦逊之言，鸨儿请到酒厅赴席。一同步进中舱，当中圆桌上排了满尊筵席，两边弦索，五音齐奏，丝竹并陈，却也华美。于是坐下，共倒金樽，酒至数巡，是晚乃七月初旬，暑气仍甚，但见银河月色，高声朗诵，对酒当歌，人生几何？天子偶然想得一联，乃道："良朋相对，酒兴初浓，诗词以记其盛"，高声念曰："新月如舟，撑入银河仙姐坐。"廷怀不假思索，对曰："红轮似镜，照归碧海玉人观。"金凤娇即唤侍婢小英，拿了文房四宝，放在案上，提起笔来，写在花笺之上，彼此称赏一番。

天子见凤娇写得笔走蛟龙，十分爱她。张亦随即想出一联，提笔写在笺上道："六木森森，桃梅杏李松柏。"高天赐接口曰："四山出出，泰华嵩岳昆仑。"廷怀大加赞赏，倍相敬重。是日天气炎热，扇不离手，凤娇将其手中金面纸扇，求高贵人大作一题，高天赐接过扇儿，铺在桌上，一挥而就，意存规诲，指点迷津，见八句七言诗词咏道：

　　　　体态生成月半钩，清风流畅快心愁。

　　　　时逢炎热多相爱，秋至寒来却不留。

　　　　质似红颜羞薄命，花残纸烂悔难谋。

　　　　趁早脱身休落后，免教白骨望谁收。

金凤娇接过看完，感激道："贱妾久有此心，恨未得其人，今蒙金玉良言，这诗当为妾座右铭，以志不忘。"天子道："急流勇退，机不可失，愿各美人勉之，今日之会，殊快心怀，张兄何不就将美妓为题，作诗以见其概如何？"张君可遵命，提笔写道：

　　　　二八佳人巧样妆，洞房夜夜换新郎。

　　　　一双玉臂千人忱，半点朱唇万客尝。

　　　　做就几番娇媚态，装成一片假心肠。

　　　　迎来送往知多少？惯作相思泪两行。

李云娘见道："郎君所见不差，我辈心肠，原是假的，未可一概而论，此中未尝无人，当日李亚姣之于郑元和，卖油郎之遇花魁女，若杜十娘之怒沉百宝，倒是李生辜负于她，其余为客所累，指不胜屈，安可不辨贤愚，不分良莠乎？"金凤娇道："不应如此说，应罚一杯！"于是复归席上，再倒金樽。饮至更深，张君可仍在云娘船内歇宿，天子就与金凤娇携手，到她舟内谈说，吟诗下棋，不觉天明，略为安歇，次早起来洗面，仍到云娘船中相会，略用茶点。君可取出纹银二十两，作为缠头之费，另付席金五

80

两，赏赐门厅弦索手、侍候人等三两，总交云娘支结。二人携手作别，走出船头，二妓与鸨儿一齐送出来，再三叮嘱后会之期。高张二人下原来之花船快艇，站在船头，两下问明住址，殷勤作别。

且说圣天子来到岸边，赏了花艇三两银子，连赔船桨在内，回店与日清说知昨晚之事。用过早膳，换了衣裳，同日清往张家庄而去。门上侍从人等，认得主人新交贵客，连忙报入书房，廷怀大喜，相迎入内，三人见礼，分宾主坐下，茶罢细谈。天子道："你我既是相投，如蒙不弃，何不结为八拜之交，岂不为美？"君可道："小弟久有此心，未敢造次。"令家人备办三牲酒礼，拜为生死之交。排定年庚，高天赐长廷怀一岁，尊为兄长，周日清上前叩见叔父。大摆筵席，在书房款待，差人随日清到客栈搬行李杂物，就在张家庄内安歇，每日饮酒，甚为舒畅。

一日，张廷怀出外，日清不在跟前，天子一人独坐不快。举步出门游玩，直往大街而行，不觉到了一所大庄院。抬头一看，真乃楼阁连云，雕梁画栋，迈步进至大门前观望，方知刘家相府，心中一想，此间莫非是刘墉家中吗？再看门上写着："天下第一家"五个大字，天子一见大怒，想刘家不过是宰相，何得为天下第一家，朕乃贵为天子，富有四海，方为天下第一家，你如此妄称，毋乃自己太大。微思此匾，必有缘故，不若待朕进去查探明白。举步行进大门，即问把门老者，将高天赐名片拿出，让他进内禀知。少顷家人出来，称说："家爷相请。"

天子即随家人进内，见有一座四柱大厅，起造华美，见三四个少年，生得十分文雅，在厅中恭候，分宾主坐下，小童奉上茶烟，一少年后生问："老先生高姓大名，贵乡何处？"天子答道："我乃北京顺天府人氏，姓高名天赐。"少年又问："高老爷在军机处，现居何职？"天子又答道："某由翰林院出身，在军机处与刘相爷协办，因为丁忧闲暇，来到贵省游玩，顺路拜府。"少年道："不敢当！"圣天子问道："请问尊府门上之匾，写着天下第一家五字是何解法？”少年道：“我少年无知，请高老伯入二堂问我家父。”天子道：“烦为带步。”少年即令老家人带入二堂，少年告退。见二堂外，一所丹墀直上宫厅，老家人请天子在官厅坐下，禀知家主出来奉陪，转过花厅而去。稍后，步出一人，年四十余岁，风致飘然趋承而上，与仁圣天子见面，彼此礼毕，分宾主坐下。家人奉过香茶，即问道：“不知高老爷贵驾光临，望乞恕罪。”仁圣天子答道：“小弟顺道拜候，得睹芝颜，慰我怀矣。”其人又道：“请问高老爷在军机处与家兄同事几年？”天子道：“已在军机处五载，请问尊府门上之匾，写的天下第一家是何解法？”其人又道：“此匾解法，小弟不知，请高老爷入三堂，问我家父便知。”天子道：“请尊兄令人引进。”其人即令家人引进三堂，天子起身，拱手而别。

　　入到三堂，见其光洁铺陈，更比二堂华美。家人请天子在堂坐下，回身入左花厅，见一人六十余岁，体壮神清，笑容而来，一到堂上，与天子见礼，分宾主坐下。其人道：“请问高老先生到来，有何贵干？”天子答道：“小侄在京丁忧，闲暇无事，游玩贵省江南景致，闻得刘兄府在此，特来拜候老伯金安。”其人答道：“尊驾与小儿相好，彼此世交，屈驾在寒舍住几天如何？”天子答道：“感领，小侄已在张员外家居住，迟几日再来打扰。请问老伯，贵府门上之匾写天下第一家五个字是如何解法？”其人道：“此匾五字我也不知，高先生要知端详，请入四堂，问我家父便知。”

　　天子闻言，心中狐疑，为何皆称不知，定有缘故，我进去问个明白。天子开言道：“烦老伯令人引进，拜候公公。”其人即令家人带天子进四堂，圣天子起身揖别。走进里面，见丹墀两旁有四柱，大厅悬许多名人字画，直入大堂，比三堂更加华美。天子叹道：“怪不得说，天上神仙府，人间宰相家。”家人即请高老爷在堂上坐下，待禀知家主出来奉陪，即入花厅而去。顷见一位白发公公，扶杖而出，年八十余岁，三绺长须，精神壮健，直到堂上，与圣天子见礼。公公道：“请问高先生来到敝省有何贵干？”圣

82

天子答道："来到贵省探望庄有慕，现在张廷怀员外家下居住，顺道特来府上拜候。"公公道："尊驾无事，不妨在此留住数月，遍游敝省胜景，甲于天下。"圣天子道："一为游玩，二则探望朋友。请问公公，贵府门上写的天下第一家五个字是何解法？"

公公答道："门上之匾，是我家父百年上寿，各亲友共送三匾，后堂两匾，前门一匾，请高先生入后堂，问我父便知。"天子闻言，此公公尚有老父，百岁以上，居住后堂，尚有两匾，未知如何写法？随即开言，求公公令人引进，公公即令家人带天子进后堂，圣天子起身拱手而入。随家人转入后堂，见四边奇花异草，香风远飘，有如仙境一般。天子叹道："此间真仙境也"，步到堂前，见上挂一匾，书曰："百岁堂。"家人道："高老爷在此，待小的上堂裏知家主，然后请得。"天子道："烦劳！我在此等候。"一人在堂。少顷出来言道："高老爷请进。"天子即随家人进内，只见堂上清洁不凡，桌上有龙涎香烟，令人神清气爽，如广寒仙洞一般。

天子直至堂上，见一耆老，坐在睡椅上，左右有三小童侍立，发与须眉皆白，红颜皓齿。天子上前作揖道："老公公有请。"公公见天子，即令小童扶起，拱手回礼道："请坐！"宾主一同坐下。公公道："高先生光降茅舍，有何见教？"天子答道："小侄孙乃北京人氏，在军机处与令孙同事，今日顺道到来拜见老公公，得睹尊颜，十分荣幸。"公公道："贤侄到此，可曾游玩各处胜景否？"天子答道："游玩数处，好景一时观之不尽，可算第一胜地。"老公公道："高先生现在何处居住？"天子答道："现在张廷怀员外家里居住。"随即问道："老公公今年贵庚几何？"老公公答道："老拙今年一百零八岁。"天子闻言叹道："真乃高年长老。"又问曰："请问老公公，贵府门前一匾，上书天下第一家五字是何解法？"老公公道："高先生有所不知，老拙上百岁大寿，众亲友来上三匾，门前一匾曰：'天下第一家'，堂前之匾曰'百岁堂'，堂内之匾是序吾家之事，高先生看堂

83

匾便知。"天子闻言，抬头细看堂匾曰：

天祝其希，地视其希，帝祝其希，家内老少亦视其希。父为宰相，子为宰相，孙为宰相。

如我富不如我贵，如我贵不如我父子公孙三及第，如我父子公孙三及第，不如我五代结发夫妻百岁齐。

仁圣天子看完此匾道："此真天下第一家也！"又与老公公言谈几句，作别回庄。天子回到庄上。廷怀道："今往何处游玩去了一日？"天子答道："去刘家庄一日，见他门前之匾上书'天下第一家'，不解其故，入问他少年后生，叫我问他家父，着人引我入二堂，见伊家父，既至二堂，又叫我入三堂，入得三堂，又叫我入四堂，问他家父，后至五堂，见一百岁老公公，呼我看其堂匾，方解其故。"将前事说明。张廷怀道："刘家富贵寿考，系天下无双。"大众言谈，晚膳已完，各归寝所。

光阴如箭，不觉到了八月十五中秋佳节，本处风俗，专打擂台为例，到了是日，廷怀令家人摆设酒筵，与天子开怀畅饮。饮完，张廷怀道："我们去看擂台。"天子道："甚好！"一齐同出街前，到龙王庙前打擂台之下，见人如蚁队看打擂台，买卖杂物，不计其数。台主乃是赵庆芳，有名的本地教师，手下徒弟数百人。天子与廷怀一齐到来，见台上有一对联：

武勇世间第一，英雄天下无双。

左边有一规条曰：

上台比武，不论军民人等，不得私带暗器，拳脚之下，死生两不追究。

见台下各人拥挤，闪开一条大路，见有摆齐数百色军器，拥着一位教师前来，生得十分勇武。来到台下，离数丈，一跳上台，在台上耀武扬威，口出大言道："有本事者，上台比武，拳脚之下，断不留情。"台下一位武探花萧洪金，一跳上台，开言道："赵庆芳，我与你比武！"庆芳道："萧老爷，你乃本处一大绅衿，不宜来上擂台。恐防交手，拳脚无情，有伤贵

84

体。"萧洪金道："不妨，你有本事只管放过来，若是知趣者快下台藏拙，不宜在此夸张大口，目中无人。"赵庆芳道："尔来。"萧洪金道："就来。"即排开架势，用一路双龙出海，扑将过来。庆芳用大鹏展翅，双手隔开，你来我往了三四十回合，萧洪金气力不支，顿时被那教师赵庆芳飞起一脚，将他踢下台来，跌得洪金头破额裂，鲜血淋淋，不省人事。台下来看之人，大笑不止。家人扶他回家。

圣天子一见，心中大怒，心想："萧洪金乃朕之臣，今探花被此重伤，若不与民除害，恐后民间丧命不少。"正欲上擂台，忽然旁边闪出一人道："高仁兄且慢，割鸡焉用牛刀，待弟上台，将他打下。"天子即视其人，系张廷怀，遂答道："尔要上台，须要小心，切不可大意。"廷怀答道："晓得。"将身子一跃，跳上台去，说"我来也！"庆芳抬头一看，此人面如满月，相貌惊人，遂开言道："来者贵姓大名，说明方能交手。"张廷怀道："我姓张名廷怀，特来与你相会，你不得自恃英雄，目下无人，你只管过来！"自己用猛虎下山，扑将过来。庆芳将身闪过，用双飞蝴蝶照廷怀头上打来，廷怀就用出海蛟龙，双手推开，尔来我去，斗了七八十回合，廷怀自知气力不足，难以取胜，弄个破绽，跳下台来。

庆芳见廷怀不是对手，在台上大叫道："台下英雄，有本领者，方可上来。"圣天子奋力将身一跳，飞上台中，道："我来与你见个高低。"不知圣天子与庆芳比武，谁胜谁负，且看下回分解。

第十一回

赵教头知机识主
朱知府偏断亡身

诗曰：

自古豪杰要知主，曾记庆芳把礼施。

台前能识真主命，万岁留名在一时。

话说赵庆芳见一人上台，生得龙眉凤目，相貌惊人，开言道："来者留名，方能交手。"天子道："吾乃姓高名天赐，特来与你比较。"庆芳道："只管来！"天子用手一展，用狮子滚球过去，庆芳一见，用猛虎擒羊，双手格开，斗了百有余回合，不分高下。天子奋勇抵敌。适太白金星云游经过，见天子在台上，乃大呼道："庆芳不可动手，与你斗者，乃当今天子！"庆芳闻言大惊，开言道："高兄且慢动手，我不是你对手，我有话说。"天子闻言，即住手开言道："有话请说。"庆芳答道："我自历年摆擂台，见尽天下多少英雄，未曾逢过敌手，今仁兄武艺高强，我非仁兄敌手，情愿拜服，望祈指教。"天子闻言大喜道："教师休要自谦，请回张家庄，再行细谈。"

赵庆芳闻言，吩咐各徒弟，将擂台拆去，各色军器都搬清，随天子、周日清及张廷怀到张家庄来。进得庄来，见礼分宾主坐下，彼此逊让，庆芳坐了客位，家人送过香茶。庆芳闻言道："某家不识泰山，望乞恕罪，情愿拜仁兄为师。"双膝跪下叩了三个响头。天子用手扶起答道:"赵教师你的武艺我尽知了,何必过谦,若蒙不弃,彼此指点。"就在张家庄用膳,大摆筵席。正是:

酒逢知己千杯少,话不投机半句多。

数人在席上谈论武事,用完,不觉朝楼鼓打三更,家人打扫东书房,安顿赵庆芳打睡,各人归房就寝。次日各人起身,梳洗已毕,用过早膳,赵庆芳告辞回家。天子命暗中降旨,着萧洪金回朝供职。

天子在张家庄住了半月,意欲同周日清到杭州游玩。即日起行来到杭州,在城外十字街口寻一家客寓,名牛家店。店主牛小二接入,道:"请问客官,有几位贵宾?"日清说:"我两人,要寻一所清静房子。"小二答道:"小店有所客房,甚为广大,二位贵宾不弃,请上楼房。"周日清叫牛小二将行李搬运进来,就在内房居住。天子同日清在该店用膳,过了一宿,次早店家送水洗面,饮了香茶,天子向店家问道:"此处杭州,何处好游玩?烦为指引。"牛小二答道:"此处杭州,许多热闹,莫如夜市,这许多奇异物件,摆卖珠玉奇花,不计其数,客官及时前往游玩。"天子闻言喜悦,吩咐早用晚膳,游玩夜市。店家闻言领命,到了午后,即弄好酒肉饭菜,搬进房中。天子与日清用完晚膳起行,行至夜市,见人如蚁队,摆卖奇珍异宝食果,各物无不全备。后人有颂杭州夜市之景,其诗曰:

此地甚稀奇,奉告与君知,无事不杀生,黄昏不下池,

有情饮水饱,无情吃饭饥,杭州一夜市,不得两相移。

是夜,天子与日清同游夜市,买了饼食各物回店,着店家泡茶用过,然后安睡。谁料店家将女嫁了新任杭州朱知府为妻,专门偷窃客人银两。看见天子包袱甚重,俟天子与日清出外游玩无人在房,将天子包袱内珍珠宝物、金银等物,尽行偷掉。次日,天子日清起身,洗面已毕,欲往别处游玩,向店家取回包袱,打开一看,所有金银物件一概丢失,不觉大惊,

即向店家理论，扭上公堂。知府姓朱名仁清，他贪赃耍钱，百姓取他一个诨名，叫作"珍珠散"，系店主牛小二的女婿，谁人不畏？知府是日在后堂安坐，忽闻击鼓，他即传集差役升堂，喝令："将击鼓之人带了上来！"差役领命，即将店小二并天子一同带上堂来。差役喝令："跪下！"天子立而不跪，知府喝道："此处是什么所在？尔是何方人氏，胆敢不跪？"遂向店小二问道："尔到来所禀何事？"小二上前跪下禀道："大老爷明鉴，昨日小店有客商二人，到店投宿，无钱支给，反说小人偷他金银珠宝杂物，要小的将各物交回，小的不服，故此扭上公堂，求大老爷公断，勒令清给房钱，小民沾恩不浅。"

知府闻言，向天子喝道："你叫什么名字，欠了店家房钱，无钱清给，反诬店家偷窃你的金银珠宝等物，该当何罪？"喝令差役："与我拿下，重打一百！"天子闻言甚怒，大骂道："我系北京来，姓高名天赐，你识我吗？你这赃官，不知受了多少银两，难道不管前程吗？"知府闻言大怒，喝声："速速与我拿下！"众差役领命动手，天子立定章程，飞起左脚，打得众差役头破额裂，不敢招架，各自奔走。知府见势头不好，走入二堂，由后门走出，知会协镇马如龙，传集守备马德标，右营千总李开技，带同两营兵役，数百余人，将知府衙门围住。天子见此情形，奋勇杀出，又有周日清与众兵对敌，一时杀出，损伤兵丁，不计其数。天子寡不敌众，被各兵役向前拿住。

众人将他捉上公堂，知府升堂大怒喝道："快用重刑！"谁知说完，知府就突然昏倒在地。众差役见知府如此，将天子暂行留住，禀知上台再行定夺。周日清在外打听明白，无计可施，谁知行到中途，逢教师赵庆芳，说知情由，庆芳闻言大惊道："我亦无法解救，与你同去苏州张廷怀庄上，再行商酌。"日清道："大家前往好商量。"起行两日，到了张家庄。两人进内见张廷怀，日清开口大哭，叫声叔父："我们投宿店，被店主牛小二将金银珠宝各物俱皆盗去。干父与他争论，扭到知府公堂。知府乃店小二之亲，他是受赃的奸官，喝令干父下跪，连叫差役行刑。干父用飞脚踢起，打得各差役俱已受伤。却被协镇围捉。干父现被杭州知府，押在府中，万望叔父设法搭救为要。"

张廷怀闻言，即与赵庆芳商议，有何良计，可能打救他出杭州否？庆芳道："我想杭州知府乃是贪官，非财不行，不如带金银珠宝前往，赎他出来，再想办法去取回珠宝，方为上策。"廷怀道："遵命！"天色已晚，大家用了晚饭。次日，张廷怀带了金银珠宝，三人起行，日夜赶到杭州城内。寻一所客店居住。庆芳道："须托该处有名的绅拎向知府说情，用银子十多万两。知府得了银子，或可放出。"廷怀道："弟有一个故人李文振，前数年已中进士，他与贪赃知府相好，央他前去说情，相信好办。"

次日，廷怀亲自进城，来到李进士门前，张廷怀取出名片，向门公说道："烦尔进去通知主人，说有故人前来拜候。"那门公持了名片进去，一时出来道："家主人有请老爷进去相见。"廷怀随门公进去，那李进士下阶迎接。二人握手，来至厅前，分宾主坐下，家人奉茶饮过。李进士道："不知仁兄光临，有何贵干到此？"廷怀将天子往游夜市，被店主掉换包袱，偷窃珠宝金银杂物。不料知府系店家的女婿，通同武营，拿进府中，特来拜托欲用些银两转求朱知府将他放出细述一番。李进士道："既有委屈，待弟明日前往衙门与知府说情，求他将高天赐放出，至于应允他多少银两，必须照数送上，不可短少。"张廷怀道："这个自然，所应用之银，久已准备。"李进士道："仁兄就在茅舍住下一二日，听候佳音。"

一宿已过，次晨，李进士带了跟班，打轿往知府衙内而来，到了二门，跟班即投名片入内，未久出来说道："老爷请进相见。"打开中门，李进士吩咐轿班，直进二堂下轿。知府降阶相迎，二人齐到官厅，分宾主坐下，家人上茶，知府开言道："不知尊兄驾临，有何见教？"李进士道："岂敢！

无事不敢到来惊动。"将高天赐事，细谈一回，"现在送上银十万两赎罪，望念小弟之面，将他放出，所应银两，照数送上。"知府闻言喜道："高天赐十分凶横，大胆无忌，罪不应赦，既系阁下说情，无有不依，但所许之银，如数送来方可。"李进士道："谨依尊教。"即拜别知府上轿，径来自己府第下轿，进入书房。廷怀接住问道："事体如何?"李进士道："知府业已应允，唯见台所许之银，预备齐了，明日交结。"张廷怀曰："此项银两，计算已久，已带来金银珠宝值十万两有余。"开列清单，交予李进士收储。

次日午夜，李进士着张廷怀写具保领，自己抽起五万两，将珠宝金银约值十万两，放进箱内，带同人领去。打轿抬进知府衙中，跟班先投名片，进内禀明，请进二堂。知府迎入说道："昨日所说之事，何其神速?"李进士道："公祖台前，何敢说假?"遂将带来之珠宝金银单子呈上，知府将单交予心腹家人点明，差人抬进上房，立刻差人前去，知照将高天赐带进二堂，交李进士领出，将张廷怀保领存案。正是：

无钱同鬼讲，有钱鬼也灵。

却说李进士别了知府，再雇顶轿，与圣天子坐下，一同来至李家下轿，进了书房，廷怀迎上相见，说道："高兄受惊了!"天子向李进士拜谢道："多蒙说情，此恩铭感不忘。"李进士道："小事何足挂怀。"天子与廷怀说："恐怕日清与庆芳在店中悬望。"即别了李进士，来到店中相见。就在店中歇宿，次日用过早饭，给店钱起行，两日到了张家庄，一齐坐下，茶罢，天子即向张廷怀谢道："诸蒙照拂，又用许多银子，感戴良多，可恨知府如此胡为实由店主牛小二偷吾金宝，以致如此周折，此恨如何能泄? 二位仁兄有何计策，取回珠宝。我即同日清游玩观音山，数日便回。"就此分别。

再说张廷怀、赵庆芳商议，庆芳曰："这里牛头山英雄，一名冯忠，一名陈标，隐居此山，二人皆有万夫不当之勇，与我曾为八拜之交，莫若待我前去，请他们到来，同入杭州城内，取回珠宝银两，将知府及店主杀了，与民间除害。"张廷怀道："明日即往牛头山去。"

一宿已过，次早用了早饭，庆芳挑齐行李起程，晓行夜宿，两日到牛头山，走到山门通报。少顷大开中门，见二位英雄迎将出来，齐说道："不知大哥降临，有失远迎，望乞恕宥。"庆芳答道："闯进贵山，多有得罪。"三人携手，来至堂前，分宾主坐下，献了香茶。冯忠先说道："自别后，已两年矣，不知大哥近来状况如何？望乞示知。"庆芳答道："自与二位贤弟分别，在苏州城内开设武馆，教习拳脚，有门徒数百，每年八月中秋，在城内开设擂台，未曾逢过敌手。上年遇一位英雄，姓高名天赐，武艺高强，到来打擂台，愚兄与他一斗，因此与他结识。后来他前往杭州游夜市，被店家小二调换包袱，偷盗财宝金银。知府受贿，通知武营，留在府中，后来与张廷怀用银十余万两。知府得了银子，始行放出，现在心怀不平，特着愚兄到来，请求二位贤弟前往杭州，杀了知府，并取回珠宝金银，愚兄亦选门人从中帮助。望二位贤弟应允。"陈标曰："大哥吩咐，敢不竭力？约定何日行事？"庆芳曰："以本月二十日为期，贤弟二人挑选壮丁一百名，分为两队进发，在杭州城外扎下，愚兄亦选二百门人，到期相帮。"是日兄弟等排筵款待。

次日庆芳辞别回苏州，一日来到张家庄，进了书房，廷怀看庆芳回来，即问："事体如何？"庆芳道："弟往牛头山，见二位兄弟，已蒙答允，约定本月二十日，在杭州城外相会。"不觉到十八日，庆芳通知众人，共计一百多人，扮为诸色人等，暗带刀械，张廷怀扮为道士，带二十人，作为打斋伙伴，庆芳扮卖武艺，一同往杭州进发。来到城外，各寻客寓住宿，唯胡青山所带，扮作乞儿，早已进城寻庙宇住下。

再说冯忠、陈标各带数十人，扮为九流，身带军械，齐向杭州而来。

到二十日亦到城外，分店投宿。是日庆芳即寻一所密静住房，邀同陈标、冯忠、青山、张廷怀一齐商酌。张廷怀道："趁此人马齐备，明晨行事。着庆芳带人马五十名，扮为流氓，直进知府衙门，乘知府坐堂，乘势杀了。青山带人马五十名，在衙门附近，放起火来，打进监中，将监犯尽行放出。冯兄带四十多名，守住协镇衙门，用二十名守住千总衙门，不容一兵出入。小弟带二十名，把牛小二等杀了，搜回珠宝金银等物。陈兄带四十名守住南门，但见火起为号，一齐动手，凡左手缠有红带的，便是自己人。"各人依命。分散住宿。次日早晨，各带干粮依令而行。正是：

无智非君子，不毒枉丈夫。

却说青山带引火杂物，将到辰时，就到知府衙门后放起火来。知府还在梦中，忽报衙后起火，传唤差役前往救火，忽报外面有流氓数十人进行讨赏，知府升堂，被庆芳等围住，又报监犯放尽，库银被劫，知府大惊失色。庆芳同各人抽出利刃，大骂："赃官！我等今日要为民除害，看刀！"手起刀落，分为两段。直入上房。搜罗金银珠宝，将婢仆尽行结果，知会青山，杀出行外，有人接应，向南门而去。

却说廷怀带了人马，杀进牛家店，先寻牛小二，一刀分为两段，把店内衣箱查取金银珠宝各物，然后杀出店来，一群人马会齐向牛头山而去。武官见有各人马守住街前，不敢去敌，后见人去远，即带兵役数千名，赶了一程，见众人有十里之遥，无奈只好收兵回衙。将张廷怀、赵庆芳纠率贼党数百余人，杀死知府，并及太太奴婢，尽皆丧命，又把牛小二店内人等杀死等项做好文书，会同杭州道县，出禀详明臬司，移请苏州按察，行文苏州知府，悬赏花红，捉拿张廷怀数人。欲知后来能否捉得张廷怀等到案，且看下回分解。

第十二回

苏州城白花蛇劫狱
牛头山黄协镇丧师

诗曰：

> 天下太平世间希，真主闲游谁人知。
>
> 为官不用奸贯巧，事到头来恨也迟。

却说杭州臬司接到杭州县道并协镇洋文大惊，即传书办，立刻备移文苏州臬司，札行苏州府县武营，将张廷怀等，按名捉拿无许漏网。苏州臬司接到杭州臬台移文，立即扎饬苏州府县，出示悬赏。苏州府县札谕，出下告示令各武营查拿。

钦加道衔特授苏州府正堂萧：

为悬赏查拿事，照得本府，现奉按察司张札开，准杭州按察司李移开，据杭州县详称前月二十日，有苏州城内豪恶张廷怀，包庇牛头山大盗等，纠率贼匪数百余人，打进杭州衙门，放火杀死知府一家，劫去库银五十余万两，私放贼犯三十余名，同日又杀死店主半小二全家，并抢走珠宝金银等物走出南门而去，追捕不及等情，详报前来，合就移请札饬查拿等因，转札到本府，奉批饬行文武官员并一体通缉外，今行悬赏，无论军民人等，有能将廷怀等捉拿到案者赏银一万两，余党赵庆芳赏银五千两，犯到赏给，绝不食言，赏给是实。

却说张廷怀、赵庆芳、胡青山、冯忠、陈标等人，自杀死知府并店主牛小二等一家数命，回牛头山而来。数日后，张廷怀家中有事，早已回庄。被武营兵丁打听到，禀知苏州知府协镇，立饬本营中军部司赖有先，会同知县差役，督率兵丁数百人，将张家庄围住。家人报入庄中，说道："老爷不好了，现有大兵将应围住，十分危急。"张廷怀情知杭州事发，急取铁棍在手，见都司亲带兵丁数十名，打进庄来。都司手持双刀，喝令兵丁上前围住，被廷怀手持铁棍杀得兵丁头破额裂，受伤者不计其数。那都司见不是他敌手，喝令急传弓箭刀牌手数十名将张廷怀围困乱射。此时，张廷怀右手被箭射伤，不能应敌，被都司督会兵丁上前将他拿住。胡青山外出，庆芳又往牛头山未回，并无帮手，庄客虽有十余个，皆是懦弱之人，救之不能，遂被拿捉而去，正是：

龙逢浅水遭虾戏，虎落平阳被犬欺。

当日都司督同兵丁将张廷怀拿住，解往苏州知府衙来。萧知府忽见家人上前禀曰："禀上老爷，今有本城赖都司督同兵丁将廷怀解来领赏，特来禀知。"知府闻报，吩咐家人传见。将廷怀先行交差，候会客后，再行提审。家人领命出外，对赖都司曰："请老爷进去相见，强徒张廷怀先行交差看守。"都司闻说，将廷怀交值日差收押，整齐衣冠，随家人进内。来到二堂，知府降阶相迎，二人齐至客厅，分宾主坐下，家人奉茶。茶罢，知府开言道："天大功劳，被老兄占到，小弟喜不自胜，可恨张廷怀如此可恶，若非老兄手段，断难捉获，所出赏格花红银两，现在库内，自然照数奉上。"赖都司答道："都是朝廷盛德，并托公祖之福，那廷怀不过一个人，围住先是捉他，已伤兵丁数十人，不能将他捉住，后来见势头不好，再传刀牌弓箭兵丁，乱箭射伤他手，业已就擒。唯是余党赵庆芳等，不知落在何处？仍须按名缉获，应领花红银两，伏乞即交弟手，转给各兵丁分用。"知府道："谨奉遵命。未提之余党赵庆芳等，设法擒获，破此重案。俟案结后，待弟将老兄功劳，详上台转奏朝廷，定然高升。"赖都司道："全凭公祖栽培。"知府即吩咐家人："将库房花红银两，点交与赖老爷收用。"赖都司立即拜辞。知府送至阶下，随家人来至库房，将花红银两一万，逐一点明，赖都司着兵丁抬回衙门。当即抽起银三千两，其余受伤各兵丁，重者给银三十两，轻者给银十两，作为请医之费，然后按名赏发。

却说萧知府见都司去后，着令家人传书差皂役等人，束带衣冠升堂，来至公堂坐下，两旁书差皂役带齐刑具，侍候一旁。着差役将张廷怀带到公案前，喝令："跪下！"张廷怀立而不跪。知府大喝道："这里是什么地方？见了本府还不下跪，尔快将包庇大盗、纠同贼人数百杀死知府、店主牛小二、放走罪犯等供出，如若延慢，刑法难免。"廷怀道："我是本城富绅，安分守己，素不相识大盗。杀死知府店主事一概不知，你若将我难为，天理难容。"知府喝道："你自己与大盗往来，谁人不知？现有杭州臬台移文为凭，快快供来以免动刑。"张廷怀道："我在家闲坐，并没出门，不识大盗，你不过见我家有钱硬诬于我，想讹诈我金钱。"知府闻言大怒道："你自己犯了弥天大罪还不招认，反说本府见尔有钱，做个罪名讹诈于尔，实属可恶，若不打尔，断难招认。"喝令两旁差役，将他拿下重打一百。差役闻言，上前将他捉住，此时廷怀欲施威，奈被锁住，右手又伤，被差役推倒在地，将廷怀打了一百板，打得皮开肉破，鲜血淋淋，睡在地下。书吏上前禀知，说道："他受重伤，不能用刑，待小吏上前相劝，或能愿招。"知府道："只管相劝。"书吏对廷怀道："尔做的事，无人不知，尔若不招认，老爷断难饶尔，业已受伤不能受刑，暂时招认再行打算。"廷怀听了书吏言语，自思不如暂且招供，庆芳等在外，必设法搭救。即对书吏道："我今受刑不起，情愿招了。"那书吏闻言，即向知府禀道："他愿招了。"知府大喜，吩咐书吏将纸笔交予张廷怀，写供存案。张廷怀写了供词单，写完交与书吏，呈上知府观看，供单写道：

呈供单张廷怀，系本县人氏，今在大老爷台前，缘有好友被杭州知府捉拿收监，我与他相知，设法保出。后来问得知府偏断他案，将他收监。

故我商酌，约齐兄弟，打进杭州知府衙门，私放监犯，放火烧死知府一家数命。至于店家牛小二，曾经偷盗珠宝金银，故此一同杀死，以泄心中之情，所供是实。

却说知府将供单看了，点头道："写得明白。"吩咐书吏，将供单传案，将审廷怀口供做角文书，详明上台，即写监牌令各差役将廷怀收监。知府退入后堂。正是：

英雄入了牢笼地，纵然插翅也难飞。

却说众英雄在牛头山住了半月，正与冯、陈二位谈论，忽有兵丁报到："启上二位老爷，不好了，小人奉命下山打探杭州，前几天廷怀回庄，被赖都司带了兵丁，前往庄中拿去，解到苏州知府行内严刑酷打招了案情，现在监内。知府出了赏格告示，捉拿你等数人。小人将告示抄了，特来禀知二位老爷定夺。"即将告示呈上，冯忠接了告示观看。又与庆芳看了一回，即对冯、陈二位说道："有何良计搭救廷怀出监？"冯忠道："待弟带了家丁，混入苏州城内知府行中，将廷怀劫出监来如何？"赵庆芳道："苏州城内兵强马壮，不比杭州无用昏官，还是想个善策为妥。不若着胡青山并几个精细家丁，带了银两前往监中，上下使用，并往廷怀府中安置家人，叫他不必担心，自然有法搭救。"那冯忠闻说，即向胡青山道："你今带银一千两，同家丁数人，前往苏州城内知府监中，与廷怀通了门头使用，兼买衣物进去。倘进监见了廷怀，着其放心听候设法搭救，所带银两，除门头使用，余多交予廷怀使用，便往张家庄安置清楚，上山报知。"

胡青山领了言辞，带了银两与两个家丁，立即起程，行了两日，来到知府衙内，进监寻着看役，讲明使用银两。狱卒等人，得了青山银两，即将青山带进，与廷怀相见。青山道："我今奉各人之命，叫好汉不用忧心，必定设法搭救。"廷怀道:"如今我在监中无银使用,我家未知如何?"青山道:"现今带银一千两,除通门头及买物件,尚存银六百两,交予你收用,好汉尊府诸事,我前往安置妥当,你将银两务须广用,勿惜小费,自有方法搭救。"张廷怀见说,即刻将银两食物收了。青山别了廷怀出监,与两个家丁,走出行前,寻酒楼坐下,叫酒保:"有好酒菜,只管搬上来。"酒保闻言,上前答道:"不知要多少酒肉?"青山道:"牛肉二斤、肥鸡二斤、好酒二斤、猪肚汤一大盅,快搬来,食完有事。"酒保答言:"知道!"连忙走下楼来,照数搬上。

青山与两个家丁,各饮几杯,忽见一人走上楼来,在对面桌子坐下,叫酒保:"快搬酒菜来,食完有事!"青山即视其人,身长八尺,面如重枣,细看乃是松柏岭白花蛇杨春。青山思想,现今正是用人之际,即速上前道:"杨英雄多年不见,近景好吗?"杨春答道:"原来是胡青山,一别几年,近日你在何处?"青山道:"一言难尽,快请过来同席。"杨春立即过席同坐。青山再叫酒保:"加上牛肉二斤、好酒二斤、猪肚汤一碗、烧肉半斤。"酒保闻言,如数搬上。二人持杯再饮,青山先开言道:"自那年别后,好汉现作何事?望乞相示。"杨春答道:"此地人多,不可讲话,寻过静所再谈。"胡青山道:"待我去张家庄讲几句话,便同好汉一同前往相会细谈。"

二人开怀饮了一巡,膳用完了,青山即对杨春说道:"我现在牛头山居住,有紧要事,欲与好汉商量,勿惜一时之劳,务须前往,待我往张家庄,就回来与好汉一同起程。"杨春道:"我有包袱行李,在南门外周家店,老兄往张家庄,我在店内等候。"各人起身下楼,付清酒饭钱,出门而去。青山同两个家丁,来到张家庄,直入书房坐下,请廷怀妻子李氏出来,说道:"我今奉牛头山各英雄之命,带银一千两,去知府监中,见了尊夫,通了门路,已将银两数百并食物,交予他使用,特来说知,嫂嫂不必忧心,定当设法救出。"李氏道："足感你等大恩,有劳阁下相告。"青山别李氏,出了张家庄,同家丁回店,挑齐行李,直奔南门周家店。

杨春正在店中仰望,见青山到了,挑齐行李,挂了腰刀,一同前行,来到牛头山,上山而来。赵庆芳等正在盼望,一见青山回来,即问道:"办事若何?"胡青山上前禀明:"弟奉命前往府行监中用银,通了门头,余银交廷怀使用。即往张家庄安置后,在酒楼遇着白花蛇杨春,同他到来,商量此事。"诸人喜道:"快着他进来!"青山走出山前,对杨春道:"有请杨兄上山,与众人见礼。"众英雄问道:"多年不见,佳景如何?"杨春答道:"自别兄台,流落两年,去年在太湖寄迹,结识兄弟甚多,颇胜前时,不知仁兄在此。"庆芳道:"我与贤弟别后,到各处游玩……"将前事说知,并昨遣青山往监中,使通门头之事一并说明,接着道:"今幸遇贤弟,务求设法措救。"

杨春听罢,一想答道:"须大起人马,打进监中,将廷怀劫出方是上策。冯兄起人马一百,赵兄起人马一百。弟起人马二百,必须急往太湖,回来行事,万无一失。"赵庆芳曰:"此计甚好,陈兄带人马一百名,在杭州城外二里埋伏,一闻炮响,杀出接应。冯兄带人马一百名,在南门外左右埋伏,不许闭城,一闻炮响,杀出接应。小弟带人马二百名在衙门外四处埋伏,但遇各衙门兵出,即当击退,不必杀出。杨兄与青山带人马二百名,打入监中,劫出廷怀。待弟打进上房,将知府杀了。准于本月十六日早晨行事,青山带了银两、蒙汗药,将看役饮醉。然后引路,带到监中,一齐动手。"商量议定,杨春在山上住到次早起身,吩咐胡青山道:"你带银二百两并蒙汗药进监,见廷怀与他商量,不可有误。然后在你城外听候。"青山领命起程往苏州进发。两日到了苏州城内,寻店歇宿,次早来到监中,见了廷怀,将事情向廷怀耳边细说一番,出监房来到店房,听候到期行事。光阴如箭,不觉到了八月初十,不久便是中秋佳节,各家俱买月饼预备庆贺中秋。

杨春别了众人来到河边，雇了舟子，摇到太湖水寨，上了大营，各头目见杨春回来，送站立两旁，说道："大王回来了？"杨春答道："现今二大王在何处？"众头目道："二大王在山上大寨。"杨春见说，回落小舟，即叫水军摇过大寨而来。到了岸边，将身登岸，直到大寨聚胜堂前，一位二大王周江，一位三大王张文钊，在牛皮帐坐下，一见杨春回来，下帐上前说道："大哥回来，打听苏州事体如何？"杨春道："现有一桩大生意，特来与二位贤弟商量，前去做了。"将在苏州城内酒楼上遇见胡青山，引至牛头山见众头目，起人马前往劫监等事，说了一番。周江道："大哥有何高见？"杨春答道："我在牛头山与各位商酌定了，我本山带人马二百名，牛头山带人马二百名，准于本月十六日早晨行事。两日前起行，我与贤弟下山走一遭，留三弟守寨。"周江道："甚好。"

日期已到，挑选精壮人马，刻日起程，杨春发了将令，传齐头目，精选干练喽啰二百名起程。牛头山头目，急挑选人马二百名，叫赵庆芳带齐徒弟，到期一同前往，随即发令往苏州进发。

再说杨春与周江来至苏州城外，去城十里扎下，未及半日，牛头山人马也到，大家会齐，时已八月十三。杨春见众人到了，即同周江相会，说："日期已近，人马已到，请兄发令。"诸头目道："还照前议。"遂对赵庆芳道："你须将人马调拨，务取万全。"庆芳对杨春道："你预先与青山去张家庄，对张廷怀家人说知，将家中细软，先搬上牛头山等候，以防后患。令青山到期引路进监，后令周大王共带人马一百名，五十名先进监救出廷怀，五十名打进上房将知府一家杀了。小弟与仁兄共带人马一百名，埋伏在南门城内，如有兵出，奋勇挡住。又命陈兄带人马一百名，去城二里埋伏，又令冯兄带人马一百名在苏州城外左右埋伏，但闻炮响，便杀出接应，准十五日申刻进城，不得有误。"各人得令。

却说胡青山在店中，对家丁说道："现在八月十四，你打听人马到否？前来报知。"家丁领命而去。青山即到监中，对各看役牢头说道："张廷怀兄蒙各位招呼，无恩可报，明晚中秋，有讲百斤并银二十两，送予各位兄台，做些酒菜，庆贺中秋。"即将银一封，饼单一纸交上。那看役接了纸单，不胜之喜说："如此厚赐，何以报德？"胡青山说："小费何用多谢。"去见廷怀道："我已将饼单银两交予各位见台，明晚做节，你与列位见台多饮几杯。"遂将各情向廷怀耳边细说。廷怀点头，青山出来到店，已见前去探听的，同杨春、喽啰在店等候。青山问道："事体如何？"杨春答道："人马已到，明日申刻进城，你干事件早些齐备，你可于十六日辰刻，在店外听候，引我进监，一齐动手。赶紧先往张家庄说知，快把细软家私令庄客挑出城外，自有接应。"说毕出店去了。胡青山见杨春出去后，起身往张家庄，书房坐下，叫家人请李氏出来相见，青山即道："现在人马到了，准十六日早晨行事，你将细软家私集齐，令壮士挑出南门，自有接应，不可有误。"李氏吩咐婢女，庄中打点。青山辞了李氏回店。

次日是十五中秋，各家店铺贺节，是晚明月一轮普照，各家十分光辉。监中各役牢头，得胡青山二十两银子，办了鸡鸭，做了酒席，与各犯人畅饮。唯有廷怀得了青山二百两，将银使用，与勇力犯人，将情由对他们说知，是夜饮到三更时分，廷怀同知己犯人，出来对各看役说道："弟自进监以来，蒙各兄台招呼，特来敬酒一杯，以报各位之德。"各看役立即起身说道。"张兄既已破费，又来敬酒，真正有劳。"廷怀送斟酒数杯，各人饮了一杯，趁势下了蒙汗药。是时各看役，见廷怀进去，对各伴道："我们当差数十年，未有廷怀如此疏财仗义，我们今晚既蒙他盛情，大家痛饮。"各人听见，举起大杯乱饮，不觉一醉，睡倒在床。廷怀大喜，先将自己铐镣除下，又与各知己犯人除了，听候行事。

却说杨春与周江二人，带了人马一百，陆续到城投店安歇，周家店寻着胡青山商酌。次日杨春起身，与青山及周江，吩咐各人食了干粮，着周江同青山带人马五十名，打进监中，放出廷怀。自己带人马五十名。打进知府上房。廷怀见胡青山人马已到，看役俱已大醉未醒，遂打开监门与十余犯人蜂拥而出，青山着有力的家人，将廷怀背出衙门，各犯人亦跟住而来。

知府听见炮响，见家人报道："有盗劫监，将犯人放出。"大惊失色，正欲出外观看，被杨春带人马杀进内堂。各差见人马众多，不敢对敌，各自逃命。知府见难以抵敌，正欲逃走，被扬春上前拿住，大喝道："昏官！"一刀分为两段，打进上房将妇子杀了，然后杀出行外，再放号炮，人马一齐冲出，城外人马接应，奔牛头山而来。是时各武营，知有贼人劫监，闻炮响连天，不知贼人多少，不敢出敌。及见去远，遂带兵追出城外。诸头目与杨春赶着廷怀等一队人马先行，赵庆芳与各人押后阵，陆续而行，回头见尘头大起。赵庆芳对冯忠二人道："观此尘头大起，必有官兵追赶，将他大杀一阵，方知我等厉害。"冯忠道："谨遵将令，计将安出？"庆芳道："冯兄带人马在左边山脚埋伏，待他过去，从后赶杀。"冯忠领令。又对陈标说道："陈兄带人马去右边山脚埋伏，待官兵过了一半，即行杀出，将他冲作两段。"陈标领令，炮响为号。庆芳带了人马后行。

却说赖都司与左营千总、右营千总，带了三百兵丁，一路追赶。眼见贼人不远，一马当先，喝令兵丁奋勇追赶，闻炮一响，早有一支人马从右杀出，将他冲为两段，陈标手持长枪，大喝道："你来送死！"赖都司手持大刀迎敌，两人战了二十余合，胜负未分。又闻炮号一响，赵庆芳手拿双刀，直冲过来，封路夹攻。两员千总，被周江在后敌住，不能助战。赖都司急欲奔逃，奈兵丁各自逃命，措手不及，被赵庆芳一刀斩于马下。

两个千总与周江正战，忽闻兵丁报道："赖都司战死。"回马就走，周江正欲追赶，忽见鸣金收兵，送带人马会齐赵庆芳等，往牛头山而来。见了诸人说知，用计杀死赖都司，退了官兵，众皆大喜，吩咐宰牛马庆贺。张廷怀家人业已上山。廷怀上前，向杨春、周江并冯忠等拜谢曰："多蒙搭救，又将家眷搬上山中，此恩粉身难报。"杨春道："彼此胜如同胞，患难相救，何用拜谢？但是劫了监犯，杀死官兵，事大如天，不久有官兵到来征剿，还须设计杀敌，方为上策。"冯忠道："还望杨兄与小弟主张。"杨春道："速命人下山打听，再行商酌，若有官兵到来，用计杀他一阵，然后尽将人马搬过太湖，大家聚议，敝寨人马约有五千，粮草可支三年，先将女眷并细软银两各物搬去。"众英雄从命。

却说二位千总带了败兵进入苏州城，点查兵士，死者七十八名，受伤不计其数，命人查记贼人踪迹，知在牛头山，速备详文禀知协镇与臬台，火速发兵剿除，免留后患。黄得升接到详文，立即与臬台邹文盛说道："目下牛头山贼人猖狂，实心腹之大患，前者掠劫杭州，杀死知府一家，今又来苏州劫犯，杀死知府，士兵死亡过半，若不速发大兵前往征剿，酿成巨祸，苏州实难保全，望大人思之。"邹臬台道："本司访得圣上改名在江南地面游玩，遍访贤才，参革各官亦属不少，君往剿除，胜则有功，败则必死，倘被圣上知之，如之奈何？"黄协镇愤然道："如此大事，须得速办，待弟带兵往剿，有功则归大人，有失弟自当之。"邹臬台道："既系如此，难以阻挡。"黄协镇带怒而出道："庸懦之辈，实难同事。"带了从人回衙，立传左营守备罗大光、右营守备区镇威，并前左右二营千总，每人各点兵马三千名，前往教场操练兵三日，祭旗出师。当日黄协镇坐在帅台上发令，先传罗大光上帐说道："你带兵三百名，前部先行，往高牛头山五里扎营，不得违令。"罗大光领令而去。又传区镇威上前道："你带兵三百名，作第二队，离牛头山五里，与罗大光分营扎下，候本协镇兵到，再行定夺。"区镇威得令去了。又传左右二营千总上前道："你随本协镇带兵前往，将营扎下，再行调度。"黄协镇发令已完，二声炮响，人马起程，直往牛头山进发。正是：

奸佞不晓军机妙，不杀其身誓不回。

却说杨春、赵庆芳两人在山上讲话，有探子报上山来："启说有苏州协镇黄得升，带兵一千到来，在山下五里扎营，请令定夺。"诸头目闻说，对众说道："大兵已到，列位有何良策退之？"张廷怀上前献计道："前小弟被困苏州，蒙列位搭救，此恩没齿不忘，待弟略施一计，杀他片甲不留。劳陈兄起更时候，前去大营，向上风放火，不得违令。"陈标得令，带兵去了。又令冯忠道："带人马一百名，带引火之物，今晚二更时分，向他左营，在上风头放火，火起奋勇杀入。"冯忠领令带兵去了。又对赵庆芳及任千道："你二人各带人马一百名，今夜二更时候，如见火起，攻他中营，不得有误，弟在帐中听报捷音。"二人闻言，即带人马去了。此时九月初旬，西风初起，若用火攻，安得不胜？

却说黄得升带了人马，来到牛头山下五里，与守备罗大光分营扎下，两营守备到帐说道："我今人马初到，安息一夜，明日开仗。"右营守备区镇威道："人马初到，未知贼人消息，万一劫寨，此害非小，大人还得提防。"黄协镇道："宵小之辈，有何智谋，闻大兵一到，俱丧胆志，尚敢来劫营吗？"区守备不敢多言，当罗大光退出帐外，回去营中，对罗大光道："协镇如此轻敌，必当败绩，我与兄台，今夜必须提防。"罗守备遂吩咐各队道："人不离甲，马不离鞍，务宜预防。"是夜北风大起，初交二更，陈标带了人马，来黄协镇大营，在上风放起火来。黄协镇与二千总正在熟睡，闻报起火，急起身着衣，被飞山虎任千，带一支人马拦住去路，乃与杨春、周江勉强交战，心慌意乱，被杨春一刀斩于马下。各败兵叩头乞命。杨春见败兵狼狈，尽行放去，带人马而回。两个千总各持大刀敌住，兵丁四散奔走，被陈标人马，逢人便杀，死伤甚多。右营千总与飞山虎任千，战无数回合，被他一枪挑于马下。左营千总拨马便走，又被陈标截住，措手不及，斩于马下。各兵逃命，冯忠带了人马，二更时在左营上风放起火来。

区镇威颇知兵法，早已与罗守备预防，一闻火警，立即穿甲上马，持枪督令兵丁，不许动摇。赵庆芳人马杀到，有守备区镇威敌住，不能入得，彼此攻击，杀到天明，兵士均有伤亡。冯忠与罗守备交战亦不分胜负。两营守备闻报大营已失，二千总阵亡，无心抵敌，杀开血路拨马而行。赵庆芳见他败了，上前追赶，此时任千、陈标二人，杀了二个千总，尚未收兵。又被陈标截杀一阵，两人遂拨马而走，未及半里，早有任千排开人马，截住去路。区守备连忙跳下马叩首道："不知大王驾到，某等奉上差遣，不得不来，情愿领罪。"罗守备只得下马拜伏于地道："某等情愿投顺。"任千等即对二守备道："吾今放汝回去，整齐人马，再来厮杀，若再有捉住，绝不轻饶。"二守备抱头鼠窜而去。任千等途与周江等合兵一处，同上牛头山。且说区、罗二守备收拾杀败人马，正欲回城，迎面来了二人，区镇威近前细看，遂即下马跪倒叩头，正是：

　　　只因圣恩同封赠，致令豪杰尽归农。

不知区守备所遇何人，且看下回分解。

第十三回

接圣驾区镇威擢职
结亲谊周日清吟诗

诗曰：

> 从来圣主百灵迎，堪笑庸臣枉用兵。
>
> 更有英雄同辅助，永保江山定太平。

却说圣天子与周日清游玩观音山数日，将各处胜景游览一遍，这日传说官兵与牛头山人马厮杀，官兵死伤极多，圣天子即同日清回张家庄而来。行至半路恰值二守备收兵回城，区镇威见是圣上，随即跪下奏道："臣自赴京引见，得观圣容，后令供职江南，业已两载，不知圣驾临幸，有失保护，罪该万死。"遂将出兵牛头山，并协镇黄得升不听良言，以致兵败阵亡，一并奏明。圣天子即对区镇威道："汝之用兵，深得韬略，朕所久知，今即着汝处理协镇，罗大光处理都司。牛头山之事，或令发兵马征剿，或是招安，候旨定夺。汝等且各回衙训练兵丁，暂且罢兵，以免生灵涂炭，朕今即同周日清去扬州一游，汝等不许声扬，毋庸跪送。"区、罗二人跪送圣天子起身后，遂即回城，赴臬辕禀见臬台邹文盛，将黄协镇不听良言，以致兵败阵亡一一奏上。并言自己回至半途，遇见圣上，幸认得圣容，下马请罪。现着自己处理协镇，罗守备处理都司，且令勿许扬言，不日自有圣旨到来定夺。那臬台道："区协镇、罗都司且各候旨。"二人即辞了回衙。

过了一日，江苏巡抚庄有慕接有密旨一道：

着将牛头山并大湖水寇，尽皆遣散，其中如有武艺超群，堪备将才，记名选择，毋得徇情滥保，以示公允。

庄有慕随即遵旨施行，将张廷怀、杨春、赵庆芳、陈标等保举。

却说圣天子同日清来到扬州，见一个老人，白发红颜，背着一个招牌，上写"相法如神"四字，老叟停步问道："那位往何处去？抑或访友，日已西落，何不入店栖宿？"天子道："余访友不见，为你招牌上写着相法如神，未免夸口，你既然善相，与我一相。"老叟道："不若投店住宿，然后细谈。"于是三人行过小教场，转南门，觅一客店，三人寻间好房坐下。老叟道："论相贵贱出骨肉，强弱在容色，成败在决断，以此参之，万不失一。"天子道："先生相我如何？"老叟道："相君之面，不止封侯之相，相君之背，贵不可言。"天子道："何如？"老叟道："尔乃龙眉凤目，相貌骇人，唯我相君，天子相也。"

天子道："如此不灵了，我系直隶人氏，商民，先生如此说，岂有不差？"老叟道："汝如果系平常商民，即将我招牌打碎，绝无反悔。尔从前凶险，幸有左辅右弼，以至危而复安，现在印堂明亮，凶去吉来，可喜可贺。"又相日清道："你眉清目秀，少年得志，且两度明堂光彩，定小喜来临，日间必有好亲事。"天子大笑道："我父子二人，在客旅之中，哪有这等好事，更属胡言。"老叟道："如此说是难言了。"明日不辞而行。你道这老叟是谁？乃吕纯阳老祖，天子屡次遇事，所以特来点化。

天子见老叟去后，想此老叟非常人，我的事情他一一尽知，又道日清有一门亲事，未知是否？店主李太公拿了酒饭到来，说道："离此五里，有一座柴家庄，柴员外有女招亲，先要题诗，如果题得好，招为女婿。客官二人不妨往试，或者得了未定，本月十五日开考。"当时天子答道："既然如此，到期不妨一走。"

到了十五日，天子与日清到柴家庄来，果见彩楼高搭，引动多少俊秀子弟，齐到庄内。是时那彩鸾小姐，年方十八岁，生得唇红齿白，眉如秋月，真有沉鱼落雁之容，闭月羞花之貌。当日彩楼出下诗题，着丫鬟拿出，对众人说道："列位君子，我家小姐有对联，请列位观看，对得通，吟得过，对上一联即便招亲。"众人答道："快拿题目来看。"对句云："白面书生，肚内无才空想贵。"是时各人俱低头暗想，并无一人对得。圣天子微笑代日清对道："红颜女子，腰间有物做英雄。"

日清即时举笔写了，交予丫鬟去见小姐与她看。小姐见了大喜，偶然地上见有蟾蜍一只，小姐手拈金钗刺死，命丫鬟拈蟾蜍为出题，各人俱要作诗一首。各人不能作出，圣天子代日清作诗一首道：

小小蟾蜍出御沟，金钗刺死血长流，早上也曾吞过月，嫦娥今日报冤仇。

是时吟好，交予日清写过，再交丫鬟，交过小姐。那小姐接了这首诗，细诵一回，说道："真才子也。"立将诗交予丫鬟呈上员外，即同丫鬟回房而去。柴员外看罢这首诗道："是小姐取为第一吗？"丫鬟道："不差。"当日众人见取了日清的诗，众皆出庄回去了。柴员外请圣天子并日清到了客堂，分宾主坐下，家人奉茶。茶罢，员外开言道："老兄高姓大名，何处人氏？请乞示知，小女有福，得配贤郎，实为万幸。"圣天子答道："某乃京都人氏，姓高名天赐，千儿日清，幸赘东床，殊深有愧，既蒙不弃，代与干儿卜日行聘。"即别了员外，与日清回店。即着店主，同进城办饼果杂物并礼金等，催人抬往柴家庄而来。

当时员外接了礼物聘金等，先行打发人回去，后请亲眷齐到，带了礼物来贺员外，即遣家人搬上酒席款待。是夜各亲友饮至三更，方才散席。再过五日，圣天子再雇人抬礼物，欲行征典大礼，命日清亲自送到，当日就在柴家庄上，夫妻二人参拜天地，然后再拜员外，是夜送入洞房。早摆下花烛酒在房，二人饮了。半晌，小姐道："我出一对，你对得通，方与你成亲。"日清道："你将对出来。"那彩鸾小姐当将对句写出，交日清看了，其对联云："好貌好才真可爱。"日清想了一回答道："同衾共枕莫嫌贫。"

彩鸾把对看完，连声称赞道："真才郎也！"说完，宽衣解带，携手上床，共效于飞之乐。到了次日早晨，日清同小姐彩鸾来到厅前见员外，叩礼已毕，员外开口道："贤婿才高八斗，诗对皆能，小女得配，实出意外。"日清道："小婿庸才，乃蒙岳父奖誉，令人难以克当。"员外又问道："这时令尊大人在何处居住？"日清道："现在李家店安歇。"员外又道："彼此系为至亲，我庄上多有地方，不若请令尊大人至此同住，早晚得以细谈，不知贤婿意下如何？"日清道："既蒙岳父不弃，待婿禀明寄父，请他搬来庄上。"说完，即转房中，将员外相请寄父到庄居住说了一番。那彩鸾小姐闻言大喜，对日清道："如果公公到庄，妾得早晚侍奉。"日清即出柴家庄，直往李家店而来。到店中见天子禀道："于儿岳父并小姐念寄父在店无人侍奉，着我来请，务须前往。"

当时圣天子见日清不在身边，自觉无聊，现见日清到店，他岳父要请他到庄，不胜之喜。当即备齐行李，雇人挑起，同日清往柴家庄而来。到了庄中，日清先行入庄报知。柴员外闻报，即行出庄迎接，来到中堂，分宾主坐下，员外开言道："不知亲翁光临，有失远迎，伏乞恕罪。"天子答道："荷蒙过爱，到来打扰。"员外道："彼此至亲，何用讲此谦话。"吩咐庄中奴仆将东厅打扫洁净，将亲翁行李搬进居住。自此以后，天子就在柴家庄住下，日则出外游玩，晚则回庄安歇，或吟诗作文，或下棋为乐。正是光阴似箭，日月如梭，不觉住了数月。此时正是四月初旬，景色宜人，却与日清出外游玩，行到马王庙，见这所庙宇，果然广大，看之不尽，摆卖杂物、医卜星相无所不有。入到二门，又见有人讲古，与日清站立，听见这人所讲之书，乃系明正德王下江南的故事"酒楼戏凤"，不觉又道：

"江南景色游之不厌，古之帝王亦曾到此，岂止朕乎?"听了一回，不觉天色晚了，与日清走出店来，正欲回庄，行至半途，忽见一少年啼哭而来，上前问情由，正是：

从来美色多招祸，无端惹出是非来。

未知后生如何对答，且看下回分解。

第十四回

黄土豪欺心诬劫
张秀才畏刑招供

诗曰：

> 湛湛青天不可欺，举头三尺有神祇。
>
> 善恶到头终有报，只争来早与来迟。

却说扬州府城外同安里，有一土豪，姓黄名仁字得明，家财数万，广有田产，只有四子，长子飞龙娶妻朱氏，次子飞虎娶妻王氏，三子飞鸿与四子飞彪，未曾娶妻，唯飞龙与飞虎入了武学。这黄仁捐同知衔，平日霸人田屋，奸人妻女，无所不为。

当日清明佳节，各家上坟，那时有一妇人杨氏，年五十余岁，丈夫殷计昌身故，并无男儿，与女儿月姣二人上坟拜扫。却将祭物摆开，来拜祖先的坟墓。适有黄仁父子，亦在是处扫墓，这第三子飞鸿，窥见月姣，见她生得美貌，眉如秋月，貌似西施，心中不舍，又不知是何家女儿，哪处居住。拜毕，随后跟到月姣母女回家，向邻人查问，乃知系殷计昌之妻女，回到家中，将此事与母亲李氏说知，欲娶她为妻，要其母在父亲面前说明，着媒往问。

当时李氏得了飞鸿日间的言语，是夜就对丈夫黄仁道："今日飞鸿三儿，前往扫墓，见了一女，生得甚好，他十分中意，欲娶为妻，后来访得，乃殷家之女，名月姣，他的父亲计昌现已身故，止存母女二人寡居，想她亦属情愿，绝无不肯之理，你不妨着媒去讲说，看她如何。"黄仁道："怪不得今日他在坟前，见伊母女回家，连墓也不拜，跟随而去。三儿既系中意，待我着媒往问，谅必成就。"说完，即叫家人黄安进内，吩咐道："你可前去同安里第三间陈妈家中，着她立即到来，我有要事使她。"那家人黄安领命，直往同安里而来。到陈妈家中，适见陈妈坐在屋内，进去说道："我老爷叫你去有事使，你可即刻走一遭。"陈妈说道："有什么事，如此要紧，待我锁了门，然后同你走。"

当即将门锁了，随即与黄安直到黄家庄来，立即进内，转过书房，见了黄仁，上前说道："不知老爷呼唤老身来，有何贵干？"黄仁道："只因昨日我们父子上坟，因见殷计昌之女月姣，生得颇有姿色，我欲娶她为媳，将来配与三儿飞鸿。你可与我一走，倘若得成，媒金自然从重。你可卖力前往，讲定为是。"陈妈道："老爷大门户，她岂有不肯之理？待我上前去问过，看她如何对答，再来复命。"当即别了黄仁，来到殷杨氏家中，立即进内。杨氏迎接，两人坐下，杨氏开言道："不知妈妈到来，有何贵干？"陈妈答道："非为别事，现今有一门好亲事，特来与你商议，千金之庚帖，与黄家庄上三公子合配，不知你意下如何？"

杨氏道："唯那月姣，她父亲在世时候，已许了张廷显之子张昭，现在已进了学，因亲翁上年身故，服色未满，所以未曾迎娶，此事实枉妈妈虚走一遭。"陈妈道："令千金已许了张秀才，这也难怪，待我回复黄老爷便了。"当即起身，别了杨氏，复到黄家庄而来，到了庄中，即向黄仁说道："昨奉之命，前往殷家，将亲事说了，谁想那月姣之母杨氏，说伊女儿亲事，殷计昌在生之时已许张昭，上年已入了学，因丁父忧，未有迎娶过门，故此特来复命。"黄仁道："此事确真，亦属难怪，待我查过，再着人找你未迟。"陈妈见说，立即回家去了。

黄仁急忙进内与飞鸿说道："殷杨氏之女月姣，我已着陈妈前去问过了，他母亲说已许秀才张昭。那张昭因丁父忧，未有迎娶伊女过门。待为父与你另寻个亲事便了。"飞鸿闻说，心中不悦，辞了父亲，进进自己房中，此夜发起病来，一连数日并不起身，有丫鬟前来书房问候，得知飞鸿有病，即报知老爷夫人知道。黄仁夫妻入房问道："三儿你有什么事，因何连日不起，究竟所患何症？何不对我说知。"飞鸿答道："儿因上次上坟回来，心中不安，前日身上发热，夜来更甚。"说完即合眼不言。

黄仁夫妻闻言，即出房门而来，至厅中商议道："三儿之疾，他说上坟回来即起，莫若着人前去，请一位方脉先生来看三公子之病。"黄安领命，立即而去。请一位何先生，名叫何有济，当日跟了家人黄安进内，先入书房来看病。黄安在旁边说道："现在奉了老爷之命，请了一位先生来诊脉，三公子起来看视。"飞鸿道："我遍身骨痛，不能起身，可请先生入内，与我诊治。"

黄安闻言，即请先生近床，便将飞鸿左右手六部之脉，细视一回，并问病源，遂唤黄仁来至书房坐下，向黄仁道："晚生诊到令郎之病，左关脉弦大，有又洪数，实乃阴火上乘，肝郁不舒，心中有不如意事，非安心调理，不能痊愈。"即开了一方，该药无非清肾之剂，谈论一番辞去。

是晚飞鸿服了这帖药，仍不见效，一连数日诊视，病体益剧，黄仁心中烦闷，即对安人李氏说："你可夜进儿房，向飞鸿细问，实因何事，乃至于此。"是夜李氏进房，向飞鸿道："你父亲着我问你，究竟因何至病如此？"飞鸿道："我的病源母亲尽知，自那日上坟，见了月姣之面，时常心中牵挂，所以一病至此，纵使华佗再世，也难医痊愈，儿想亦不久居人世矣。"说完，合眼即睡。李氏听了儿言，出来向黄仁说道："三儿之病，实因三月上坟见了月姣，不能忘情，料想治疾无用。老爷必须设法，免误三儿之命。"黄仁想了一会儿说道："那月姣已许了人，亦难设法，莫若明日唤陈妈到来，看她有什么良计，可以治得三儿之疾。"到了次日，即着黄安进去说道："你再往陈妈处，着他速来，有要事商量。"

黄安领命去了，不久将陈妈领进前来。黄仁先开口道："我今叫你到来，非为别事，因前着你往问月姣这头亲事，我对三儿说知，他就一病不起，请医调治，全不见效。特叫你来，究竟有何法解救？"陈妈道："这样之病，有药难施，月姣肯嫁三公子，方可得愈，老爷还须打算。"黄仁道："那月姣业已许配张秀才，何能肯嫁？我也没有什么打算。"陈妈道："这件事老爷不想她为媳则已，若想她为媳，老身想条妙计，包管到手。"黄仁道："计将安出？"陈妈道："我将张昭想了一番，不过一个穷秀才，着人予他往来，劝他将妻相让，把三百两银子予他，他若不允，老爷着人将财物放在他家，就说他包庇贼匪，坐地拿赃，老爷与府尊交好，求他解案，强迫招供，收在监中，把他害死，那时不怕月姣不肯。老爷以为此计如何？"黄仁听了大喜道："想不到陈妈有此高见，待我明日着人前往。"是晚陈妈就在黄家庄晚膳，醉饱方回。

次日黄仁即寻了一人叫作伍平混，平日与张昭认识，将银十余两，交他手中，着他如此，吩咐一番。那伍平混得了银子，寻着张昭说道："我有友人，欲求张兄写扇数把，要笔金多少？"张昭道："彼此相识多年，笔金随便。"那伍平混即将扇子并笔金一并付下，便说道"弟今日得了数两横财银，欲往酒楼，寻些美酒佳肴，如秀才不弃，一起往叙。"张昭道："如何破费仁兄。"伍平混道："彼此朋友，何必谦话。"

于是二人同往，找了一酒楼饮酒。觅一好位，大家坐下，即唤酒保斟好酒来，酒保从命，连声答应，将各酒并菜，排开席上，二人执杯就饮。伍平混道："多年不见，究竟近年世界若何？令尊纳福吗？现时已娶妻否？"张昭道："上年家父已故，因丁忧未娶妻，历年写扇度日，未有十分好景。"伍平混道："别人我亦不讲，你订下亲事是谁人之女，不妨说与哥知。"张昭道："家父生时，已定殷计昌之女，岳父亦已去世，两家均有丧，故嫁娶二字暂时放下。"伍平混道："莫是在邻街，伊母杨氏，五十余岁，此女名唤月姣吗？"张昭道："正是，兄台何以知之？"伍平混道："余与贤弟多年相交，情同莫逆，不得不细悉言之，此妇甚属不贤，自己少年已属不端，又教她女不正，私约情人，难道贤兄未有所闻？"那张昭闻言，想了半晌，方开言道："究竟此话是真的吗？情人果是何人？"伍平混道："我已闻得人说，与黄仁之第三子飞鸿有情，时常往来，怪不得贤兄近日世景，如此不佳，将来若是过了门，贤兄还须要仔细，万一与情人来往，性命定遭毒手，贤兄早为打算。"

张昭当日闻了伍平混这番言语，饮食不安，未知真假，饮了一回，遂问道："伍兄所说之言，乃是人言抑或目见者耶？我今一贫如洗，难与计较，兄有何良策以教我乎？"伍平混道："弟有一句不识进退之言，未知贤兄肯容我讲否？"张昭道："伍兄既有良言，不妨说出。"伍平混道："此等不贤之妇，纵使迎娶过门，亦属不佳，必有后患，莫若将她休了，任她嫁与飞鸿，着人前去，要他银子二三百两，另娶一个贤良，不知以为如何？"张昭道："此等事实非轻易所听人言，未必是真，待我访个明白再来复命。"于是二人用了膳，即当下楼，分手而去。

张昭叵到馆内，夜不成眠，次日即着人到岳母处，略将此事查问一回，始知黄仁曾打发媒婆陈妈到门，求过亲事不成，方知伍平混在酒楼所云之事是假，遂立定主意，将伍平混付下之扇，一一写起，待他到来。

不数日，那伍平混到来取扇，张昭先将扇子拈出，交予伍平混，说道："伍兄你前日所云的话，余已访确，大约伍兄误听别人言语不真，几误余将妻子休了，你可往对黄仁说，勿要妄想为是。"说了几句，立即进内去了。伍平混自觉无味，拈了扇子，出门往黄家庄而来。到了庄门，立即进内，转过书房，见了黄仁言道："此事不妥！我以求他写扇面为名，带到酒楼，说了一番。谁知他查了几日，今日我去取扇，他将我骂了一场，叫我回来对叔台父子说：'不要妄想，反坏心肠。'说完立即进内，不与余言了。如此行为，令人可恨，叔台还须想个方法，弄得他九死一生。叔台又与知府相好，这寒士未必是敌手，那时月姣不怕她不肯，不知叔台有甚良计否？"黄仁道："此事容易，明日我做了一禀，去知府衙门报劫，求他差捉张昭，说他坐地分赃。你先将赃物放他屋内，那时人赃并获，你道此计如何？"伍平混道："甚好，赶紧即行。"当时黄仁执起笔，做了一个禀，交予伍平混看过，其禀道：

具禀职员黄仁，年六十岁，系扬州人，报告黄安，禀为串贼行劫，赃证确实，乞恩饬差查拿，起赃究办，给领事。窃职向在治属同安里居住，历久无异，不料于本年四月初四日三更时候，被匪三十余人，手持刀械，撞门入内，搜劫金银首饰衣物而逸，喊追不及，次早投明更保知证。职随即命人暗访，始知各赃物落在邻街张昭秀才馆内，且有贼匪，时常窝匿，显系庇贼行劫，坐地分赃。若不禀请查拿，地方岂能安靖，特遣黄安，并粘失单，俯叩台阶，伏乞移营饬差，查拿张昭到案，起赃给领，按律究办，公侯万代。为叩。奉上公祖大老爷台前，恩准施行。

计开并粘失单一纸。

乾隆四十三年四月　日禀

黄金镯五对重五十两

金银三百两　白银二千两　珍珠数百粒　袍褂五套　绉纱男女衫十件

玉镯五副　朝珠二副　金戒指四只　茄楠珠三副　香炉三副　锡器三百余斤

绉纱被八条　古玩六十余件　钟表五个　珊瑚三十余枝　金银首饰约二百余两

银器杂物二百余件　铜器杂物约三百件　玉器百余件　扳指三只

绸衣五十余件　布衣约二百件　零物不及细载

共计值银三万余两

当时伍平混看完，将禀交回黄仁说道："此禀做得甚好，赶紧命人投递。"黄仁即写一信并禀，着黄安带往府台衙门，交号房递进去，当日知府见了黄仁的禀并信，立即差了四班差役，带同伙役二十余人，同了伍平混，来到张昭馆中，不由分说，张昭即被差役锁住。那伍平混顶先带了赃物在身，假进张昭房中，搜出赃物，一齐带到公堂。知府已在堂候着。立即喝令："将犯人带上！"各差役将张昭带上堂来，并各物赃证呈上，喝令："跪下！"知府喝道："你好大胆，身为秀才，不守本分，胆敢包庇贼人，行劫黄家细软之物，坐地分赃，今日人赃并获，有何理说？"张昭含泪禀道："生员读书明理，安分守法，怎敢串贼行劫？都是黄仁窥见生员之妻姿色，欲娶为媳，着那伍平混到馆，劝生员将妻卖与飞鸿为妻，生员不从，骂了伍平混几句，所以挟恨，就诬生员串贼行劫，坐地分赃等事，求公祖老爷查明，释放生员归家，就沾恩了。"知府道："你说不是串贼，为何赃物落在你房？还要抵赖，不打何肯招认。"喝令重打。

此时各差俱得黄仁的贿，立即将张昭除了衣服，推下打了五十大板。知府道："问他招不招？"张昭道："冤枉难招！"知府道："若不用重刑，谅难招认。"喝令将张昭上了背凳，吊将起来。约一刻之久，有书吏上前禀道："现时已昏了，求老爷将他放下，待他醒来，书吏上前劝他招认。"知府闻说，即叫差役将他放下。当时张昭已吊得魂不附体，及至醒了，该书吏上前道："张秀才你若再不招供，必然再受重刑，不若权且招供，再行打算。"张昭自思，今日再不招供，何能受此重刑，不如招了，免受苦刑也罢。遂对差役道："我愿招了。"差役上前禀他愿招供，知府闻言大喜。立即将他除下手链，饬差将纸笔，令他写供。张昭接了纸笔，将供案无奈写上，来交差役呈上，供云：

具口供生员张昭，年二十二岁，扬州府人，今赴大老爷台前，缘生因

116

历年事业难度，与匪人交游，四月初四夜，纠同贼人，前往行劫黄仁家中，以盼得金钱分用，今被捉拿，情愿招供，所供是实。

乾隆四十三年　月　日供

当日知府看了供词，立即写了监牌，唤差却将他收监，知府即行退堂。有伍平混打听明白，即刻赶到黄家庄，见了黄仁说道："如今张昭业已在知府堂上招供，将他收监，还须用些银两，着差役克扣囚粮，将他饿死，然后将饼食礼金等物，抬至杨氏家中，若再不从，再做一禀，说她赖婚，拘拿母女到案，不怕她不肯依从。"黄仁道："照式而行。"当即交予伍平混银两，带至监中。伍平混领命，把银两带在身上，来到监门，向差役道："我今有事与你商酌，现奉黄仁老爷之命，有银一封，送上兄台，求将秀才张昭，绝他囚粮，将他饿死，如果事成，再来致谢。"差役道："你今回去，对黄老爷说知。"接了此银。伍平混办了此事，出城来见黄仁道："事已办妥了，赶紧定了饼食，修了礼金，再过几日就行事了。"黄仁道："你将银子往饼店定下。"伍平混将银携带前往。

却说看役得了黄仁银两，将张昭饿了数日，后用猪油炒了一碗冷饭，将与他食，那张昭已饿极，即时食了，是夜发起热来，看役再用一碗巴豆泡茶，作凉水与他饮。张昭饮了这碗茶，病痢不止，不上两日，呜呼一命归天，当即报禀知府，委了仵作，验过禀报，实因得病身故，没有别故，了结存案。时值伍平混到监打听明白，立即来见黄仁道："张昭已结果了，赶急寻了陈妈行事。"黄仁即着令黄安前去，不久将陈妈引来。黄仁吩咐道："陈妈，你今晚就在我家住下，明日与伍平混抬了饼食礼金，前去杨氏母女家中放下道：'六月初二到来迎娶。'看她如何回答。"

到了次日，这陈妈带了伍平混十余人，抬了十余担饼食，一直来到杨氏家中，见了杨氏，即上前道："恭喜！"杨氏道："有何喜事？"月姣见了陈妈到来，早已入房去了，忽有十余担食物一直走进前来。杨氏见了不胜惊骇，道："究竟为着何事？岂不是你们搬错了。"陈妈道："一毫不差，我月前奉了黄老爷之命，到来为媒，定下令爱为媳，安人业已情愿，难道不记得吗？趁此良辰吉日，为此抬礼金饼食，到此过礼，准六月初二日迎娶过门。"即将礼金饼食摆列厅前。杨氏道："我前番已经讲过了，小女许配秀才，一女岂能嫁二夫？"陈妈道，"你女婿张秀才，串贼行劫，坐地分赃，被知府大老爷拿到案，已招了供，收在监中，闻得已押死了。我想黄老爷，乃当今一大财主，又有钱，且有田，此等门户，还不好吗？你纵然不肯亦不得了。"杨氏道："结亲之事总要两家情愿，岂有强迫人家为妇的道理，难道没有王法？"陈妈笑道："现今知府与黄老爷相好，你若不允时，只怕捉拿你母女到堂，那时悔之晚矣。"杨氏道："东西你快抬将回去，待我与姨甥林标商酌，延几日再来回音未迟。"陈妈道："礼物权且放下，限以三日，我再来候你回音。"即同伍平混各人去了。

　　杨氏自知独力难支，难与理论，即入房与女儿月姣说道："如今此人到来强迫，他说你丈夫已被知府押死，你我在家，尚属未知，待我着人寻访你表兄林标到来，前往打探，再行商酌。"月姣道："这些强人，如此无理，倘若再来迫勒，我唯有一死而已。母亲快去寻表兄，叫他打听我丈夫被何人陷害，因何身死。"杨氏闻了女儿言语，当即出来，托邻人前往找寻。不久林标到来说道："不知姨母呼甥儿到来，有何事情？"杨氏道："你不知昨日有陈妈带了多人，抬了礼物，说黄仁要娶你表妹为媳，我说已许秀才张昭，他说张秀才串贼行劫，坐地分赃，被知府捉拿押死，你可前往，将你表妹丈为着何事被何人所害，打听明白，回来与我说知。"林标听见说道："待甥前去就是。"立即起身进城。到了申刻，始行回来说道："姨母不好了，甥奉命前往，查得三月姨母与表妹上坟拜扫，被黄仁第三子看见表妹生得美貌，欲娶为妻，着陈妈来问，姨母不从，云已许了秀才张昭。后来黄仁再着伍平混寻着表妹丈张昭，以写扇为名，同到酒楼，说表妹不贞，劝他休了，妹夫不从，骂了几句，他就怀恨在心，即诬妹夫串贼行劫，坐地分赃，告了知府，捉拿到监押死，又着人抬了礼物，到来强逼。"月姣闻得这般情由大哭道："这强人如此没良，害我丈夫，若再来逼勒，抵死不从。"当即换了素服，吩咐母亲，立了丈夫灵位守孝。杨氏见女儿如此贞节，只得顺从，任她所为，留林标在家，防陈妈再来，得个帮手。

过了数日，果然陈妈又来候音，有林标上前骂道："你这老狗，果然再来，你干得好事，用计害了妹夫，还逼表妹改嫁，如此无理，若不回去，定将你重打出门。"陈妈道："你是何人，如此行为，你表妹已受过黄家茶礼聘金，胆敢将我辱骂，快将名说出。"林标道："我姓林名标，系月姣的表兄，杨氏系我姨母，你不认识我吗？你若不走，定然重打。"陈妈道："我不信你这小畜生，有此大胆敢来打我。"林标道："你若不信，等你知道我的厉害。"即提起拳头向陈妈打去，打了两拳。杨氏恐将她打坏，赶忙上前劝道"姨甥不必打她，将她推出街，不必与她理论。"林标听了姨母之言，一手将陈妈推了出门，闭了屋门，全不理她。

当日陈妈被推出门，街坊邻舍俱畏黄仁的势，不敢公然出头，内中有知杨氏母女受屈，出来相劝道："你老人家，如今又夜了，赶紧回去。"亦有少年后生，不怕死的，替杨氏母女不平，将她辱骂。陈妈看见街邻言语多般，得风便转，即走出城，回到黄家庄，见了黄仁，就将杨氏不从婚事，反着伊姨甥出头将她辱骂说了一回。黄仁闻言大怒道："她受我礼物聘金，又不允我婚事，反着姨甥辱骂，若不发此毒手，他如何知我厉害？"陈妈道："须照客她女婿的手段，方为上策。"黄仁道："我也知道。"思了一回，遂做了一禀，其词曰：

具禀职员黄仁，年六十岁，扬州人，报告黄安，禀为欺骗财物，串奸赖婚，乞饬差捉拿，押令立办，以重人伦事。窃职三子飞鸿凭媒陈妈，于本年四月，说合殷杨氏之女名月姣为妻，当即抬了聘金礼物前往，一概收下。回有婚书为据，月前当着陈妈预送吉期，订明六月初二日迎娶。岂料杨氏反悔，不允亲事，着令甥林标出头，辱骂殴打，赶出门口外，该媒回报，不胜惊骇，再三细查，方知兄妹同奸，不肯过门。有此欺骗财礼，串奸赖婚，目无王法，迫得遣叩台阶，伏乞饬差，拘杨氏母女并逞凶之林标到案，究明串奸实情，勒令杨氏将女过门完婚，以重人伦，便沾恩切。赴公祖大老爷台前恩准施行。

计开：

殷杨氏系骗财礼不允婚事人

殷月姣系杨氏之女与表兄有奸人

林标系杨氏之姨甥乃兄妹同奸人

当日黄仁将禀写完，立刻修书一封，即着家人黄安进内吩咐道："你将此禀并信，带往知府衙门，转交号房投递。"黄安领了主人之命，一路进城而来，到了知府衙门，将禀信来至号房放下，并付下小包。号役将书信挂了号，放在公堂台上，即回号房而去。

是夜知府坐在堂内，观看公事，看到黄仁这张禀词并这封信，看了一回，再看那信，无非要求他出差快些捉拿杨氏月姣林标三人，乃自思道："前番已害张昭，今又来人禀赖婚等事，莫若明日免行出差，打发一个与他借银一千两，就说恳求仁兄暂为借用，俟粮务清完即行归赵。"即着家人写下，往黄仁家中投递。那黄仁接了此信，分明要他银两方肯与办，无奈将银如数兑足，着黄安带了银两，随同知府家人进衙门禀知府。那知府见了银到。立刻吩咐黄安道："你回去禀知主人，说此银业已收到，日前带来之件照办。"黄安见说，当即辞了知府，来到主人面前说道："小人所带之银，前去行内，亲手奉上知府大老爷，他着小人回来禀知，说银两业已收到，前日投去之件，遵办便了。"黄仁听见，着令退出，自己也往书房听候。

却说黄安去后，知府即传差役吩咐道："你可速去，将杨氏、月姣、林标勒限两日内到案，毋得刻延，有误公事。"这几个差役听了知府言辞，立即出外唤齐伙役，一同前往杨氏屋内，不由分说，将杨氏母女、林标三人，一并上锁，带到公堂下，禀了知府，立即升堂，早有两边差役侍候。知府坐了公案，喝令差役先将杨氏一人带上。差役得令，即将杨氏带到堂下，喝令"跪下！"知府喝道："黄仁告你欺骗财礼，纵容女儿，与表兄林标通奸，不肯过门。你可听本府吩咐，将女儿配与黄飞鸿为妻便罢，倘再违抗，法律难容。"杨氏道："小妇人怎敢受他财礼，只因他第三子在坟前见我女儿美貌，后着陈妈到来，欲娶为妻，我说已许张秀才，不能再嫁二夫，是以不敢从命，推却而去。及至月前，她带同多人，抬了财礼，说我女婿张昭串贼行劫，坐地分赃，业已被捉押死，硬将财物留下，不肯抬回。后来我的姨甥林标前去打听，女婿实系被他害死，细思他实系仇人，我女儿情愿守节，岂肯改嫁于他，现在财物完存我家，分毫不动，求老爷查明，将小妇人等放出，然后将财礼尽行交还，就沾恩了。"

知府闻言大喝道："你好糊涂，分明你纵容兄妹串奸，欺骗财礼是真，快些遵断，以免用刑。"杨氏道："婚姻大事，总要两家情愿，今日迫我女忍辱事仇，宁愿一死，誓不从命。"知府道："你好嘴硬，若不打你，绝然不从！"喝令差役："掌嘴！"那差役闻言立即上前，将杨氏左边打了二十个嘴巴，好不厉害，打得皮开肉绽，鲜血淋淋，牙齿去了二颗。知府道："问她肯不肯？"杨氏道："如此将我难为，虽然打死，亦不从命！"知府喝令差役再打，差役将杨氏右边打了十下嘴巴，此时杨氏打得昏倒在地。知府喝令差役："即将她救醒！"已不能言，死在地下。遂命差役将她抬出，并将月姣林标二人分押监中，仔细看守，即行退堂。正是：

土豪几番施毒手，致令奸佞并遭殃。

要知月姣林标兄妹，遇着谁人打救出监，与夫报仇，后事如何，且看下回分解。

121

第十五回

伯制军两番访主
唐教头二次解围

诗曰：

奉命督师视长江，为国勤劳到此方，

顺道几番寻圣主，麟阁名留百世芳。

当日知府因劝杨氏将女儿月姣从顺黄氏亲事，杨氏执意不从，反出言顶撞。一时盛怒之下，将她打死，自问心上不安，却又受了黄仁的银两，如此断法。故此月姣、林标二人，不带上堂审问，权且收监。着令管监之伴婆，相劝于她，望其顺从。谁知月姣果然贞节，矢志不移，知府亦属无奈，只得将相劝的言语向黄仁说明，且将套话，将月姣劝到相从，并劝黄飞鸿不必心急，定然有日到手。这飞鸿听了知府言语，信以为真，这病好得几分。当时即能起身行动。

却说伯达自在镇江丹徒县衙内得见圣容，求他回朝，不从其请，只因天子到江南未久，地方多未游到，是以不肯回朝。伯达遵旨差委中军官带了兵丁，捉拿蔡镇武一家带省，再将密旨交予庄巡抚，捉拿叶兵部一家解京。自己带了兵丁，却来巡视长江一带，一年期满回京复命。将在丹徒县上见得圣上，在太后驾前启奏一番。太后吩咐伯达道："尔二次巡视长江，务即寻着圣上，劝他回朝，不可久延于外。"当日领了太后密旨，带了从人出京。催舟直向江南而来，到了码头泊好船，早有地方官迎接公馆住下，却令心腹家人四处打探圣主踪迹，数月未知。伯达与家人四名，催舟来到扬州地方，着家人寻了客店住下，然后各处细访，有时微服，往各处游玩，顺访民情并本城各官贤愚不提。

却说天子游玩到那一日，见一少年后生，哭哭啼啼，问起情由。那少年上前说道："小人姓林名豹，因有个姨丈，名唤殷计昌，乃广东人氏，家财数万，娶妻杨氏，只有一女，名唤月姣，在本处贸易，上年业已身故。本年三月，母女上坟拜扫，本处一个土豪姓黄名仁，与三子飞鸿，看见月姣生得貌美，强逼为婚，姨母不从。那土豪先将表妹夫张昭捉拿，在知府监里押死，硬将礼物聘金搬入殷家屋内。姨母将他骂了几句，他假造婚书，诳禀知府，捉拿姨母母女二人，并哥哥林标收监。姨母因与奸官顶撞，已被当场打死。现在哥哥与表妹在监，定然有死无生，无法打救，因此哭啼。"

天子本欲与他出头，因见从前代人所做之事，历遭危险，不敢妄动。说道："待我做禀，就抬去递过，知府不准，再来商酌，余在李家候你。"林豹道："客官高姓？"天子道："余名高天赐。"说完即将禀做起，看过一遍，然后交日清写正，交予林豹。又命日清取了银子，并交林豹，吩咐道："你须仔细前往为是。"林豹当日拈了禀词并天子所赠银两，一直奔到知府衙门而来。那日正是初八放告，早有许多百姓到衙递禀，是日午牌时候，差人两边侍立，知府坐堂收禀，那些百姓陆续将禀呈上，俱皆收了，及至收到林豹所递之禀，即时张目观看，其词云：

具禀人林豹，年十九岁，系扬州人，禀为土豪恃势，图婚诬陷，叩乞当堂省释，免遭久押拖毙事。缘豹有姨母，于本年三月与女月姣上山省墓，被本处土豪黄仁父子窥见表妹月姣颇有姿色，强迫为婚，硬将礼物聘金担于屋内，姨母不肯，遂假造婚书，诬以包庇贼匪，串奸赖婚等情，诬告捏陷致差拿姨母母女并豹兄林标到堂，勒令了案。姨母云："女已许配张昭秀才，不肯结婚。"仁台不及察觉，先将张昭押死，又致姨母受刑身故，并将豹兄暨月姣姝收监，有此夺婚诬陷，情何以堪，迫得据实叩禀公阶，伏乞立将豹兄林标，并表妹月姣释出，免遭押死，并请拿土豪黄仁父子并媒婆陈妈、恶棍伍平混到案究坐，万代沾恩，上赴公祖大老爷做主施行。

年　月　日禀

当日这知府看了林豹所递禀词大怒，拍案骂道："你这糊涂东西，你哥通奸人家媳妇，霸人妻子，本府已经查得明白了，你还敢到来混诉，本应将你治罪，姑念你年少无知，权且饶恕，左右与我赶出。"即将该禀词扯碎。当日林豹被差人赶出，立即来到店中，见了天子，将知府妄为如此，不肯收禀，谈了一番。天子闻说大怒道："待我再做一禀，你即往省城按察衙门再告。"林豹道："求高客官快写，待小人往禀便了。"圣天子当即提笔，思了一回，做起这告按察衙的状，看过改正，再令日清写正成就。取了银子一锭，交予林豹吩咐道："你赶紧前往省城，将禀去递，不可有误，我在此候你回音。"

林豹得了银子及禀，连忙来到江边，雇船往省城而来。那一日，到了省城上岸，林豹见天色已晚，找寻歇宿店居住。次日林豹着店家备了饭食，吃毕早膳，然后进城，打听按察递禀日期，此时业已初七日，臬台未有出衙，不能拦车投递，等候到申刻，始行回店安歇。到了次早，食些干粮，抬了禀词一直进城，各百姓将禀章纷纷呈上，那按察乃系姓霍名达成，广东人氏，为人清廉正直，办事谨慎，唯是懦弱不振，当日坐在案上，收各百姓所呈之禀，尽行收了。迨收到林豹之禀，乃系控告扬州知府的，不胜大骇，其词云：

具禀人林豹，年十九岁，系扬州人，禀为偏断滥押，刑毙无辜，伏乞札行起死救生，以雪冤枉事。窃豹有姨丈殷计昌，原籍广东人氏，来扬贸易，不幸身故，遗下姨母杨氏与女月姣，凭媒配与秀才张昭为妻。上年三月，姨母与女月姣上坟拜扫，偶遇土豪黄仁父子，窥见表妹姿色，强迫为媳，硬将聘金礼物抬至屋中。姨母不从，遂以包庇贼匪，行劫串奸，赖婚等语在知府台下诬告。乃知府不察，立即饬差捉拿姨母母女并张昭、林标到案，勒令结婚。姨母云："女已许秀才张昭，不肯允从。"遂喝衙差将我姨母重打，以致伤重命亡，并将秀才押死，表妹哥子现押在监，拟赴衙门禀请提释，无奈府尊得贿，不肯昵怜，反将状禀扯碎，着令差役将豹赶出。谓非钱财私贿，谁肯有此偏断？押死刑毙无辜，若不禀明，冤终莫白，追得奔叩崇辕，伏乞速札行扬州府，立提豹兄林标、表妹月姣省释。着差捉土豪黄仁父子，并媒婆陈妈、恶棍伍平混到案究治。公侯万代上赴大人台前恩准施行。

年　月　日禀

霍臬台当日看了禀词，即对林豹说："你所告知府偏押刑毙等事，究竟是真是假，本司难以深信，待本司着人打听明白，即行与你审理。"林豹禀道："此事千真万确，若有虚诬，情甘服罪。"臬台道："既然如此，俟我查确即办，你快回去，听候便是。"林豹见了无奈，辞了走出衙来。到店房挑了行李下舟，行了数日，回到扬州，复至李家店中，见了天子，即将臬台吩咐言语，说了一番。天子道："臬台既如此吩咐，候半月十日，再行计较便了。"林豹道："既高客官如此照料，小人从命。"说完，即起身辞别回家去了。在家候了一月有余，托人往城内府衙处打听，并未有臬台文到。

原来这臬台，因见林豹所呈之禀系告知府的，他与知府，系属至交，故此将禀压住。林豹查得真确，急忙来店中，将此情节对天子细谈一番，祈望设法搭救。天子闻了这段情由，大怒道："狗官如此可恶，明日我进城，与你计办便是。"是夜一宵已过了，次日着店家："抬酒饭入来，待我用过，进城有事。"那店家即着人抬去。天子与日清、林豹三人用了膳，一同进城，来到知府衙内，着林豹擂鼓。知府闻报，立即传齐差役升堂，喝道："将打鼓之人带上！"两旁差役奉命将林豹带上，喝令："跪下！"

那知府抬头一看，见是林豹，心中大怒，喝道："你到来何事，有何禀报？"林豹道："小人前月所呈之禀，承蒙收下，今特来求大老爷，将小人的哥哥表妹放出，并捉了土豪黄仁父子究办，万代沾恩。"知府大喝道："你好大胆，月前来告，本府念你年少无知，不将你办罪，又告到臬台，云我偏断等语，若不将你重责，人皆效尤。"说完，喝令差役："推下打一百！"圣天子上前道："身为官府，妄将百姓难为，已将姨母打死，又将秀才张昭押毙，已属胆大妄为，我劝你快快将他哥哥林标并月姣放了便罢，若再稍延，王法何在？"知府大喝道："你是什么人？在此讲话，这是什么所在？"圣天子道："这不过小小知府衙门，就是相府门第也常坐。"知府道："你这人唐突本府，待本府把个厉害你见，"即喝令各差役："将他推下。"早有几个失时差役，一拥上前，被圣天子三拳两脚，打得跌去丈余。这知府见势不妙，走入后堂。早有差役数一十名，各持军械将天子围住。林豹见闹起事来，与日清早已奔出衙外。

当时天子见差人手持利刃，急忙闪到一边，乘便抢了一把利刃迎敌，打开一条血路，直走出来。各差役随后紧追，天子且走且战，出了城外，到马王庙来。

却说唐尧自在英武院护了圣驾，得了这只扳指，屡次欲上京，又无盘费，却又不敢返英武院，只得奔逃，沿途卖武度日。来到扬州，一月有余，这日正在马王庙开场卖武，忽见前途有持利刃者慌张奔走，背后却有数十人各执军械追赶而来。定睛一看，认得是前在英武院所遇天子，不觉大骇，忙将所用之棍执在手中，大叫："高老爷不用慌张，我来也！"当时圣上见已有人来助，一看乃系唐尧，大喜过望，两人可头迎敌，早有这班差役，业已赶到，被唐尧大喝一声，手执铁棍，如蛟龙出水一般。各差役周身损破，鲜血淋淋，不敢迎敌，大败而走。唐癸追赶，天子道："不可追去，你快将武具收去，一齐回店细谈。"唐癸闻说，即收起武具杂物，跟随天子，来至店旁。

日清与林豹在店守候，一见天子回来，上前问安。天子就将唐癸相助，细说一番。对日清道："赶紧拿了银钱，出去市上买酒肉，交店主快去煮熟。"日清即时领命，拈银出市。买妥回来，交予店家调弄。天子问道："唐卿自在英武院别后，一向光景如何？"唐癸道："臣自与主上别后，不敢回英武院，欲想赴京，又未知圣上曾否回朝，是以不敢起程，又无盘费，只得在大街卖武度日。请问主上，被众人追赶，却是为何？望乞示知。"天子道："都因自己性近豪侠，为抱不平。"将在街上遇见林豹之事，述了一回，"不知唐卿此处，却有多少兄弟，必须想个善法前去救他二人出来，并将知府杀了，方泄朕恨。"唐癸奏道："主上贵为天子，不宜行险。这件事情，要下一道密旨，着江苏巡抚，从公了结。况臣前数日在唐家店，伊有从人患病，臣与医治痊愈，问其主人，称说系钦命巡江伯总督，到来访察民情，主上不若着他办理此事，尚为稳当，切勿再蹈危险。"

天子道："伯达此番到来，亦是访朕回朝，朕欲回朝，奈因此事未了，放心不下。你前去向他从人说知，将朕前赐予你的扳指，交他从人呈上，伯达一看，见你便明。朕在柴家庄听候，你回他说，到时寻访见朕，不可行君臣大礼，恐被人知。"唐癸道："臣从命。"说时早有店家将酒肉搬来，房中摆开，各人拈起酒杯畅饮，饮完，各人吃饭，即便安寝。到了次日，先着林豹回家，给了店钱，这唐癸检齐杂物，直向唐家店去了。天子见各人去后，与日清一齐回转柴家庄，员外接入说道："高亲翁这几天去何处游玩？"天子道："各处游玩，未有定踪。"

却说唐癸一路去唐家店内，即向从人说道："我今奉天赐老爷之命，欲见你家主人，你可将扳指一只，交上观看，便知明白。"从人执了唐癸扳指进去，未久出对唐夺道："我主人请你进去。"唐夺道："相烦引进。"入房在旁站立。伯制军道："兄台姓甚名谁，在何处得遇主上？坐下细谈。"唐夺道："大人在此，小人哪敢坐位！"伯制军道："兄奉主上之命而来，与钦差无异，岂有不坐之理？"唐夺见伯制军如此谦逊，始行告坐过，道："小人姓唐名夺，福建人氏，向在英武院兵部之弟叶洪基处当为教头，因主上到院探访，招出大事，被困在院。小人得神人报梦，上前保驾，后来蒙主上赠了扳指，即与分别。后闻英武院已封，小人一向流落江湖卖武，前月到扬州马王庙，又遇主上被人追赶，因此上前保驾。一时询起情由，方知因扬州知府受贿偏断，遂将土恶黄仁，强迫月姣为媳不遂，后以包庇赖婚等语诬告，打死杨氏，押死秀才张昭，并将月姣林标收监，林豹呈禀不收，反将禀扯碎赶出，即到按察呈调，月余未见札行办理。主上与林豹同往大闹公堂，被知府差人追赶，因此相助，访得大人在此，故奉主上之命，请大人行札查办。"

当日伯制军听见此言说道："我正欲访寻主上，数月未见，今幸在此，烦唐夺带我一见。"唐夺道："小人临行时，主上吩咐，在柴家庄上如果大人要见，切莫行君臣大礼，以免外面传扬，当为朋友便可。"伯制军道："即非有命，我也晓得。"带了两个从人，与唐夺一路往柴家庄。来到庄中，着人通报，家人来到书房说："伯唐二位来此见访。"主上闻言，着日清出去迎接，说道："有请二位进去。"伯唐二人跟了日清，来到书房，见过主上，行常礼坐下。天子已写密旨，着日清取来，交予伯达说道："你持书回去照办。"伯达将太后之旨交予主上道："务须照此而行，不可久留于外，有失阁望。"天子道："晓得，俟此事办妥，即行回去，你快带同唐夺，一齐办理。"伯制军领了密旨，遂与唐夺一齐回店入房，将圣旨开读：

奉天承运皇帝诏曰：朕游江南，一则寻访贤良，二来查察奸佞，月前偶到扬州，得见小子林豹，沿途啼哭，询问情由，据言伊有姨丈，姓殷名计昌，娶妻杨氏，生有一女，名唤月姣，后姨丈不幸身故，遗下妻女在家度日。本年三月上坟拜扫，土豪黄仁父子，窥其表妹月姣颇有姿色，强迫为媳，硬将聘金礼物抬至屋内，姨母云：今已许配秀才张昭，不肯允承。土恶遂作假婚书，贿嘱知府桂文芳，以庇贼行劫、串奸赖婚诬造谎告捏陷，以致差捉姨母、张昭并表妹月姣与林标收监，勒令具婚。姨母不从，云女已许配丈夫。知府大怒，先将张昭重打收监，以致受伤身故，并将姨母打死，即将表妹月姣及哥子林标收监。林豹往禀知府，反被知府将禀扯碎，逐出衙来。复告臬台，一月有余，未见札行办理，殊为玩视民命。朕业已查明，卿即赶紧礼行臬台霍达成，即传知府桂文芳到衙押候，饬差捉拿土豪黄仁与子飞鸿，并陈妈、棍徒伍平混收监。分别轻重，按律究办。毋得违命，钦此。

某年　月　日文

当日，伯制军诵完圣旨，即着带来书办，写札谕饬令役人带向霍臬台衙门投上，并着唐奂为中军官，前往协同查拿。当日霍臬台接了伯制军这道札谕，打开一看，其札谕云：

钦命巡阅长江水师军务总督部堂伯为札饬查拿究办事，现据林豹控告，禀称伊有已故姨丈殷计昌，遗妻杨氏与女月姣在家，本年三月上坟拜扫，土豪黄仁父子窥见表妹月姣颇有姿色，强迫为媳，姨母称已许配秀才张昭，不能再配二夫。土豪恃势，将礼物抬进屋内，姨母不允，遂以串贼行劫、串奸赖婚等词，贿嘱知府，拿姨母并张昭，勒令具婚，姨母不允，即将姨母重刑打死，并将张昭押死，又提表妹月姣哥子林标收监。经伊往知府衙门禀请超释，知府大怒，将伊禀扯碎，即逐出衙，兹借福星移照，喊告台阶，伏乞立传知府到衙，再提拿黄仁父子，并媒婆陈妈、棍徒伍平混收监。提出月姣林标到堂释放等情，该司即便遵照办理。文到之日，立传知府桂文芳到堂押候，饬差查捉黄仁父子并陈妈、伍平混收监究办，毋得延迟，

致干未便。此札

年　月　日文

却说霍臬台看完伯制军札谕，即刻传桂知府到衙押候，令差役捉拿黄仁并三子飞鸿、陈妈与伍平混收监，听候办理。即差人前去知府监中，提出月姣林标，堂上带来跪下。霍臬台安慰道："本司业已知道你二人冤屈，如今将你二人释放回家，定将黄仁父子究办，与你母亲丈夫报仇。"月姣未言，大哭起来。霍臬台道："如今本司业已应允与你报仇，因何尚为啼哭？你可说于我知。"月姣答道："我丈夫系被黄仁父子害死，求大人准许小女子前往丈夫坟墓拜扫一番，即沾恩了。"臬台道："待本司着人与你前去便了。"当即差人引了月姣，到坟大哭，月姣撞碑而死，其尸不倒。差役不胜惊异，立刻回行，向臬台禀知。

臬台闻报惊道："有此奇事？"即着差人引路，见了尸如生人一般，面不改色，立而不倒。即刻将黄仁父子，在山坟上正法，并将陈妈、伍平混各责一百大板，在坟前枷号一月示众，这知府发往军台效力赎罪，其尸方倒。

当日臬台回衙，将此各情做了详文，禀请伯制军奏明朝廷。饬令地方官四时祭祀，此是后话。且说唐夬已把此案办妥，到柴家庄上，将此事奏明主上。主上闻奏，长叹一声曰："真烈女也！"作诗以赞之，诗曰：

> 重贞轻身伴夫亡，非比寻常烈女行。
>
> 白首尚难存晚节，少年谁不惜春光。
>
> 魂归阴府乾坤壮，血染碑头草木香。
>
> 朕泪非教容易落，实因上古正纲常。

仁圣天子吟罢诗词，立写圣旨交予霍臬司，另候选用，圣旨着大学士刘墉开读。

奉天承运皇帝诏曰：

朕游江南，路遇扬州府地方，有烈女殷月姣，配夫秀才张昭，尚未过门，被土棍黄仁强迫为媳，贿嘱知府桂文芳，捉拿其夫押死，并将该女收监。后朕闻之，着按察将其释放，伊到夫坟，撞碑而死，其尸不倒，如此贞节，朕甚嘉赏。卿可饬令地方官敕建立祠，四时祭祀，以慰贞魂，并于该处库中，拨银二千两，置买产业，以为永远祭祀之需，毋得违旨。钦此。

当日大学士刘墉读完圣旨，立即札令扬州府地方官建立烈女祠，并于库中拨银二千两，置买产业，四时祭祀，后来显圣。并传谕霍达成特授浙江布政使，立即前去莅任，那霍达成领了文凭，立即拜别大学士刘墉，即赴新任去了。当日天子自降旨后，伏念月姣贞节，她母杨氏又被知府杖死，不胜嗟惜。着林标承继殷计昌，继他香火，至殷计昌遗下产业，交其承受。另赏银一千两，交给林标收领娶妻，将来生有子息，继张昭为嗣，并赏林标七品顶戴，即补把总之职，着其学习弓马，俟其熟练，即行到任，以表其忠义之心。即在柴家庄写下密旨，交予林豹转交伊兄林标手执，并嘱他不必到来谢恩。林豹领旨去了。唐夬尚在身旁，又吩咐道："我今日与日清别处游玩，你可前往伯达店中，跟他速往各处巡视，将来完竣公事，一同回京，往军机处见大学士刘墉，他见朕旨，自然饬你赴任，朕今加封你为协镇。"降旨一道交予唐夬，唐夬接了圣旨，连忙跪下叩头谢恩，前往伯制军处。正是：

只因救主功劳大，年年得住帝王都。

要知后事如何，且看下回分解。

第十六回

诗月楼奋鹏保驾
寻芳市老虎丧身

诗曰:

> 义胆包天地,忠心贯斗牛。
>
> 一朝逢圣主,千古姓名留。

话说天子赏两千两银子与地方官,在扬州府建烈女祠,以安贞魂,圣上恩泽,又赏一千两银子与林标,并记名特授把总之职,俟其弓马一熟,即行擢用。就在柴家庄发密旨一道,与了林豹。又吩咐唐奂,公事一完,可即回京,见刘大学士,封为协镇,遇缺即补。唐奂叩恩,前往伯制军处。圣天子与日清二人离柴家庄,来到一处地方,人烟稠密,热闹非常,正是寻芳市地面。行至午刻,入了一家酒楼,造得十分幽雅,挂着名人写的招牌,上是"待月楼"三个金字,与日清拣了一张金漆角台坐下。

小二献茶已毕,天子吩咐酒保:"办四色鲜菜。"俄而酒菜搬上,日清侧座陪着,酒未有数杯,忽听得楼下吵闹起来,未知何事。但听得说:"光棍,你吃了酒,不肯还钱,是你的理吗?"光棍道:"我赛金刚,时常如此,惯登四季账。"再问时,便手起腿踢乱打,惹动街坊行人,拥挤不堪,那光棍更逞凶恶,在身上拿出一对数斤重的竹叶板刀乱劈,店内客人急避,街上的人又不走开。光棍难以走出,那光棍带有一个后生师弟,欲挥刀砍

132

打，又恐伤了众人，定难走出，乃将柜台乱敲乱打，激得周日清忍耐不住，只在栏杆上一跳，落下地来，便将那光棍就打，那光棍见有人动手，即大喝道："你这人不识时务，敢在老虎头上寻虱吗？若要性命，快走了吧。"日清闻言，火上加油，与他对敌，未有兵器，顺手抢了店内两把大板刀，战有十多个回合，谁料日清力小。天子一见，飞身从楼而下，将他二人搭开，乃问光棍："你这光棍，如何青天白日，行此不法，不怕王法官刑吗？"

光棍对天子一看，见他一表斯文，料非敌手，便喝道："你这瘦书生，若不将尔打破头颅，斩去脚骨，不知老子厉害，此处寻芳市，谁不识我赛金刚梁海，师弟是铁臂子李蛟。"原来寻芳市上一个光棍，游方老虎，素来无礼，人都怕他。天子道："你不算酒钱也罢，何必定要恃勇欺人，不若就此去吧，自后不可恃强欺人，不然王法无情。若不听我言，身入官衙，从重究治，悔之不及。"那光棍听了这句话，乃圆睁怪眼，举刀向天子当头就砍。天子将左手用个托山势，将他隔住。右手即顺拈店内一把大秤，用为棍棒，二人恶战起来。但见棍去处如金龙抓老树，刀来时似黑蟒撼青山。

左则蛟腾宇宙，右则虹反江河。前乃金蛇缠颈，后乃乌骊耸肩。刀起处如雪花盖顶，刀刺处似秋月斜腰，左挥则霞光照目，右破则冷气侵入。

金边剪架住了乌龙，宝尖锋分开那黑怪。即此亡命之徒，乃敢与万乘共斗，是谓贱人而敌贵也。

谁知天子正在肚饥，饮了几杯空心酒，且又眼倦，精神不佳，抵挡不住。日清见了，上前来助，那铁臂子见了，下来相助，他又拔出双鞭，接住厮杀，四人斗在一堆。日清敌李蛟不过，乘势弄个破绽，向人头上飞身走了。李蛟见他走，又不追赶，帮助师兄，把天子战得浑身是汗，上下左右，回顾不及，一双手不能敌四条臂膊，正在危险之际，欲乘便退走，奈街上看的人，十分拥挤不堪，难以便走，心中焦躁。正是真命天子，自有百神扶助，跟随的神将，当方的土地，看见如此光景，急忙前去请救星前

133

来。正是：

万乘轻身游市上，小人偶共战楼中。

话说那寻芳市西去五十里，有个忠信村，村内有少年辈十数人，终日以拳棒为事，从来不生事端，不做打家劫舍，专一以英雄自负。村中富户人家，亦得他们这一班小英雄为保障、夜间不用行更，不用保甲看守，逢年逢节，各家送些薪水与他们便了。官兵绅士见他们不生事端，亦不理他。为首的是苏州人，姓李名奋鹏，事母兄极为孝悌，温厚恭慎，因此起他一个美名叫生弥陀。

一日早饭后，与众朋友来寻芳市游闲，方入市来，便听见来往的人传说："今日待月楼梁老虎师兄弟闹事欺人，饮了酒不还钱，又将一个斯文人打得不可开交。"于是生弥陀一众人，来到待月楼前，只手拨开众人一看，见天子生得一表人才，及看这手段，有招架之功而无还手之力。

李奋鹏素知那梁老虎常惯欺人，乃抢将入去将他三人隔开道："请列位住手？"三人停手，奋鹏道："请问因何打斗如此？必有缘故，你伤也不好，他伤也不好，依小弟愚见，大家散吧，免致阻生意、碍行人，纵然要打，分清皂白再打未迟。"梁老虎道："我有我事，与你何干？"奋鹏道："虽不干我事，我劝三位息事。"梁老虎道："本市上千余铺户并四方街巷，谁人不识我梁老虎，我与酒店相闹，这不怕死的亡命狂徒，胆敢相助，与我对敌。本地多少强人，尚且怕我，何况他是外来的强人、你不用劝我，快去吧，待老子送他性命，方知我梁老虎的手段。"遂与天子复战。

生弥陀见那外路人战梁老虎不过，忍不住怒发冲冠，拔出双鞭，向梁老虎劈将下来，好像两条猛乌龙，势不可当。老虎喝道："好家伙！"刀架鞭来，二人接住大战，正是刀来鞭去，好似落叶随风，猛金刚遇强铁汉，揭地虎逢飞天鹏，二人战到数十余回合，看他越战越有精神。李蛟见师兄战奋鹏不下，急上前动手相助，天子接住厮杀，梁海敌奋鹏不住，将身一侧，卖个破绽，转回身拦腰一刀砍去，那奋鹏看见眼快，将身闪避，转过对面，梁海又回身一跳，双刀往下一扫，奋鹏双足一跳，左手将鞭隔开，右手将鞭当头打来，泰山压顶一般，梁海躲避不及，被奋鹏连头带膊打去半边，复加一鞭，结果性命。李蛟见师兄已死，心内慌张，手略一松，被天子一棍，正中咽喉，跌去数尺，一命呜呼，又归阴司。

看的人齐声喝彩，渐次散去，天又近晚，于是数人到里面坐下，店东称谢不已，献茶已毕，便请问二位："高姓大名，不知贵府何处？今日虽与小店出气，究竟二人尸首如此，如何了事，怕的闹起官司来不便。"天子道："我乃北京人氏，姓高名天赐。适来此处探友，与舍亲周日清结伴而来，今不知何处去了。"日清恰好回来，店东献茶。天子道："请问店东高姓大名，贵乡何处？来此营生有几年了？"店东答道："小人是浙江人氏，姓区名问，与众同乡到此开这酒楼，不过三四月耳，并请问这位英雄高姓大名？"李奋鹏道："我乃本市西去五十里忠信村居住，姓李名奋鹏，诨号生弥陀，因与众朋友一同闲游至此。"于是店东又请众人齐入店中坐下，茶罢，各道罢姓名，大家商议此二人尸首如何安置，或请官来相验。天子道："不用惊慌，本府太爷，系与我至交，可以了结此事，不怕有碍。"即上楼写了密旨，交日清速往本处投递。

且说那知府是湖南人，姓高名忠存，系由捐班出身，极其清正，天子亦颇知其为官正直，并有才能，故将此事说明，待朕回朝，自行升赏，可即详了此案，即详即销。乃令日清投了密旨之后，返回店中，同众人入席。酒罢，天子问奋鹏道："李兄现在所作何事？"奋鹏道："小弟家贫，无以为生，只得日习粗贱功夫糊口，我欲与众兄弟一同投军，与王家出力以图上进。奈不知从何处入手，又无引荐之人，方今天下太平，武将不甚擢用，是以虚度韶光。"天子道："此是易事，本省提台车公，与我有些瓜葛，仁兄肯去，即与我同去，见了提台，即在营中候用如何？若有缺摆用，即时图个出身。"奋鹏大喜，叩讲道："多得高老爷提拔，感恩不浅，虽是家有老母在堂，尚须回家告知。再来同去如何?"天子道："这也应该，但我今夜要往别处，难以候你，我今修书一封，你见了提台大人，便道我已往别处去了。"即提笔写了一道旨意，封好交予李奋鹏去了。正是：

时来鱼跃天门外，运蹇龙潜陷阱中。

话说天子见李奋鹏去了，即辞店东，在寻芳市客栈过夜。明日，高知府来店，不知天子何处去了，乃依旨办理，回衙销了此事。

且说李奋鹏欢天喜地回至家中，向老母说知："儿今日与众人偶至寻芳市，遇着一个外路人，在待月楼与梁老虎共斗，被我把梁老虎打死，那外路人系北京人氏，姓高名天赐，与本省提台是亲戚，又与本府至交，完了此事，如今荐我到提台处做一个遇缺即补的美缺，今特禀知母亲，明日便去投书，叩见提台大人，大约必准无疑。"奋鹏之兄奋彪，亦是义气深重之人，武艺亦精，不及其弟，且待弟有好处，同去效力。于是李奋鹏寻至提台衙门，求守门人传入此书。提台命人唤入，提台道："请坐。"奋鹏道："大人在上，小的何敢坐?"提台道："仁兄所见，乃当今圣上，你尚不知。"李奋鹏闻言，好不欢喜，方知高天赐乃当今天子，于是提台排开香案诵诏：

奉天承运皇帝诏曰：朕今南游至此，知卿力为国家，极其有勇有谋，可谓栋梁之材也。又得遇李奋鹏乃忠勇双全之人，故命他来在部下，有三四品之职缺，即可着其补下，待朕回朝，另行召用。卿见此，亦不必来见朕，且朕即日又须往别处游玩也。

诏书诵完，三呼向北谢恩已毕，便唤当值官来查过，有一都府之缺，即着李奋鹏补了。于是李都府谢恩起身，领了文凭，辞别而去，后来回京，更有调用升迁，且按下不表。

再说天子与日清来到一处，乃是本城南一个村落，十分幽雅，鸡犬相闻，烟花不断。但见：

苍松百株，翠竹千竿，四野青云，一湾流水，莺歌宛转以迎入，燕语
呢喃而接客。柳眼窥人，似是怜香惜玉，桃腮含笑，如敷粉腻脂浓，正是
三春美景，日月风光，万卉争辉，时时吐艳，说不尽千红万紫，嫩绿妃
青也。

却说天子正与日清看到酣处，忽听得一声响，好似天崩地裂之势，吓
得天子与日清吃了一惊，正是：

正在温柔看美景，忽然霹雳震空中。

不知后事如何，且看下回分解。

第十七回

毓秀村百鸟迎皇
小桃源万花朝圣

却说天子与日清正在观看景致，忽然霹雳一声，大吃一惊，原来是一株大铁树，高有数丈，阔不容箍，此树是本村柳姓所种，已数千年，并没有花开过，今日忽然大放双花，如璎珞垂珠一般，极其华丽，悦目可爱，怎见得？有诗为证，诗曰：

馥郁花香十里开，缘云雨朵共争春。

蓬莱仙种人间发，只为朝王方下尘。

自古好鸟亦有好花相衬，莺歌燕语，异色奇香，自然献瑞。且说此处名为毓秀村，乃王柳二姓所居，两家起了十座小桃源，百鸟与千花，无所不有。即有新奇之鸟，异种之花，亦不惜多金，百计买来，种植于此，故江南一省花鸟之好，莫过于此。兼且富甲一方，唯是功名稀少，其子弟俱循良守份，王姓有五千余人，柳姓亦三千余人，二家祖上皆同窗至爱，至今数代儿孙，皆能继祖上遗风，那王姓祖上名承情，是个举人，后以此功名终身，未能上达。柳姓祖上是个宿儒，未曾有什么功名。

再说天子与日清，贪看春光明媚，转眼间，一阵春风过处，一群彩鸟，翔集于前，又一队各色雀鸟，俱皆毕至。天子自想："此必群花百鸟朝朕也。"遂乃端目观看，忽然百花百鸟皆不见了，但见满林皆是二八佳人，有的打扮得姣红嫩绿，燕怯莺羞，香气袭人，光华耀目，不下数百。

　　只见百花百鸟，互相争先朝拜。天子也不理会，看这些人如何争斗，只见有一红衣女子，娇羞上前，正欲参拜，忽而又见一白衣女子，绰约上前骂道："你这不识羞的小婢，胆敢争先朝拜，你榴花儿虽美，却是无香，理宜退避，我乃文采风流，羽仪华丽，岂你败絮沾泥、落红随水者所能及哉？"于是榴花仙子红云上颊骂道："你这高脚鹤，也说什么华丽风流，肥者则供人入馔，弱者或饥饿而死，滩沙住处则冷气惊人，凄然欲绝，岂似我等所居，皆琼楼绛院，画阁雕栏也，你敢争先乎？"白鹤仙道："我二人不要口角，大家请出王者来，在万岁之前评论，看是谁先谁后。"于是榴花仙请到富贵花王，备言其事。牡丹道："待我奏了主上，分明先后，绝不使这一班畜类先朝。"这边白鹤仙又请出凤凰来道："不怕这些残花败柳，如此滋事。"

　　于是一对上前，但见牡丹打扮得倾国倾城之貌、如脂如粉之容，轻盈可爱，柔软可人，翠带飘来，香闻十里，锦衣映处，艳照成林，前呼后拥，无非绛袖朱衣，左从右随，都是脂姣粉腻。那凤凰亦打扮得光艳照人，辉煌悦目，眼如秋水一池，眉似春山半朵，面如美玉，唇若涂朱，任尔杨妃妆罢，难比其姣，纵使飞燕舞来，难胜其美，真是风流文采，婀娜娇媚者也。二族与天子称寿已毕，又向日清答礼。天子乃开言道："你二国之族，不下数百种，今且不计许多，但各有所长者，当面献予朕一看，或歌或舞，或吟或战，俱皆可呈，朕可评论，谁优谁劣，超者先朝，次者后拜。"于是凤凰呼众上寿。孔雀仙上前，身披五彩之衣，乃道："文臣献颂。"其歌道：

　　　至圣家传兮万古扬，威仪足式兮众相将，珠林兮凤蕃，玉阙兮鸾翔，振采兮万里，腾辉兮千山，能言出使兮鹦鹉，孤高洁净兮白鹤，识智深机兮玄鸟，奋志离心兮鸿鹄，布阵轻兵兮鹅儿，有恩有义兮雁队，莺歌兮明恩怨，画眉兮奏笙簧，鸳鸯兮多情，乌鸟兮反哺，任你天崩地震，都从振羽而飞，不似他暴雨狂风，则落红遍地矣。

圣天子点头称赞，又命牡丹王："你有佳处，即便奏上，如能胜他者，当即推汝为先。"于是花王命莲花仙子，上前奏道：

来往蓬莱蕊阙，起居玉宇珠宫，常听梵语以清魔，每得经文而避劫，青莲号称君子，海棠名曰神仙，槐荚兮知朔望，灵蓍兮识阴阳，萱草兮以忘忧，屈轶兮如佞，状元则攀丹桂，及第则许金钱，紫薇兮香飘画眉，芙蓉兮号曰文官，梅花兮独占春魁，蕙兰兮自超凡卉，尚有桃如笑面以迎春，柳亦有情而赠别，更有水仙贵品，不上蟠龙，榴火超凡，不污颜色，所有香国仙人，皆归如此，岂若他或笼而受困，或席上而为馔者哉。

于是二国所奏皆是，命百花仙子上前先拜，乃传谕道："论德行则百鸟为先，论富贵则花王为首，为是羽族有飞禽之能，未得尽佳，你花王先祝，也罢。"于是牡丹率众上前拜祝，然后凤凰领队朝拜。天子大悦，命他二国以后不准备情所长，互相争竞，即此退下，于是二国谢恩而退。转眼间，一阵香风过处，一片霞光，二国皆不见了。仍然小桥流水，松林竹径，依前一样，抬头见石头上写"小桃源"三字，天子与日清漫步上前，意欲叩庄门借坐茶烟片时，就命日清叩门。移时见一小童，年十三四岁，出来揖道："来者莫非高天赐、周日清二位贵人吗？我家老爷守候多时，便请进去。"

天子与日清走进里去，则有一位后生迎接，过了十数重门，方到一座大厅，走出一人，年五十余岁，向高天赐纳头便拜，拜罢站在旁，不敢就座。天子开言问道："请问主人高姓大名，如何知我名姓？请道其详！"那人道："小人姓王名安国，乃本处人氏，祖父俱是孝廉，某乃得一领青衿。因昨晚小女得了一梦，甚为怪异，梦见本坊土地投说：'今日必有真命天子，姓高名天赐，并周日清干殿下，一同到来，并说与小女有缘，该配干殿下为妻。'故生员早已安排佳宴，请万岁爷与干殿下一同谈叙，并求主此婚姻，则生员感恩不浅也。"

圣天子乃道："原来你是一个生员，所生几个儿子？"安国道："生员娶妻吴氏，所生一子一女，子名家骥，女字若兰，今年十七，尚未许人。小女今早对我道，伊昨晚得了一梦，梦见一对青衣童女，请她至一个去处，但见楼阁参差，至一大殿，殿中坐一位判婚女主，对小女说道'尔与周日清殿下有宿世之缘，并赐予明珠一对，他日产麟儿，绝无痛苦。'并云未时即刻来到。又道：'有个高天赐，乃是当今天子。'是以生员早已安排筵宴，结彩张灯侍候。"乃吩咐丫鬟："入内报知姑娘，叫她早换新妆，与周日清成婚。"这里天子附耳对王安国说了几句话，叫他："不可泄露于人，恐人计算，只说是旧亲戚。"并命日清跟王府家人入内换了新装衣服，朝拜神圣祖宗已毕，并来拜了干父与岳丈众人，礼毕，饮至更深，各人辞去。王安国命家人："请高客官到西书房打睡，好生服侍，不可怠慢。"这里新郎新妇，洞房花烛，夫妻恩爱，共效鱼水之乐。

且说天子跟书童到西书房坐下，只见纱窗月冷，花气袭人，窗外虫声唧唧，遂至窗外一赏花月再睡。在石凳坐下，忽听有人笑语，又是饮酒行令之音，乃四面张看，见南面有一个亭子，上座有十来个仙女，生得如花似玉，在那里饮酒行令。未敢上前细看，亭子写的"留仙亭"三个大字，听得一人道："行令饮酒厌人无味，不若另拈个诗简出来，顺手扯了一签，刻着一句四字的成语，要题一首七言绝句，或五言绝句，需要合着酒字，又要有席上珍肴贴切，说一句古诗，但不拘五言七言，亦要相合，如不能，并诗中不关着酒字，就罚三大杯。"

于是一围坐下，共有八人，外有丫鬟数人左有侍候，八人齐口道："须要年高者先。"乃问桂仙："贵庚几何？"道："二十二岁。"桂仙又问琼仙："你又如何？"道："二十一岁。"其后凤仙、兰仙同庚十八岁，琼玉、莲仙、贵玉、珠儿四人俱十六岁。只见桂仙轻施单袖，急捏玉环，高飞春笋，轻拨一签，上写着"春景桃花"四个字，她就顺口吟道：

春饮屠苏福寿绵，景新物换兴徒然，

桃红映就胭脂面，花气侵人醉若仙。

吟罢，大家称赞一回，果是年长的言语，用字老成，再饮一杯，再补酒底，于是桂仙饮了，夹着席上一色珍肴，不说出话，但是含笑而已。众人催她快说，桂仙尚笑而不说。且看下回分解。

第十八回

急脚先锋逢恩得救

投怀弱燕救主成亲

话说众人正在得意，忽听门外人喊马嘶，不知何故，王公即唤家人快问，是何处人马扰攘。家人去不多时，慌忙报道："有一班强盗，十分厉害，要借我银子五千两，若不应承，他就齐攻打入来了，请老爷定夺。"王安国道："五千两银子，所值什么？要借便借，何必带人马来？吩咐家人叫他先将人马退出，我随后便将五千两银子与他们便了。"圣天子在旁道："何必如此怕他？待我出去骂他，包管退了，不敢再来。"抽身出来，将庄门打开，大叫道："你众人如此无礼，深夜引人马劫人家，是何道理，难道不怕王法吗？"众强盗正在得意扬扬，忽见庄门大开，这人出来，如此口气，必有些胆勇。

为首的姓黄名天佑，诨号急脚先锋，次的姓张名国俊，诨名小温侯，二人乃绿林中豪杰，因犯了人命之事，故由松江逃至于此，二人遂结义为兄弟。时黄天佑年二十八岁，生得满面胡须，双目闪闪生光，十分勇恶。那张国俊小黄天佑三岁，生得面如冠王，唇若涂朱，十分清雅。本庄东一百里有一座飞鹅山，二人在此已有数年，并不打家劫客，今见山中粮草不足，故下山与王生员借五千两银子，不期遇了高天赐出来，将他来喝。那黄天佑说道："兄弟本事精强，且又有众头目小啰卒，借五千两银子，非是强取，不过因山中粮缺，倘有半个不字，恐怕屋宇俱焚，毁之无及。"天子大喝道："尔等快走也罢，尚敢大胆在此逞强！"黄天佑也不答应，举刀就向天子头上砍将下来，这边天子急忙拔出佩剑相迎，战至数回合，庄内走出一群家丁并日清，均上前来助战，那边张国俊见有人从庄内出来助战，他又上前与众人一齐接住，一场大战。少时，日清敌不住国俊，卖个身子，走入庄去了。这里天子久战，也就手慢眼花，有些敌不住，又加国俊相助，被困在核心，左冲右突，不能脱身，正在危急之际，正是：

龙游浅水遭虾戏，凤入低巢被鸟欺。

且说本村柳姓，有一燕姑，年方一十八岁，生得沉鱼落雁，闭月羞花，诗词歌赋精通，且学得浑身武技，十八般兵器纯熟。父名柳春晖，只生一女，极为痛惜。此女幽闭贞静，孝顺双亲，勤习女工，今夜正在闺中与女眷们下棋，忽听得有厮杀之声，急唤丫鬟登出去问来，一时丫鬟回禀："是村头王秀才宅内，被人夜里入庄打劫，今闻有个亲家，与他对敌，被害甚急。"那燕姑闻言，禀知父亲道："王家本属邻居，理宜相助，女儿应提枪上马救他。"其父初则不许，无奈她一定要去，只得吩咐精选家丁数十人随她而去。于是燕姑拔下金锭，提刀上马，一拥出了庄门，娇声滴滴，杀气腾腾，一直上村头而来。正是：

金莲小小穿铜蹬，玉臂双双挽宝刀。

一队人马如飞到了村前，只见一群强盗把一人围住，十分危急，众人围住得意。燕姑叱咤一声，香气侵人。猛然见这女子带了十来个大汉飞走前来，突围而入，张国俊道："先擒此佳人回山，然后再捉此人。"乃移兵与燕姑大战。燕姑道："来贼通名受死！"众人把燕姑看不在眼内，乃道："不识飞鹅山黄天佑、张国俊吗？"天子乘此跳出圈子。回来看见一员女将，带着众人与贼共战，料必是来助朕的。起势杀得啰兵七零八落，那天佑与国俊，看得那女子武艺非凡，反敌不住，于是天佑竭力举刀，向燕姑便砍，张国俊手持方天戟，向天子胸前便刺。四人共战一堆。

只看得那上打雪花盖顶，下打老树盘根，左打双龙出海，右打猛虎归山，前打将军挂印，后打佳人佩剑，左插花，右插花，金鞭剪玉辔，一个是至贵之身，能文能武，文可胜人，武可盖众；一个是脂痕透甲，粉腻脂香，仿似浓桃艳李疆场上，赵女秦姬剑朝丛；一个是行如风过走，飞猿跳蛇，行不及渠；一个是温侯再世降凡间，方天如舞鬼神惊。

且说四人战到二三十个回合，未分胜负，忽然哈叱一响，天佑已被燕姑擒了，国俊正在慌张，手里一松，被天子用起神出鬼没的手段，将张国俊捉了，于是众喽啰看见两个大王被捉了，无心交战，哄地走了。众家丁并柳家主仆，一同进了王家庄来，堂客出来迎接燕姑，王家众人把两个强盗捆在后圆柱上，于是大排筵宴，并使人请柳员外，多谢令爱之能，祈请赴席。于是柳家人来，是夕欢宴罢，送回燕姑。

次日，王生员正欲把二人解官审明依国法，天子乃命人带他出来后送官不迟。众家人领命，遂拥黄天佑、张国俊至，立而不跪，天子拍案大骂道："今被捉，尚敢抗拒不跪。"黄天佑与张国俊二人道："要杀便杀，要送官便送官，何必多问？"天子见他如此义勇，又且相貌魁梧，乃道："你二人如果是迫于不得已而落草，不妨与我说实，不但不送官究治，且能荐尔去投效，也好得个出身。"二人见他如此看待，只得从头说出来。

天佑道："请问豪杰姓甚名谁，何处人氏？"周日清在旁答道："此位姓高名天赐，北京人氏，是当今丞相门生，而我姓周名日清，是他的干子，自出京以来，不知收了几多英雄，除了几多奸官污吏，路遇不平，必为之申冤，任尔文如子建，武若孙吴，总能答应得通。你二人如果肯改邪归正，把家乡来历说明，一样会对你们有帮助。"

黄天佑道："某乃松江人氏，双亲早丧，留下小人，只学些武艺，且又家贫，并无生意，一日在松江府城，遇见一人在街上，拿了一个妇人，说道她丈夫欠钱不还，将她抵偿回去做姿。被我问起情由，方知是冯狗官的公子，因见她生得姿容好，适同亲丈夫上坟拜扫，为他看见，与那人说话，愿将百金买其妻，那人不愿，妻亦不肯。便假造契券，借他纹银一百两，如过期无银，任凭将妻抵偿做姿。某问他是城南人姓谢名德，贩卖鸡儿为生，故人欺他无势力。被我看见，将他拦住，厮打一场，打得性起，铁尺将他打死，是以走来此地落草。张国俊亦是某家邻村人氏，皆因路见不平，打死人命，一同走至此地，原望朝廷有用武之际，便即投军归正，今因山中人众，渐渐缺粮，故来此庄借些粮银，以图后报，非有反意，今被擒不杀，反被提拔，则感恩不浅。"

天子想道："怪不得失志英雄，壮士无颜。"乃问王生员道："今日且将他二人放了如何？"王安国道："随高老爷主张。"天子命日清松他二人的绑，二人起来叩恩站立。天子便道："我今有书一封，你二人往本省巡抚处投呈，便有安身之所，你见了庄大人便说我二人明日又到别处探友，不用来此。"二人接了书信，叩头而去。先回至山中，与众人说知，道："尔等把守山寨，须要小心，待我二人有实任，即书来叫尔等报效朝廷。"黄张二人吩咐一番，便即动身。

在路上不止一日，来到巡抚衙门，即投了书信。少时，有人呼他二人进去，二人便整衣冠，进内见了庄大人，叩头起来，庄大人先问道："那个高天赐，今可在王家庄否？"二人道："这高老爷又到别处探友去了，他说见了庄大人，就说不日回京，不用到来寻访。"庄大人说请二人坐下，黄、张道："大人在上，小的怎敢就座？"庄有慕道："不妨，尔识高天赐是何人？"二人道："他是刘丞相的至爱门生。"庄大人道："那高天赐就是当今天子，偶下江南，游到此地。"二人听了，望天谢过圣恩起来。庄有慕道："尔在松江府打死人命，今落身山寨，幸得遇着圣上，令我销了此案。即依意旨，拿了松江府监候，再拜本进京听候部覆发落。现今无缺与尔二人，暂补巡城守备，候有功于国另行升赏。"二人大喜，叩头而去。于是庄大人把松江府拿了监候，另委简府补上，即销了黄天佑这案。

且说天子见黄张二人去了，甚是欢喜，得此两员武将，如此忠勇。乃与王安国道："仁兄以为我何如？"王安国道："文武全才，是一个贵公子也。"日清道："此是当今仁圣天子，偶游江南，因而到此。不可声扬出外，以防他人暗算。"众人听罢，一同跪下，三呼万岁，叩头不已，口称死罪。主上道："不知者何罪之有？我有一言，欲与王兄共论，未知允否？"安国道："万岁有旨，定当从命。"谕道："我命尔为媒，欲要柳员外之千金燕姑，望速往作代。"

于是王安国即到柳员外处说知此事。员外喜悦道："怪不得我生此女时，有一飞燕入怀，故而名燕姑，今日果有此兆。"乃即命人请回小姐，同王秀才来到王家庄，见了天子，纳头便拜。安国道："此即是柳春晖也。"春晖叩罢起来，便道："得主上不嫌蒲柳之姿，上配龙颜，实为万幸，恐小女粗鄙，不堪服侍。"天子道："朕意已决，毋得推辞。令爱文才武艺、容貌俱佳，何陋之有？今封尔为国丈之职，候朕回京，同享荣华。"柳春晖谢恩而起。又赐王安国举人，一并会试，并赏加五品衔，安国叩谢。又答奏道："今日黄道吉日，请万岁过柳府与柳小姐成亲。"大张筵宴，鼓乐喧天，说与人知是京中刘丞相的门生，世家公子。

且说天子在柳府住了月余，恐怕太后盼望，故想回朝，乃吩咐王柳二家道："朕今暂住，不日回朝，即当来接两家。"王柳二人苦留不住，只得送别而行。于是主上与日清回京而去，不知后事如何，且看下回分解。

第十九回

痴情公子恋春光
貌美歌姬嗟薄命

饮数杯酒儿，唱几句歌儿，拈张椅儿，坐在松阴儿，望月色儿，秉凉风儿，抱瑶瑟整理丝儿，弹紫调唱红腔儿，人生快乐儿，当及时儿，莫待青丝儿，变了白发儿，如此逍遥儿，可谓一个无忧儿。

——《落花阴》

却说天子与日清别了柳家庄，一路往别处游玩去了。且说镇江有个客人，姓李名修号毓香居士，喜谈古今圣贤，奇文异录，极其有味。一日说蓬莱山云梦岩西去三十里，有座三宝塔，乃是大罗天仙所建，至今数千年来，仍是辉煌悦目，鸳瓦依然，雕梁不朽，正是仙家妙手，故年代久远，亦居然不变也。今已浮没无定，非有仙气者不能到也。上一层安的一位如来佛，中一层安的一位通天教主，下一层安的一位太上老君，初时乃是众人嫁婆，其间后来，日日引动游人，不免秽渎。故那班真仙渐少到来，于是众人见仙迹已散灭，不甚热闹，香烟亦为之绝。

且说江苏有个世家公子，原系福建人，祖上是个侍郎出身，姓黄名世德，因其祖有功，故三代皆袭荫。然世德性喜清闲，且家财百万，不要世职，闲散在家。夫人李氏，只生一子，名唤荣新，别号永清，年方二八，才貌双全，更学得吹弹，俱皆精妙，怎见得，有赞为证：

148

气宇嵘峥，襟怀磊落，面如冠玉，唇着涂朱，才如子建，出口便可成诗。貌赛佳人，游处即招百美，看他多怜多惜，恍如宋玉当年。有致有情，恰似潘安再世。即使南国佳人，亦当避席，东邻处子，都作后尘也。

永清本是世家公子，父母以其厌读诗书，视功名为无用，故未与他结婚，乃与本城二个世家子相善。一个姓张名化，字礼泉，祖上是粮道出身。一个姓李名志，字云生，父亲现作御史之职。三人年纪相仿，家财皆是百万，把功名都不放在心上，挥金如土，结成生死之交，日日花艇酒楼，逍遥作乐。父母钟爱异常，不加拘束。然三人虽是世家子弟，全不以势力欺人，极其温婉，且满腹经纶，都是翰苑之才。三人在一个勾栏出入。那院为一都之胜坊，名留春洞院，号天香阁，造得十分华丽，美如广寒仙府。楼分三层，那歌妓亦分三等，头等者居上一层，亦有三般价例，若见而留茶，价金一两，若陪一饮，价金十两，至于留夜同饮者，价金三十两，往来皆是风雅之士，到此必歌一曲，赠一诗，或遇那些大花炮、一肚草，则套言几句而已。故上一层到者，都是风流才子，贵介宦家者居多。第二层，乃是行商所到，价照上一层减半，其妓女亦不及上一层秀美。至于下一层，不过是工人手作之流，贪其价轻，难言优劣矣。

一日，黄永清与张李二公子，同到天香阁耍乐，那永清素所亲热那个，唤绮香，生得天姿国色，且琴棋诗画无所不通，年正二九，推为一院之首，怎见得？看她那：

眉如新月，眼比秋波，唇不点而红，面不涂而艳，纤纤玉指，恍似麻姑，窄窄金莲，宛如赵女，行来步步动轻尘，若迎风之弱女。呵处结成香雾，如经露之奇花，翠钿分惊鸾，罗裙兮飞燕，梳就蟠龙之髻，插来蝴蝶之钗，敛衽则深深款款，低声则滴滴娇娇。

那张生相与一个，名唤瑞云，年方十七，生得风流雅淡，轻盈体态，生平所最好者是淡妆，且专好着白衣裳，一朵银花依雪下，九天碧月落云中，婀娜多情，销魂动魄。那李生恋一个，名唤彩云，声色俱佳，与瑞云不相上下，年方十五。三人皆居顶楼上，甚相亲爱，结为金兰姐妹，唯愿他日，各人跟着一个情义才人，今见那三位公子，都是情投意合。

是日六人坐下，小丫鬟送茶已毕，黄生道："今日天气尚寒，趁此饮数杯而饯春可乎？"张礼泉道："妙，妙！"众人齐称道："去园中花边树旁去饯春一番，小饮一巡，再到楼中共饮。"乃先到园来，但见园中摆得十分华美，奇花异果，玉树瑶盆，均非常有。正百花盛放之时，万卉齐芳之候。绮香的婢女名唤待月，瑞云的婢女名唤春香，彩云的婢女名唤杏花。三个丫鬟都生得十分俊俏，好似一班仙女下凡。摆上果酒，六人入席，绮香靠住黄生，瑞云、彩云各倚了张、李二人，三个丫鬟皆在旁站立侍候。

酒过三杯，黄生道："如今只是滥饮，太慢送春之事了，莫若将此桌子移向桃花树下，再换过一筵，然后赋诗饯春神，你道好否？"俱答道："此正风雅之士所为。"即吩咐供了香花红烛，一桌摆的文房四宝，以纪饯春之词，不一时，华筵已设，美酒频斟，饯春已毕。永清道："今各人有意怜香，故向春花送别，或吟一首诗，或歌一阕词为妙，就以送春为题，吟得相切，赏他三杯，吟得不好，罚他金谷之数。"众人都依了，便请黄生先起。永清道："今日就以我为先。"乃作了一首送春记云：

唯春既暮，饯春宜勤，春色将残，春光易老，桃花含愁，恨春情之不久，海棠低首，叹春景之无多。春风狂兮，飞花满地，春雨乱兮，飞絮随波。恼莺藏兮不语，防燕掠兮生悲，蝶使飞来都叹春光薄幸，蜂媒频到同嗟春色无情也。

另有七言一句，以一春二字为题，以作酒底，乃念一句道："一春无事为花忙。"乃饮了三杯。其后应到张生，正欲开言，忽心中一动对绮香说："你二人是天生的自然一对，咏了看看。"云生道："快吟吧，免阻我等。"绮香答道："君等皆是玉堂金马之人，自应先咏，我姐妹当附骥于后方是，鄙俗之词，恐污慧听也。"张李二生坚请之，绮香只得先念酒底道："一春无暇懒梳妆。"乃续其歌道：

天生奴兮何贱作，地载奴兮何漂泊，父兮生我何多难，母兮育我何命薄，恨海难填兮万里，愁城虽破兮千重，嗟鹃泪之难干，叹莺喉之每咽。花前对酒强乐，帐底承欢兮奈何，望多情兮勿负，愿知已兮哀怜。

歌了，满座为之不乐。又勉强饮了三杯便道："奴命似春花，故将奴之心事，诉向饯春，今应至张郎矣。"张生更不推辞，便道："一春愁雨满江城。"说罢许久不言。众人笑道："满城风雨近重阳，为催租人所作也。"张生道："不然，各有所思，迟速不同。"彩云道："所思何事？不过倚着瑞云，情兴勃发。"瑞云啐道："本是大姐心热，欲在筵上先传暗意，以图早便之故矣。故把些支离语，抛在别人身上来。"说着大家笑了一回。彩云道："莫阻住你的情人。"于是张生顺口念道：

一闻春去便相思，可惜桃零与李飞。

流水无情嗟共别，落花有意恨同悲，

花愁柳怨须当惜，酒绿灯红却别离，

容易饯春今日去，明年还欲慰相知。

道罢，三杯已过，应至瑞云，彩云道："瑞姐素称多愁多恨，有致有情，必大有议论了。"瑞云道："你不必大言压我，待我快吟吧。"彩云道："不是我压你，待张郎压你。"众人道："不要笑她，让她念吧！"于是瑞云念道："杨柳含愁，海棠带恨，日日为春颠倒，什么旧恨新愁，却是伤春怀抱，总是梦蝶凄凉，鸾声惨切，惨切何时别。"于是念了酒底道："一春无叶共留花。"彩云道："果是多情多恨，情絮纷纷，正是少女怀春，张郎惜之也。"瑞云笑而不言，双目望着张郎，别具一段风流情致，娇姿无限可人。

众言："应至李郎了。"于是李生即道：

151

宝弹开兮琼筵，瑟笙美兮翠袖，钱春归兮美酒，留春光兮金波。悲春去之速兮，浓桃艳李，怅花香之谢兮，绿仇红惨。人惜春而感怀，春别人而不怜，莺声宛转，唱送春歌，雀语凄凉，洒离春泪，可知物犹如此，人岂无情乎？

道罢，饮了三杯，念酒底道："一春漫扫满园花。"后至彩云，彩云乃先饮三杯，后吟一诗道："一春梦蝶到蓬莱。"瑞云道："你果真梦到蓬莱，你又心能成仙，故有此奇梦，实有仙骨者，李郎不用多想也。"彩云道："你如此我就不吟了。"说罢，总不出一言。

瑞云趁势道："今未有被人罚，刚刚至尾，至遇着罚，应该饮三海碗。"彩云不肯，无奈彼众人拗不过，只得硬饮了。移时芙蓉面赤，微闻慢慢吟道：

春情易写，春恨难填，春水多愁，春山空秀。蝶梦谁怜，怅春光之易去，花魂谁吊，叹春色之难留。从此杨柳生愁，桃花散魄，肠断海棠花下，心悬芍药栏边，千愁万恨因春去，万紫千红共恼春，即普天下之人物皆然，哀哉痛哉。

吟罢，各人赞叹不已，"此语较我等更为痛快，真是普天之下，莫不因春光之易去，而生悲感焉，确然妙论，当以锦囊贮之，再饮三大碗。"彩云不肯道："饮三小杯已足了。"各人请饮三杯，于是入席。三杯已罢，忽听得芙蓉花下，豁勒一声，吓得众人起身。正是：

　　　　　　方在高怀吟与饮，忽闻花下吓人声。

未知什么，且看下回分解。

152

第二十回

蕴玉阁狂徒恃势
天香楼义士除顽

话说黄生众人，吟完酒令，忽听芙蓉花底一声响亮，吓得众人欲走，乃见一个白发老者，从花底出来，年七十余岁，生得童颜白发，飘飘有神仙之状。拱手道："老汉乃司花之神，感君等至诚祭奠，怜香惜玉，以饯春归，故至诚感格，以致吾等享受，无可以报，欲救君等脱离苦海，免在尘中。"众人闻言，惊疑始定，知是神人，一齐跪下，口称："神圣降临，望求超拔弟子等男女众人，离了人间尘苦。情愿打扫仙真洞府，也是欢喜，未知神圣可收留否？"那神道："现在当今天子，不久游到此地，尔等须当有急则救，若是见了高天赐便是。众人切记不可错过。"说罢，化一阵清风，就不见了。各人惊喜交集，向天叩谢，又向花前拜谢已毕，复上楼来开怀畅饮。正欲再整杯盘痛饮大醉，忽听得楼上蕴玉阁西面酒店上，饮得大笑，又闻喊打之声，不知何故。

原来是一班恶少，在此借酒打架，往往如此。为首的是本地一个土豪，姓区名洪，诨名飞天炮，有些家资，请教师在家，学得拳棒，与一般亡命，随处惹事生端。到此酒店小酌，因争座位，便厮打起来。原来他上楼来，已先有人坐了中座之席，他乃后到，欲换此座，刚遇一个硬汉，不肯让他，故出不逊之言，意欲情势欺人，正在吵闹之际，正遇天子与日清偶游到此，

153

闻打斗之声，意欲看得不平，便下手相助，听来原来是那区洪不合道理，心中就不平。后见他动手，把那汉乱打，那汉独自一人，竟无相助，左右之人，又怕区洪之势，俱不敢出言阻住。日清在旁忍气不住，上前把那些亡命，一个个打得东倒西歪，走的走，跑的跑，下楼如飞地去了。

那汉向高天赐及日清二人叩头，便道："多蒙搭救，感恩不浅，请问客官高姓大名，必不是本处人氏，请道其详。"圣天子答道："吾乃北京人氏，姓高名天赐，与舍亲周日清来此探亲，因平生好抱不平，故遇有逞恶欺人者必打之，今见足下一表人才，定非下俗，故叫舍亲相助，打得那班狗头逃走。请问足下贵姓大名？"那汉子道："在下姓王名闰，是做绸缎生意，因午后无事，先到此间，自拣好位正座，不料此人恃众欺人，要小弟让此座位与他，小弟不让，拳脚交加，幸得二位搭救，实在至幸，小店离此不远，请二位到小店一叙，幸勿见却。"天子道："小小事件，何足言谢？足下既有此美意，亦自当从命。"于是即与日清、王闰三人，一齐出了店门来至绸缎店中，分宾主坐下，茶罢，王闰即吩咐备下一桌美席，留二人共酌，于是三人施礼入席。酒过数巡，王闰开言："二位客官既是好游，明日待小弟同二位去一处好去处。"是夜罢酒，留二人在店中过宿。

明日清晨，用过早膳，王闰带了一个小童，与高周二位，来至天香楼。此时黄永清等众人，也在此畅饮。此处是东西南北四楼，俱是起造得一式，一楼上可容十数席，亦觉宽展舒畅。天子、日清、王闰三人，即在南楼坐下。那些粉头打扮得粉红嫩绿，上来施礼已毕，入席高谈细酌，一个名唤琼姬，一个名唤彩姬，一个名唤丽姬，三人都是年不上二十，生得才貌惊人。酒已数杯，遥闻西楼上饮得极其高兴，原来是黄永清在此畅饮。且说众人正在强劝彩云饮酒，彩云道："列位先饮，妾当陪饮。"云生道："请卿快饮，再有妙谈。"彩云无奈，被迫不过，只得一气饮了三杯。众人拍掌大笑道："痴情婢子，看她必待李郎强之乃饮，可说钟情之极了。"说得彩云桃腮晕红，急道："今被尔等迫我饮了三大碗，又来取笑。即唤侍儿换了一桌酒筵，待我行一大酒令，以消此恨。今日三位公子并未多饮，妹子摆下一桌在此，与各位再豪饮一场，如怯者不算英雄。"说完，大家齐道："更妙，"那众人因见她饮了数次三大碗，又见其出令，十分喜悦。不一时丫鬟摆上酒来，连椅桌都换过，看她摆得：

> 琼楼可比蓬莱岛，玉宇翻疑是广寒。

中间摆着南京榻，雕几檀架，堆些新诗古画，金笺云简，两旁粉壁上，挂着名人字画，梅兰菊竹，左旁摆一对醉翁椅，右边设一张贵妃床，楼前短栏外，摆了几盆奇花异草，芬芳扑人，中间吊了一盆小鳌山，四边挂的玻璃灯，照耀如同白昼。架上早已摆下瓜果小碟。六人入席，丫鬟两旁侍候，其时天已起更，丫鬟点起莲花灯，酒点三巡，彩云即命秋月拈令筒来放在当中，又拈骰子来，各人先掷一手，掷得红点少者，便请先拔签筒之令。如正红无者，先罚他一大碗，如有红点者，不拘多少，都要一个牌名说出来。永清先掷，把骰子一散，得五个二，一个主，便道："这叫作北雁朝阳。"后至礼泉，掷得一个幺，一个五，四个三，这叫月明群鹤守梅花。云生掷的是三个六，三个四，这叫作红云散在半边天。那绮香掷了五个幺，一个四，乃道："吾乃新改一个牌名你听。"众人道："看她是个什么新式？"绮香道："这叫作九天日月开新运。"那瑞云也掷了四个三，一个幺，一个六，这叫作天晚归鸦遇月明。其后彩云也掷了六个都是五，这个名叫满地梅花，皆是全黑者。瑞云急道："你是令官，偏是你掷是正，正是你好彩了，你快饮一大碗。"彩云无奈饮了，自愿唱一支解心赔罪，然后再掷便是。众人道："就如此吧，快唱，若迟滞，就不依你了。"彩云只得宛转歌喉唱道：

> 情书一纸，寄与情郎，思忆多时，两泪枉自伤，酒闹月夜同私誓，约同生死不分离。怀想我郎，别后无音信，留惹相思数月长。恨奴命薄如秋

叶，焉得化为鸿雁去寻郎，免得香衾夜夜无人伴，蝶帐时时不见郎，又听得鹃啼声惨切，自是愁人听得更断肝肠。

唱罢，将骰子掷了一个四，五个六，这名叫将军争印，于是大家饮了三杯。忽然楼下一片喧吵之声，大家皆惊立不定，侧耳细听，这边天子与日清亦倚栏静听。原来是一班无赖之徒，把那些有姿色妓女，登门抢掠而去，正在与他厮斗不下，街上无人相助。日清见了，大喝道："青天白日，登门抢掠，是何道理？"就向人丛中抢回诸妓，再夺一对四尺长的刀，把那些无赖杀得七零八落，血流街上，俱皆杀走了。原来都是无胆匪类，一味大声，及至打架，架都不能招了。于是院中鸨娘，与妓女龟奴等，皆来拜谢，乃安排筵席，请高客人与周王二位同酌。

这里黄永清等人亦备一桌请高客人三位过来共酌，并访天下英雄之意，高天赐同王闰饮过几杯，又被黄永清差人持帖屡屡催请，只得与日清过西楼。三位公子见了，急起身相迎，王闰亦随后便来，一一见过了礼。茶毕，永清先问道："请问三位高姓大名，仙乡何处？请道其详。"王闰道："小子姓王名闰，是本处人氏，在泰安做绸缎生意。此位姓高名天赐，北京人氏。这位是同来贵亲，姓周名日清，亦是抱不平，搭救小弟，今日又遇了此等恶徒。"

天子道："此是官军不用心，是以弄得如此，待我禀知本省巡抚，把个些武营员弁，责戒一番，然后可望尽力保国安民，请问三位贵姓大名？"黄生道："小弟乃本处人氏，姓黄名永清，这个姓张名礼泉，那位姓李名云生，亦皆本处人氏。小弟祖上是侍郎之职，此二人亦世家子也。"高天赐闻言，原来是忠臣之后，乃道："三位公子，如此慷慨，现在庠或在贡举？请道其详。"永清答道："小子三人，一衿未青，因性好游玩，懒于功名。"说罢，吩咐摆下佳筵，六人重新见礼，入席共饮。

酒过数巡，天子见他三人如此高义，外貌虽好，未知内才如何，不若在此试他一试，若果经纶满腹，日后收他，以佐朝廷之用。于是在席上把古今圣贤兴废，治国安邦之事，问他三人，对答如流。便道："三位公子皆是才高八斗，何必性耽诗酒，倘入应科考，何患翰林不到手？"三人应声答道："此非小子等所愿也。除是国家有急事，饥荒之年，即可出力以报朝廷。"天子听了喜悦于心，酒罢，各辞别去了。那周日清引路，往各处游玩。只听路上言三语四，有妖怪白日害人，未知如何，且看下回分解。

第二十一回

东留村老鼠精作怪
飞鹅山强贼寇被诛

话说周日清与天子在天香楼辞了黄公子众人，一路往热闹之所游玩。行不上二三里，只见三群五队小民走来，口称："妖怪白日出现害人，故此走避。"天子便问："妖怪在何处出现？"众人道："不可去，恐见了妖怪难以走脱。如果真要去，前面青松翠竹，回环绿水，烟村数十家便是了。"日清寻路，来至村边，只见一位七八十岁老者，坐在村口。天子便问道："我请问老丈高姓大名，因何青天白日，此处有妖怪迷人，请道其详。"

老者道："老汉乃姓林名立德，是本处人氏，此村叫东留村，村中有个财主，姓林名建仁，有百万家财，夫人王氏，单生一女，名唤珠儿，生得貌赛杨妃，身如弱柳，诗词歌赋，件件皆通，因去年八月十五中秋贺月，被妖魔乘风抢去，今已数月，并无踪迹。今岁又来打扰，夜间更为猖獗。生得青面黑发红髯飘，黄金铁甲亮光绕，裹肚衬腰丹桂带，披胸勒胁步云绦，一双蓝靛青筋手，执定追魂摄命刀，要知此物名和姓，声扬二字是黄袍。曾请过道士和尚法师，俱收他不住，反被妖怪赶得几乎性命不保。如今已无人敢惹他，且要众人朝夕礼拜，也要香花酒食供养，不然要飞砖掷瓦，且啰唣少年妇女，更为可恶。二位客官从何处至此？贵姓大名，望为示知。"

天子答道："吾乃北京人氏，姓高名天赐，与本省巡抚大人是朋友，因此特与舍亲周日清到此探问。我擅捉妖怪，驱逐邪魔，任他三头六臂，法力高强都不惧，包管见了我就不敢作恶了。烦老丈引我前去，待我为本地除一害。"老汉闻言，十分欢悦道："既是高老爷有此手段，是我村中之福呢。"于是持杖引路前进，至一处大花园边，内有几个少年出来迎接入去，在牡丹亭坐下。一个少年先开言问道："请问客官高姓大名，到此收服妖怪，不知要什么坛场，求为示知，俾得依法备办。"日清代答道："他乃姓高名天赐，北京人氏，到此访友，因闲行至此，偶闻林老大言，府上有妖作怪，故来府上以除此怪，以安人民。某自姓周名日清。足下高姓大名，妖怪几时到此？"

少年道："小子姓林，是本宅兄弟，名叫玉哥。此怪是前月初到此，至今月余，已闹了十多次，日间在园中作怪，夜间在屋内将人迷惑，然已请过多少法师到此，未能除伏，今幸得二位到此，谅必可收除矣。"天赐道："不用搭坛书符，不用持斋请佛，我二人用了晚膳，今夜捉妖怪便了。"于是林府家人手忙脚乱，打扫花园，扫得十分干净，请那二位客官用了晚膳，再为捉怪。天子与日清、林老丈及少年在席上稍谈济困扶危之事，各人不胜喜悦，原来都是为善事者。

晚膳已完，高天赐便与日清二人结束停当，手提剑，大步向屋内而来，众妇人等，早已避去。来至房中，二更时分，见了一个青面黄身老鼠，那风过处，令人毛骨悚然，但见打扮得：

头戴紫金箍，身穿黄毛小战袄，下着水波纹豹皮靴，足踏小铁车，脸上一部胡须，手持铁尺，恶狠狠眼如老鼠，嘴如金蛇，跳舞而来。

周日清举剑往那怪劈去，那妖怪急将铁尺架起相迎，一来一去，左冲右突，大战有数十回合，那妖越战越有精神，日清敌不住，气力不加，正要退败下来，天子急忙飞身上前，持剑接住厮杀，日清趁势退下。妖怪见有人助战，大逞妖法，手中铁尺如雨点打将下来。两下大战，直杀到三更时分，总是邪妖手段，难敌至尊。战了三四十个回合，那妖怪借金光通去了。圣天子大喜，吩咐安睡。霎时一阵狂风，腥气转加，风过处又多一怪。于是命日清在右，自己居左，定睛看那二个妖怪，怎般来法，原来后来一个，浑身如白银一般，跳跃伸缩，极其伶俐。二人举剑向那妖怪当胸便刺。二妖见来得凶猛，也举兵器相迎，你来我去，看看四更天气，天子与日清二人气力不加，敌他不住。

且说真命天子，有百灵扶助，本处土地共值日功曹，忽想到一只金睛玉眼猫儿。此猫在西山已修炼有年，道号"玉面真人"，未成正果，今叫他出来收服鼠精，受封便成正果。于是借阵神风，一霎时即到了西山藏真洞中，来传法旨，命他往林家园搭救主上，便可封成正果。守洞小童忙即入内与玉面真人知道。立即谢过功曹，然后吩咐小童："看守洞门，我去便回。"小童领命，玉面真人即随功曹火速来至林家园，只见二鼠精与周高二人在此大战，看那年老者，头上放现金光，谅此位必是当今天子。于是现出真形，运气练精，往老鼠头上咬去。黄鼠怪见了，吓得魂不附体，早被咬死，跌在一旁。那个银老鼠欲逃走，又被咬死，一对鼠精现了原形，死在地下。日清与天子见了，好似一派寒光，忽然不见了，只道二妖敌不住，如前借法而遁，不知逃往何处去了。

玉面真人得胜，遂复衣冠，上前叩拜天子。圣天子大喜道："原来是法师，失敬了。"真人道："两只鼠精，一黄一白，俱修炼多年，因性好贪淫，故许久未成正果，如今摄了林家女子，不知他藏在哪里？待我再去看来。"将身一跳，上了半空中，把金睛往下一看，原来被他收在深山积云洞内。便纵身跳入洞内，见林家女子正在啼哭，猛见他来了，又疑是鼠精，更加大哭起来。真人道："不用惊慌，吾乃玉面真人，二鼠精皆被我杀了，特来救你回家。"林珠儿闻言，喜不自胜，收泪上前道谢。真人道："此乃小事，何足挂怀。"便借神风，把林珠儿一带，下了云头，早已到了林家庄前，叩门而入。那众人见了，悲喜交集。真人来至花园内，向圣天子纳头便拜。圣天子慰勉有加。玉面真人道："贫道不过是在西山藏真洞修炼精气，因奉劝曹之命，叫我来搭救当今圣主，除却鼠精。今宜将两只鼠精剥皮晒干，以养各种虫蚁，将骨肉弃于大江之中，以祭鱼腹。"林府家人齐来围看。原来是两只鼠精，一黄一白。家丁抬出去了。日清道："今妖怪已除，林家女子也得救了，是真人之力，寄父可封他一个法号，早成正果，以赏他伏妖之功。"

天子即宣玉面真人上前，封他为伏魔仙人，真人叩谢，借一阵清风去了。日清又请封林珠儿一个女道士之名带发修行，天子即封她为贞节道姑，起牌坊匾额，可见我朝恩典隆重。珠儿谢过思，遂自去了。林府众人，大摆筵席致谢。并请亲戚到来，庆饮数日方完。天子怕人识破，急辞了林家，往各处游玩。林府众人，只得备酒送行；并送程仪三百两，天子本欲不受，无奈他苦苦强送，只得命日清收下起行。林建仁送至十里方回。

欲知天子往何处游玩，且看下回分解。

第二十二回

白面书生逢铁汉
红颜少女遇金刚

且说天子与日清来至苏州一个热闹市上，十分拥挤。这市近海，十分兴旺，舟船客商等俱皆聚集往来，人马不绝，这个叫如云市，有数千铺户，略一看过，与日清投下客店，即叫店主备下酒菜。店主答应一声，不一刻摆列上桌，日清相陪，酒过数杯，天子偶想道："朕今来此游玩，逢奸必削，遇盗必除，不知革尽几多贪官污吏，可见食禄者多，尽心为国者少。然则世态如此，亦无可如何。"想罢就用晚膳，即上床而睡。忽见一轮明月当空，乃执笔吟下一联云：

皎月当富宝镜悬，山河摇影十分全。琼楼玉宇清光满，水鉴银盘水气旋。

处处轩窗吟白雪，家家画阁弄朱弦。清宵寇极来斯地，游玩时逢兴自然。

吟罢，听得还有读书之声，仔细一听，念的是离骚经。次日，与日清寻到该处，听得读高山流水，正在门前，便向左侧凉亭中坐下。

且说此地有一个偷儿，力十分大，但遇他手，任你一柱般大条桅，他亦能应手而折，故乡人起他一个诨号为铁汉。一日探听得有个白面书生，只自一人在此读书，何不今夜越墙而进，偷他一个干净，料无人知觉。所以左右前后行过，看明上落道路方去，不想却被日清看见。日清见他蛇头鼠目，在那里东张西望，必定是个偷儿无疑，即说与圣天子知道，即于是夜在那亭上候那贼人。

原来此处叫深柳堂，是本处当家姓金的起造，那子弟们不下数十人，在此读书。刚刚此数日，各人有事去了，只剩金三郎在此，并书童一个，名叫禄儿。这金三郎与众不同，勤习经史，以求博得一名，以慰亲心。凡有热闹场所，俱皆绝足，闭门谢客，而且胆大，鬼贼妖怪，一概不怕。曾有夜偷到此，却被逐退。曾有鬼混他，他曾与鬼见面，一夜，有个百厌鬼到此吓他，头大如斗，眼如铜铃，手如葵扇，舌如蛇，然高不及三尺，令人见之，不死也要害一场大病。他偏不怕，将一个竹箩用纸糊了，画了五官，套在头上，与他相视，其鬼又变身高二丈，头顶屋瓦，他又将竹接长双足，其鬼无可奈何，只得避之而去。非是鬼怕大胆，乃怕忠厚孝义也。又说那铁汉，是夜饱食一顿，拿了绳刀杂物，到深柳堂静候，等候下手。不想日清看定，因在黑暗，故铁汉不见，于是守至夜深人少，然后下手。时正三鼓，明月如画。人道做偷儿偷风莫偷云，偷雨莫偷月，他偏向月明时下手，无奈金三郎夜读不倦，直到五更未睡。正是：

三更灯火五更鸡，正是男儿立志时。

青春不思图上进，老来方悔读书迟。

那铁汉听得不耐烦，索性向瓦上一丢，早登瓦上，踏将下去。这三郎早已明白，诈作不知，待他前来，再为收拾。即脱衣假睡，在床上假装鼻息如雷，那铁汉更作鼠叫，三郎又诈作不知。铁汉欲开衣箱，三郎手拿一条麻绳在后，看正那贼，一索绕住，乘势推在地上，乃叫醒书童禄儿将他捆起。日清在瓦上看得真切，见这书生如此本领，不用动手，乃返店去了。

金三郎把铁汉捆来，即叫书童安排夜食，乃问铁汉道："尔今被捉，有何话说？"铁汉道："今夜被捉，自觉羞惭，冒犯之处，但求恕宥，感恩不忘。"三郎道："你如肯改邪归正，我就放你，你便来一醉如何。"于是把他松了，排下夜膳，铁汉上前谢过，只得入席同饮。饮食已完，三郎又赠他纹银十两，叫他此后改邪归正，不可为梁上君子，铁汉谢过，拜别而去。自此偷儿到此，知是三郎，皆不敢动手。再说日清将此事说与天子知道，叹道："真正是读书人无所不能。"次日，辞了店主，又往别处去了。

话说本处西村有个小户人家，姓王名全，娶妻万氏。夫妇二人，年近六十，单生一女，名叫碧玉，年方二八，生得容貌似海棠滋晓露，腰肢似杨柳舞东风，浑疑阆苑仙姬，绝胜桂宫仙子。又诗曰：

> 秋水精神瑞雪飘，芳容嫩质更娇娆。
>
> 看来工指纤纤软，行去金莲步步娇。
>
> 凤眼半弯藏琥珀，朱唇一点露英瑶。
>
> 自是生香花解语，千金良价更难消。

王老夫妻二人，爱若掌上之珍。但此女虽是贫家女子，也是琴棋诗画件件皆通，每日不是长吟，定是短唱，每有富贵之家求婚，她竟不从。却有个本省提台之子，到来求亲，这公子张效贵，是张安仁之子，生得十分丑陋，恃着父亲一品大员，倚势凌人，要在花街柳巷，无所不为。一日，见王全之女十分姿色，故央王媒婆去说，谁知王碧玉要试过才貌双全者方许。公子无奈，只得打扮得十分华美，同王婆用了名帖，来到王家。见礼已毕，王老开言道："公子光临，蓬户生色。"张效贵道："闻得千金须要面试方允亲事，故来领教。"王老道："请公子少坐。"遂命碧玉隔帘听试，碧玉见他面貌十分恶劣，心中不悦，请母亲出一个题目，贴上灯谜道：

> 或如天兮或如地，或伴佳人或赠贵，或如忧兮或如喜，或笑春姣兮或返媚，或匪白发兮老将至矣。

谜底就是镜子，公子全然不解，便老了面皮道："今日饮酒太多，待明日再来。"急辞往前面而去。回至家中，自己思忖，我是一个提台公子，反被村女所难，好不苦恼。心生一计道："谅你这女，有多大的本领，明日派家丁二三十人，抢了回来，岂不是好？"主意已定，过了一宵，即唤二三十个得力家丁，手持兵器，来至王家，不由分说，将碧玉抢回，扬言王家欠他银两，将女偿债。路上看的人，知他强抢，无人敢救。忽有一人，亦是本处人氏，姓金名刚，专打不平，见公子强抢女子，好生无礼，知是提台公子，不敢动手，乃道："青天白日，抢人家女子，于礼说不下去，请公子放了她吧。"公子道："你这乞儿，来管什么闲事？"金刚道："我不怕你人多。"公子生性暴躁，上前便打，哪里是金刚敌手？被金刚一拳打死。家丁逃回报知，提台气极不堪，即问："凶手何人？"家丁答道："是金刚。"便绘影图形，四方追捕。各武营尽心缉捕，十分严紧。正是：

安上铁笼擒猛虎，高悬图影捉强狼。

不知金刚后事如何，且看下回分解。

第二十三回

英雄遇救沐皇恩
义士慈心叨御赐

英雄志气勇除奸，手段高强不是闲。

战处蛟龙潜碧海，舞来猛虎遇深山。

却说金刚因路打不平，救了王碧玉，一时力猛把公子打死，十分着急，人命重大，非同小可，且是提台之子，只得见势就走。天已将晚，心中着忙，肚中饥饿，难以行走，就在村中古庙栖身，日间打过一场，又因路多走了，十分困倦，饥鼓雷鸣。自思不合一时粗鲁，至把那张公子打死，又想道且喜又与地方上除一害，伏在神台上蒙眬睡去。且说此处正是忠乐村地面，此乃关王庙，十分灵圣，若忠臣孝子，义士烈女到此祈拜，无不灵验。唯庙小，并无司视看守，只得村人朝夕香烛供举。时正三更，那金刚梦见有胡须之人，来叫他有话吩咐。

他不知所以，乃从神人来至一处，但见如殿宇一般，上面坐着一位红面神圣，乃是汉代关夫子。他上前跪下，口称："小人金刚叩见。"帝君命他起来，方敢抬头。帝君开言道："唯念尔一点仁义之心，不顾自己受害，代人出力，救困扶危，甚是可嘉。今说与尔知，方今朝廷招贤纳勇，尔即往投黄永清家内，便有出头日子，日后得志，要尽忠报国，牢牢紧记。"金刚听罢，再拜叩谢，帝君乃命两青衣小童，送他回去。路经一个绿水鱼池，

166

十分幽雅，正在漫行贪看，不提防被青衣一掌，打落水中，大叫一声，正在慌忙间，惊得浑身冷汗，原来是南柯一梦，十分奇怪，自思帝君之语，须当紧记。起来向神再拜，其时正在五更，天色将晓。正是：

鸡声三报天将晓，月落星稀日渐升。

意欲抽身起来，奈饥饿难忍，手酸脚软，只得神台下再坐，且过片时再走。且说此处正与黄侍郎家相去不远。是日正值黄府酬神，家人搬了礼物，来此庙参拜已毕，各往庙外，一时那金刚见人到此酬神，正欲等他拜谢已完，求他赐些酒食，以充肚饥，后见人往庙外去了，乃伸出头来往上一看，看见那三牲供在台上，不顾什么，起来大饮大吃，吃得醉饱，复缩在神台之下。黄府各人回来，见那三牲酒食不见了许多，难道神圣吃了？断无此理，必定是偷儿吃了。乃四处找寻，只见神台下有个大汉在此，料是此人偷吃，喧吵起来，扯那个金刚出来骂道："你这偷儿，为什么在此偷人礼物吃？"金刚不好意思，只得硬着头皮说道："是我一时饥饿偷了吃，多谢你。"家人道："谢什么？我与你去见公子。"就此拖扯来至府中，黄府家人入内禀知永清，永清出来说道："是哪个人吃了我家敬神的东西？"金刚即上前道："是我！"

永清把金刚一看，见他相貌魁梧，必不是无用之人，乃开言道："足下高姓大名，因何如此？既是肚腹饥饿，请再食如何？"即叫家人再搬酒肉出来，任他一饱。于是金刚大食一顿，食罢，向公子问道："请问贵人高姓大名？"永清道："我姓黄名永清，家祖黄定邦侍郎。"金刚叩头道："小人有眼无珠，无识公子，望为恕罪。"公子道："你姓甚名谁，为何到此如是，说与我知，我自有处理。"金刚乃把救碧玉打死张公子之事，说了一遍。黄永清道："如此说来，义气堪嘉。现在四处出赏帖，图形绘影捉你，你不必往别处去，就在我这儿住下，教习我家人武艺，此事有我在此，张提台亦不敢到此查问。"金刚喜不自胜，在黄府教习他家人各式武艺。正是：

英雄暂得栖身有地，奸佞无从捉影拿形。

　　且说张提台严缉了数月，并无踪迹。一日，访闻得在黄永清家中，乃命人求永清将金刚交出，以正其罪。乃唤家人办了礼物名片，向黄府而来，见了黄公子，把名帖呈上，道了家主之意。公子道："我家何曾有金刚到此？铁汉倒有几个，尔乃回去对你家大人说知。"家人无奈，拜辞而去。回至府中，把公子之言，对提台大人说知。提台闻言大怒道："我惧你这黄狗吗？"即传齐参游守府千百把总并五营四哨兵丁，杀气腾腾来到黄侍郎府前，大叫道："黄永清小子，快把金刚交出，迟则到府搜出，恐怕你这世袭有些不便。"黄府家人急入内报知黄公子，黄公子吩咐家人不要理他，谅他官军人等不敢进来，无奈大呼小叫，人马喧闹不已。

　　金刚忍不住，便向黄公子道："为小人之事，累及公子如此吵闹，心甚不安，莫若小人出去与他对敌，若杀退他回云，另作别计，若打输了，另往别处。"公子再三劝止不住，只得由金刚出了府门，手提长枪，在大门口大喝道："你这个昏官，纵容儿子白日抢人家闺女，该当何罪？幸得某家救了这良家处女，你的不肖儿子，定要与我相争，今我将他打死，为地方除了一个大害，实为百姓之幸，你敢来寻我？好好回去，用心报国吧。"这张提台闻言大怒，正是仇人对面，即命各人上前与他厮杀。那金刚振起神威，杀得那些兵丁败走而回，张提台见了，急催五营口哨各官一齐上前，把那金刚围住，战有数个时辰，无奈金刚寡不敌众，被官兵生擒去了。张提台大喜，即带回街中，严刑拷问，金刚总是不招。提台无奈，只得交与本县李连登审问，务必要拷出真情，认了口供，方能请王命正法。

　　再说永清自金刚被捉，令人访问，知是叫李知县审问，自思李连登与我甚厚，不若到他衙中说情，若能救他一命岂不是好？吩咐家人备轿，来至县衙前，命人传了名帖。李知县闻得，急整衣冠，大开中门，迎接入去，分东西坐下，李连登道："不知公子到来，有何见教？"永清道："父台大人，今因晚生家中金教师，不知与张大人有何仇隙，以至起兵马来合下，活捉他来，听是交与父台大人处审断，未知曾否审出明白，望祈示知。"李知县道："闻那金刚与王全交好，因张公子与王全不相投，故此金刚将张公子效贵打死，投在贵府，妄为教师。如今事情重大，明日请公子到来，并通知提台，着人一同会审如何?"永清道："总求父台大人原情办理就是。"说了辞出，次日一早到衙，李知县即令人请张提台着人到来一同会审，张大人即着叶游府到知县衙门而来。黄永清公子也到。即提出金刚来审。那金刚恐连累黄公子，他就从头说明。知县无奈，只得录了口供，回复提台，候令处决。黄公子辞别回府，叶游府亦回。

且说天子与日清游过了许多热闹场中，一日，偶然想起黄永清等，正欲到他府中一探。日清引路来至黄府，家人通报，永清急忙穿衣出来跪接，天子入内，坐下道："嗣后便教叔侄相称，行叔侄礼吧。"永清点头，即唤家人备了酒膳，席间永清把金刚之事，对天子从头说了一回。天子闻言怒道："如此之人，死有余辜，那金刚乃义气忠勇之人，待朕明日即行发旨一道，与庄巡抚大人，令他将张提台拿住，待朕回朝，自有发落。并将金刚放出，赏了李连登道衔记名，遇缺即补。"是晚把旨意写了，次日吩咐周日清快去庄大人处投呈。正是：

英雄运起逢恩赦，奸佞机谋枉设施。

次日，周日清领了圣旨，到庄大人处，令人传报，庄巡抚即换衣冠，排开香案跪接。日清开读诏曰：

奉天承运皇帝诏曰：朕今游历江南，为表扬忠孝，削除奸佞起见，今访得张提合纵子行凶白日抢夺良民处女。其子已死，无足追究，即将提台拿问进京，候朕回朝发落，并赏李连登道台记名，遇缺即补。速将金刚释放。钦此。

庄大人听诏已毕，即与日清一同坐下。茶罢，日清辞别而去，回来复旨。庄大人即排开香案，依诏行事。且言金刚出了县牢，向知县太爷谢过，即回至黄府，向公子叩谢。公子道："此乃当今仁圣天子放你回来，快去见驾，叩谢天恩。"于是金刚急上前叩头。天子将武经韬略一一盘问于他，金刚对答如流，圣上大喜，即封了游府之职，手诏一道，命他往庄巡抚处验过，俟有缺即补。金刚叩头谢过，又向周、黄叩谢。这黄永清摆下佳筵，又命人请张、李二公子到来畅叙，张礼泉与李云生一同来见天子，叩头跪拜。起来一同入席，谈些诗赋，诸人俱应对如流。仁圣天子想起他众人是富贵忠义之人，即命人拈文房四宝来，写下几个大字，与张、黄、李三人看。各人上前看时，见写得笔走龙蛇，十分佳妙。写了递与黄永清等，永清等接过谢恩。给永清的是四个大字"江南义士"，上面写着年月日，御笔亲题。那张礼泉一个大"寿"字，李云生也是四个大字"义播江南"，亦有年月日，御笔亲题，各盖御印。三人接了，再拜叩谢，十分喜悦，即命人请木匠雕刻，上匾于门前。是日酒至更深方散。永清侍候圣天子在窗前玩月，正看得高兴，忽听一段悲怨琴声，如怨如慕，如泣如诉。正是：

风清月白当窗夜，琴韵悲歌数里扬。

不知悲歌从何而来，且看下回分解。

170

第二十四回

命金刚碧玉共成亲
逢圣主许英谈战法

谁家琴韵响嘈嘈，如怨如悲惨切高。

高韵听来如泣，低韵听来如诉。

任尔金刚听得也哀怜，铁汉听之亦悲悼。

话说天子正与日清看月，忽然听得一片凄凉琴韵，风送而来，正欲侧耳细听，被风起吹乱，于是下楼来安寝。至次夜又往窗前候听琴音，果然初更之后，便闻琴韵悠扬，分明听得清楚道：

琴声弄出怨时乖，丑命生来八字排。

年老双亲今已谢，怨仇虽息将人累。

累着金刚忠义汉，如今遇祸走天涯。

天涯海角何方觅？碧玉情愿结和鸣。

圣天子听罢道："此女弹琴自怨，是因金刚救她，累她逃难，不若明日访知，我做主叫金刚娶了，岂不是好？而且了她心中之愿。"下楼安寝。一早起来，即唤黄府家人请公子出来，永清出来问安，叩问有何圣训。天子道："前金刚所救之王碧玉，即夜来弹琴者是也，朕因听出琴音，说道双亲俱逝，又云多亏金刚搭救，情愿配他为妻，你可叫个伶俐妇人带个老妇前去，对她说知，金刚今已做游府，叫她来这里住下，再发旨召金刚到此，暂借府中成亲可也。"永清听了，即命人去寻了王碧玉，将言对她说知。原来碧玉自得金刚搭救之后，逃往于此，不幸父母双亡，正是十分苦楚，只得从命。来至永清家中，自有妇人接入，天子召金刚把此事对他说知，金刚大悦，谢过起来。永清代他办了酒食，择了黄道吉日，与金刚成亲，夫妻十分恩爱。向众谢礼已毕，夫妻一同上任去了。

再说天子见事已毕，与日清别了永清众人，往游别处而去。

话说松江府留仙市，有个文武双全之人，姓许名英，生得唇红齿白，相貌超群。文比江都，武如吕布，六韬三略，无所不精，诸子百家，无所不晓。性好结交天下英豪，未逢知己。慷慨好施，家财百万。后来父母亡过，把那家资渐次用得干净。有钱时有人相识，及至穷了，向亲朋借一毫不得。无可奈何，只得将产业变尽了，正合着俗语云：

世人结交须黄金，黄金不多交不深。

纵令言语暂相许，终是悠悠行路人。

那许英挨穷不过，只得在留仙市关帝庙前，摆卖武艺，引动看的人如蚁队一般围住，他便硬起头皮言道："列位请了，某因生平唯好挥霍，把父母遗下家资，尽用去了。只得在此弄枪刀拳棍，列位看了指教，万望勿取笑是幸。"说了双刀舞动起来，好似冬天下雪一般，初时还见他有层有次，后来他舞得一堆雪花，滚来滚去，甚是好看。把刀舞完，复又将棍弄起来，但见他将棍打得：

上打雪花盖顶，下打老树盘根。左打金龙出海，右打猛虎离山。前打金鸡独立，后打美人佩剑。左插花，右插花，金较剪，玉搔钗。或则将军捧印，或则美人照镜。有风吹落叶之势，鬼泣神惊之技。真是武艺无双，人才绝品。

看的人齐声喝彩，也有赠绸缎，也有赠钱的。若别人卖武，有此银钱便可够用，唯许英是有钱的子弟，使用惯的，故嫌他打采的少，便道："小

172

弟尚有拳脚未使，欲再与诸君共看，无奈诸君要看工夫，不想出钱，故小弟无心弄了。"

旁边一人，姓常名恶，因他是个恶棍，行为无赖，故地头上叫常恶，他即大喝道："看你这人卖武，往别处的为是，但本地自己地方，嫌打采微少，岂有此理。我知你是一个旧家子弟，今穷了，清茶淡饭也就罢了，尚做此模样，快收了会吧。"恼得许英面红耳赤，大喝道："老子在此耍工夫，应该来问候，尚敢得罪于我，就不收，你便怎样？"常恶道："你不收，我就要打你一大拳。"二人你言我语，相打起来，常恶怎能敌得过许英一个卖拳的人，只得败走去了。许英一路追赶，正遇着天子与日清二人，偶游至此，见他二人撞来，急上前将二人挡住，便道："二位壮士少停，何必定要相打，是何缘故请道其详。"

许英把上项事说了一遍，天子闻言，便将常恶喝退。即与许英、日清同到酒楼坐下，即叫酒保排上酒菜，许英道："小弟子到庙前收了，再来奉陪。"日清跟到关王庙前，帮他收了杂物，遂同至酒楼。许英问道："请问二位高姓大名？"天子道："吾姓高名天赐，北京人氏，与舍亲周日清到此探友，路过此地。见足下如斯英雄，何不去考求功名，上与国家出力，何必在此抛头露面，请问贵姓大名？"许英道："某乃市上人氏，姓许名英，家资百万，只不务生业，专一学习文章书史并武艺功夫，故无出息。且性好使，把家资用完，双亲又亡，只有我一人，借贷无门，只得在庙前献丑，遇着二位如此高义，小人相见恨晚也。"天子道："原来富家之子，偶遭落魄，如足下有意投军，待我举荐，未知心下如何？"许英听罢大喜道："万望贵人指引，感恩不忘。"说罢同饮至夜方散。许英跟了天子一同回昌太客栈，安歇一宵。

次日用了早点，三人谈论兵法韬略，天子道："孙武子十三篇兵书，佐吴王姬光雄占一方，诸侯不敢加兵。张良得黄石公传授兵法，助汉高祖灭楚兴刘，此皆兵法之功也。到汉末诸葛孔明辅助刘先主，战必胜，攻必克，多因兵法而行，足下曾闻其说乎？"许英答道："诸葛孔明乃第一才人，功盖天下，有神鬼不测之机，呼风唤雨之术，只是后人少得其传耳。小子不才，颇学武侯典籍，日夕诵读，一字不忘，二位不嫌，小弟当诵与二位听如何？"天子道："愿听高论。"许英道："武侯兵书，有五十余篇，变幻莫测，内中妙法无穷，深利兵家之用。胜败篇云：夫贤才居上，不肖居下，三军悦乐，士卒畏惧，相议以勇，相望以威，相劝以刑罚，此必胜之理也。若三军惊离，士卒惰慢，不恩威并施，人不留其法，此必败之道也。大势篇云：夫行兵之要有三，一曰天，二曰地，三曰人。天势者日月星辰，五星合度，风气调和也。地势者，重岩峻崖，洪波千里，石门幽洞，羊肠曲径。人势者，主圣将贤，三军用礼，士卒用命，粮草足备。善用兵者，因天之时，察地之势，依人之力，则所当者无敌，所击者万全矣。地势将云：夫地势者，兵之助也。不知战地而求胜者，未之有也。高山峻岭，曲径深林，此步兵之地；平原荒野，大地沙漠，此军骑之地；倚山俯水，高林深谷，此弓戈之地；草浅土平，可前可后，此长战之地；芳草相密，竹材交横，此枪矛之地也。论情势篇云：夫将有勇而轻死者，有急而速者，有贪财好利者，有仁而不忍者，有志而心快者，有谋而懦弱者。有勇而轻死者，可慕也；心急而意重者，可人也；识高而情缓者，可袭也。论坚势篇云：古之善斗者，必先惴敌情而后图之，凡师老粮绝，百姓愁怨。军令不习，器械不修，计无先破，外救不至。将吏剥刻，赏罚不均，营阵失措，战胜而骄，可以攻之；若任贤授能，粮草足备，用兵坚利，四邻和睦，大国应接，敌人有此者，引而避之，此其论之大略而已。孔明行兵调将，历代军师，焉能及之乎？但小弟未得其真耳。"言罢，天子亦深服其论道："攻心为上，攻城为下。心战为上，兵战为下，是也。故诸葛孔明亦服其言，此兵法所无也，是绝妙兵法，可在孙吴之上。"于是谈至天晚。

次日圣天子对许英道："吾与本省巡抚庄大人是莫逆之友，我有书信一封，荐尔到彼，自有好处，或得一官半职，须要忠君报国，惜士爱民为是，千万勿负我言。"说罢，即手写了一诏，付与许英。许英接过跪下，拜谢相荐之恩，辞别二人，投庄大人去了。正是：

蛟龙得志风云会，忠臣仗义报君恩。

天子见许英已去，与日清离店，寻胜景而去。不知所到何方，且看下回分解。

第二十五回

叶公子通贼害民
段翰林因侄会主

诗曰：

越奸越诈越贫穷，奸诈原来天不容。

富贵若从奸诈得，世间呆汉吸西风。

这首诗乃前贤所作，因见世风日下，人心不古，借此以讽劝世人，守分安命，顺时听天，切不可存奸险念头，以贪不义之富贵，反丧其身，臭名万载，悔之无及矣。闲话休提，书归正传。且说圣天子，在松江府，与日清穿州过县，游山玩水。又暗中访察各官贤愚，见文武俱皆供职，十分欢悦。因为日中闲居无事，自觉烦闷，复同日清，四处游玩。

是日午牌时候，偶然行至扬州府属邵伯镇地方，屋宇美丽，百货俱全，往来负贩，充塞街道，三教九流，无所不有。此时仁圣天子与日清且行且看，见此繁华喧闹，不觉心花大放。抬头见一招牌，写着德和馆，海鲜炒卖，京苏大菜。即与日清步上酒楼，见其地方清洁，铺设清幽，又有时花古玩，以及名人字画，尽皆入妙。因此仁圣天子，拣一副靠街座头，以便随时观玩景致。斯时十分大喜，连忙呼唤酒保："有甚佳肴美酒，只管搬上来，待我们尝过，果然可口，必定多赏银子予你。"

酒保一闻有赏，心中大喜，即时答应一声："客官请坐，待小的送来就是。"随即下楼，拣择上好珍馐美味送上楼来，说道："请二位老爷开怀慢酌，若要添什么菜蔬，只管呼唤小的，便即送来。"当时仁圣天子与日清二人开怀畅饮，谈笑欢娱。

正饮之际，忽见一汉子，大步踏上楼而来，满面怒容，睁眉突眼，连呼酒保快拿酒菜来。酒保见他如此性急，又带怒气，不敢怠慢，随即把酒菜送上。那人自斟自饮，自言自语，满腹牢骚，似乎怨气冲冠。

那时仁圣天子见此情形，十分诧异，因暗思忖道："这汉子如此举动，莫非有甚冤情不能申雪，抑或被人欺侮，难以报仇。"左思右想，难明其故。复又见其越饮越怒。此时仁圣天子更不能忍耐，连忙起身问道："你这人甚不通情，今既来此饮酒，为取乐起见，为何长嗟短叹，怒发冲冠，连累旁人扫兴，何故如此？"这是仁圣天子一团美意，欲问他有甚冤屈，好代他出头报仇。不料此汉子积怒于心，一闻仁圣天子动问，越发火上加油，怒从心上起，恶向胆边生，登时反面说道："你有你取乐，与我何干？我有我生气，焉能扫你兴？其实你自己糊涂，反来骂我。"因此你一言，我一语争斗起来。这汉子挥拳乱打，仁圣天子急急闪过，奉还三拳两脚，将汉子打倒在地。日清看见，恐防伤人，急忙相劝。仁圣天子放手，汉子起来，一肚子怒气无可发泄，自思如此晦气，不如死了倒为干净，因此欲自戕归阴。

仁圣天子见其情景殊属可怜，急夺回他手上钢刀，再三问他，"因何寻此短见，如有什么冤屈，天大事情，不妨对我直说，或许与你干办得来，也未可定，何苦如此忧愁？"那人道："我系小生意之人，日间负贩为生，有时卖菜过活。祸因兵部尚书叶洪基之子叶振声，屡欲代父报仇，未得其便，是以私通山贼，两下往来同谋大事，皆因粮草不足不能举事，故而私设税厂，抽收库金，刻剥民财。以致货物难卖，觅食艰难，万民嗟怨。今日某经此地而过，却被税厂巡丁截住货物，加倍抽收。我因心中不服，与他们理论，谁料他们人多，众寡不敌，却被他们抢去货物，血本无归，仍旧如狼似虎。我只得急急走开，避其凶恶，适因走得心烦意闷，特地入来饮酒消遣，谁知酒入愁肠，更加火盛，又值客官多言问我，未暇详察，致有冲撞，多多得罪了。"仁圣天子闻言，说道："有这等事，你高姓大名，说与高某知道，待我与你报仇雪恨便是。"那汉道："我乃前翰林院段运松之亲侄段玉是也。"仁圣天子道："你令叔既系翰林，你就不该卖菜。"段玉道："客官怪责不差，是因家叔在翰林院当侍读学士之职，并无挂误之处。所为祭扫皇陵，被昏君贬调回乡，累得一贫如洗，以致米饭不敷，不得已教馆度日，又叫我们日中做些小买卖，欲谋升斗，聊资帮补而已。"仁圣天子闻言，暗自忖道："果是吾之错也。"

原来段翰林当年因随仁圣天子祭扫皇陵，各文武官员一齐都到陵上，那仁圣天子系好动喜事之人，又系多才博学之辈，因见石人石马排列两旁，偶然欲考究段运松学问，因指石人问他："唤甚名字，取何意思？"段翰林对道："此系上古忠臣，名叫仲雍，生平忠义为怀，所为思念故主恩惠，自愿在此守陵，以报高厚鸿慈耳，因此传至今时，仍旧肖立其像，无非欲壮观瞻，兼勉后人忠义而已。"仁圣天子闻言，心中不悦道："翰林学问如此哉，既知其事而颠倒其名字，由功夫未能专究，学力尚觉荒疏，所谓差之毫厘，谬之千里也。这石人乃姓翁名仲，确系上古贤臣，而仲雍乃系孔门弟子，与此事毫不关涉，何得如此梦梦，殊属糊涂之极矣，焉能任翰林之职？"因而有意贬调，即口吟一诗道：

> 翁仲将来唤仲雍，十年窗下少夫功。
>
> 从今不许为翰林，贬调江南作判通。

仁圣天子这首诗，明系贬削运松官爵，由正途而退佐贰之班，降调微员，犹幸不追究妄奏欺君大罪。运松只得隐姓埋名，授徒度日。因有这个缘故，今日段玉无意说出情由，仁圣天子想到此事，皆因朕一言之误，致累他如此艰难，问心深不自安，即时对段玉道："我高天赐向在军机处办事，与令叔有一面之交，你可先行回去通报，说我高某毁了税厂，即来拜候也。"段玉闻言大喜，放下愁怀，告辞先去，我且慢表。

再言仁圣天子见段玉去后，自与日清商量说："叶振声情势横行，立心不轨，胆敢私设税厂，害国殃民，殊堪痛恨也。况朕已许了段玉报仇，不如趁早算清酒银，我二人即去看看税厂情形，再行设法烧毁，你道如何？"日清道："甚有道理，就是这个主意可也。"说完忙到柜台前，给清酒菜银两，二人举步出了德和馆往前而去，过了邵伯镇，东至十字街口，二人即住了脚步。日清说道："不知哪条路可去税厂？"仁圣天子闻言道："是呵，可惜未曾细问段玉，如何是好？"日清道："不妨，古云：路在口边，逢人即问，岂有不知？况此处系通衢大道，一定人多来往，不须心急也。"

二人正在言谈，尚未讲完，忽见有数人挑担而来，言语嘈杂，不知所云。忽闻一人言道："原来上官桥税厂，系叶公子私设，并非奉旨抽厘。"日清闻说连忙拱手上前问道："兄台所言之上官桥，未知从哪条路去，远近若何，伏祈指示，感领殊多。"那人又将日清上下一看，说道："客官想是远方来的，待我对你说明，那上官桥地方由甘泉县管辖。由这条路直去，转左而行，就是上官桥了。离此不过五里之遥，因系水陆通津，往来大路，所以五方杂处，商贾齐来，竟成一大镇头，十分热闹，客官到此，往那里一游便知详细了。"日清拱手答道："如此多劳了。"说完，即与仁圣天子，依他所说直向前去，无心玩景，来至一个三岔路口，依了他转左而行。忽然远远望见一条大桥，行人如蚁队，热闹非常。日清想道："此处必是上官桥了。"天子道："行前便知，何用测度？"正言问，不知不觉来至桥头，立一石碑，上写着"上官桥"三个大字，桥下湾泊大小船只，不计其数。过去便是一大市镇，两边铺户牙排，百货流通，无所不有，歌楼酒馆，色色俱全，其税厂就设在桥旁码头。

仁圣天子一见，登时发怒，随即往市上大声言道："尔等众百姓，须听吾言，吾乃高天赐，向在刘墉军机处办事，兹与同伴周日清到此。闻得叶振声在此私设税厂，祸国殃民，为害不浅，况我专喜锄强扶弱，好抱不平，今日特地到来烧他税厂，以免商民受其所累。唯恐独力难支，故此对你们说及，如系被他害过，若有胆量的，前来助我一臂之力，放火烧他。倘有天大事情，系我高某一人担当，保你等无事。"说完，即同日清往税厂而来，假着问道："贵厂系奉何官札谕，有无委员督抽，因我带有上等药材百余箱，欲行报验，未知与扬州钞关同例否？抑或另立新章办理，请道其详。"

　　斯时税厂各人见他言语举动，大是在行，且有许多货物前来报税。众人十分喜欢，不敢怠慢于他，连忙道："客官请坐，待我细言其故。缘此税厂，系因兵部里头缺乏粮饷支放兵丁，所以兵部大人奏准当今天子，颁发开办。现在半年有余，俱系按月起解，税银入库，以充兵饷，因此与钞关旧例不同。客官若系报税，在此处更觉简便，从中可以省俭些，须又不致耽延时日，阻误行期。"仁圣天子闻言，大声言道："胡说，看你等蛇鼠同眠，奸谋狡计，只能瞒得三岁孩童，焉能瞒得我高某过？你们须好好照实直说，如若不然，我们即禀官究治，取你等之命。"各人闻言大怒，骂道："你是何等样人，敢在泰山头上动土，莫非你不闻我家主人名吗？看你如此斯文，胆敢言三语四，莫不是遇了邪魔，抑或丧心病狂。你须快些走出去，饶你狗命，倘若再在此混账，我们请家主出来，你有些不便。"仁圣天子与日清闻言，十分大怒，即时无名火起三千丈，大骂道："你这狗头，不知好歹，等我使些厉害你们见了，方知我高某之手段也。"话罢连忙举步向前，将厂内杂物推倒在地，日清急忙取出火来，将棚厂烧着，各百姓见此情形，料他有些脚力，连忙多取禾草，以助火威。税厂各人见不是头路，必然寡难敌众，不如走回报知公子，再作道理。斯时乃十月天气，又值北风大起，正是：

火凭风越猛，风助火加威。

登时将税厂棚寮烧毁干净，余灰恐防连累民间，邀众百姓扑灭，诸事停妥。仁圣天子与日清临行，复大言道："我系北京高天赐，住在段运松翰林庄内，因叶振声私立税厂剥削贫民，我等特来除害。现今虽已烧了，唯恐他起兵报仇，反害了你们百姓，问心难安，故特说与你等知道，若系他有本事，叫他前来寻我，不可难为别人。"说完，与日清往段家庄而去，我且慢提。

回言段玉得闻天子这些言语，口虽欢喜，肚内狐疑，又不知他系何人，有此回天手段？因此急急举步回庄，及至入得门来，气喘不定。运松见此情形，不知何故，问段玉道："今早你上街买卖，因何这个样子，跑走回家？"段玉答道："今早出门买卖，因经过上官桥，被税厂各人抢我菜担，加倍抽收，后在德和馆酒楼，遇着高天赐老爷与周日清二人，如此长，如此短，及后我说起我叔名字。他说有一面之交，故此着侄儿先回通报，他随后就来拜会等语，因此赶急回家，走得气喘吁吁也。"运松道："原来如此，你道他是何人？这就是当今天子，因前年有人对我说及主上私下江南，更名高天赐，四处游行访察奸官污吏以及民间冤案，至于奇奇怪怪事情，不知做过多少，我早知道今日圣驾降临，务要恭敬迎接，方免失仪也。"说完，即刻着人打扫地方，预备酒席款待不提。

再说仁圣天子与日清二人行行走走，不觉到了段府门前，即令日清入去通报，说高天赐亲来拜会。门子闻言，即时入内报知家主。那运松闻说，立即带同子侄各人，衣冠齐整，走至庄门，躬身迎接。仁圣天子见他行此大礼，恐防传扬出去反惹是非，连忙丢个眼色，运松即时明白会意。说道："高老爷驾临敝庄，请进，请进！"三人谦逊一回，携手入到中堂，分宾主而坐，运松唤人奉茶，茶罢，开言说道："久别金颜，时怀梦寐，今日幸睹天颜，实慰三生之愿也。"当时仁圣天子说道："好说了，我因遇见令侄，得悉仁兄近日境况，故此特来一候也。"运松连忙答道："足见高情，不胜感激之至。"即有仆人前来禀道："刻下酒筵已备，请高老爷入席。"运松道："知道了。"随即请仁圣天子与日清一同入席，畅饮琼浆，谈些世事。

忽闻炮声震地，喊杀连天，三人吃了一惊，不知何故。忽见段玉来报，说："叶振声起了许多人马，前来把庄上重重围住，水泄不通。想必是因烧他税厂，到来报仇。"仁圣天子闻说，开言问道："他们有多少人马，系叶公子亲带兵来否？抑或另招贼寇，五兄可悄悄出去看个明白，前来回话，我自有主意。"段玉领言，即走出庄外门楼，暗中打探，见他们安下营盘，团团围住，又见叶振声在庄前耀武扬威，十分勇猛。手下有七八名教师，又有数千兵丁，随后簇拥前来，开言骂道："高天赐藏匿你们庄上，因他将我税厂烧了，故此来取他狗命，你们快些入去通报，若他有本事，不怕死的，叫他速速出来会我，就算为豪杰。如若不然，我等打破庄门，铲为平地，寸草不留，你等死无葬身之地，悔之晚矣。"段玉闻得此言，即刻入堂，报说："叶公子带齐教师陈仁、李忠、李炳、黄振、何安、苏昭、劳彪等，公子亲身前来督战，口出不逊之言，如此如此，这般这般。"登时仁圣天子气得二目圆睁，须眉倒竖，连忙开言道："自古道兵来将挡，水来土掩。他既大胆寻仇，我一不做二不休，索性把他们杀了，免却一方大害，岂不妙哉。"正是：

三尸神暴跳，七孔内生烟。

仁圣天子当时立刻发号施令，着段运松在鼓楼上擂鼓助威，周日清打头阵，段玉保住圣驾，攻打第二阵，倘若打破重围可以走出，便有救星了。如系被他拿住，务须奋勇杀出重围，报知官兵取救方不致误。吩咐停当，日清连忙齐集庄客，共有数百名，随即开门冲出阵前。有陈仁手执画戟，连忙挡住，日清喝道："来者通名！"陈仁道："某姓陈名仁，系叶公府上第一位教师，你是何人，敢来纳命。"日清道："放屁！你不是我对手，快些叫叶振声出来吃我一刀。"陈仁手中画戟照面刺来，日清急忙闪开，二人交上了手，战有二十余回合，不分胜负。天子见日清不能胜敌，急忙同段玉冲出来接应，敌营内有李忠、何安、劳彪截住斗杀。未知胜败如何，且看下回分解。

第二十六回

陈河道拯民脱难
邹按察救驾诛奸

仁圣天子见日清战经两个时辰，不能取胜，又见陈仁枪法厉害，始终并无破绽，料日清绝难敌得住。急忙率同段玉冲出阵前助战，段运松自在门楼上擂鼓助威。谁料敌阵上教师李忠、何安等一齐围将上来，截住厮杀，不容帮助日清。此际仁圣天子与段玉只得急架忙迎，刀来枪挡，枪去刀迎，相杀两个时辰，战经三十余回合，看看不能取胜，只有招架之功并无还手之力。此时仁圣天子且挡且走，拼命奔逃，岂料敌人势众，围困前来，竟将仁圣天子与段玉困在核心。

日清见天子与段玉被困，一时心忙意乱，手略一松，却被陈仁一枪刺来，日清连忙闪过，不提防，李炳横扫一棍，日清一跤跌倒在地，迎面朝天。陈仁等急上前拿住，用绳捆缚，送往营中，候叶公子发落。陈仁等翻身复来夹攻天子与段玉，谁料又有黄振、苏昭各生力兵，冲出相助，更加厉害。杀得七零八落，庄丁十去其七，段玉见势不好，恐防有失，不能取救，慌忙丢下圣驾不顾，独自提枪，奋勇左冲右突杀出重围。那仁圣天子亦因重重围困，水泄不通，谅难两下相顾。只得东奔西走，冒险冲围，往来数次，筋疲力尽，仍旧不能冲出，这是仁圣天子应该有这场惊险。

叶振声见各教师战了许多时，尚未能捉得仇人，犹恐被他走脱。因此寻齐亲兵及税厂巡丁，亲自出营观战，却被这班巡丁，指圣天子道："这人就是为首烧税厂的高天赐也，十分厉害。"叶公子一闻巡丁之言即时大怒，正是仇人见面，分外眼明，忙着家丁火急前去报知各教师，务要生擒高天赐，方消此恨，切勿放走。各教师闻之，依照公子吩咐，不敢怠慢，各欲争功，喊声大震，四围追赶过来，齐声喝道："公子有命，快些捉拿高天赐。"犹如铜墙铁壁一般围将上来。仁圣天子正在危急之际。

再说段玉奋起精神冲出围外，无心恋战，急忙逃走去求救兵。正是急急如丧家之狗，忙忙若漏网之鱼，一口气跑了不知多少路。适值江南分巡淮扬海河漕事务兵备道陈祥，系陕西人，由翰林出身擢授此职。是日乃三八堂期，应到臬司衙中理事，正在鸣锣喝道，那段玉因跑得势猛，留脚不住，横冲了宪台道子，却被差役拿住，问是何人。段玉正思首告叶振声，苦无门路，抬头见是兵备道牌扇，极口喊冤。道台喝道："你有何冤事，在此叫喊，快快就此说来，饶你之罪。"段玉道："小人是避逃难出来的，有天大事情，要首告，不敢当着众人明言，求大人带小的到私行密禀。"大人吩咐："带他回衙。"一进衙门，便把段玉带到后堂，问他首告何事？

段玉连忙跪禀道："小的是前翰林院段运松之亲侄段玉是也。因奸恶叶振声私通山贼，开设税厂，刻剥小民，小民心中不服，不肯遵抽，被他欺压，偶然遇着高天赐老爷，问起情由，将他税厂烧了，以除民害。后到小人庄上与家叔聚会。小人方知高天赐即当今天子，谁料叶振声狼心贼性，未肯干休，闻知对头在小人庄内，立刻聚集山贼喽啰及亡命凶徒、家丁等众有数千人马，厮杀前来，四面围困，水泄不通，家叔闻报大惊，即奏知仁圣天子，设法退敌。天子见奏，圣心大怒，即时命周日清打头阵，着家叔在望楼上擂鼓助威，又吩咐日清，如系战败，即刻冲围，走往各衙报知，调兵剿贼。若系战胜，他随同段玉出来帮助杀贼。嘱毕各人装束停当，日清先行出战经有三十余回合，未能取胜，仁圣天子急忙与小人一同冲出接应，皆因人众我寡，看看越战越多，不能抵敌，以致日清被擒，仁圣天子被困。小人唯恐失陷无人取救，只得冲出重围，拼命逃生，致有闯道之罪，乞大人宽恕。"

陈道台闻说，如冷水淋头，一惊非小，急忙请起段玉坐下，说道："令叔与我同年，彼此系属年家，无用拘礼，现在既系仁圣天子被困，有无伤害？"段玉道："无伤，盖因叶振声发下号令，要生擒活捉，所以未有损伤，还算不幸中之大幸。大人宜急急设法，调兵救驾为要，稍有延迟，恐防误了大事。"陈道台道："然也，为今之计，我们火急到臬台处禀明，调集各营武弁，点齐各路军兵，速赴前去救应，方免失误事机，年侄你道如何？"段玉道："务急就是。"陈道台即时传令，着本署兵官，速速点齐兵马，即去臬台署前听调，无有延误。令毕，随即与段玉上马先行，直往按察衙门。段玉下马，走至报事鼓旁，双手拿棒将鼓乱击，衙役慌忙喝问何事？段玉道："有军机大事密禀大人，速速报知。"衙役闻言不敢怠慢，急忙入内报知，邹按察闻报大惊，未知什么机密，忙传话请见段玉、陈祥一同步入中堂。邹按察见陈祥军装打扮，复又吃了一惊，连忙问道："这是何人，有何机密？因何如此装束，快些说来。"陈道台忙禀道："他乃段运松之侄段玉是也。缘圣驾下临段府，却被奸贼叶振声统领山贼，将段府前后重重围住，仁圣天子被困，与日清力战，不能抵敌。现因事关紧急，不能延缓须臾，因此卑职先将本衙兵并调齐，在辕门候令，请大人定夺。"臬台听禀，依允，立传值日书差上堂，着令草檄文呈上观看。其檄云：

钦命江南等处，原提刑，按察使兼理其传事，邹为檄饬各营士兵遵照事，现据淮扬海兵备道陈祥赴辕禀报，有奸贼叶振声，系前任兵部尚书叶洪基之子。祸因本年，贼子叶振声串通山贼，私设税厂，害国殃民，情同叛逆。偶值圣驾微行至此，洞烛其奸，特将机厂烧毁，以除强暴而安善良。

讵料贼子狼虎威性，不知悔过，胆敢聚集山贼等亡命之徒，借报仇为

186

名，围困段府，因此触怒天颜，亲临退敌。奈贼党众多，轮流诱战，以致仁圣天子被困，及周日清将军力怯被获，有惊圣躬。本司据禀各情，惊慌备切，合亟出檄传报，为此激尔各营士兵知悉，檄到即便遵照，立即点齐本部兵马，前去救援，事机紧急，无稍延缓，致于罪怨，须至檄者，速速。

乾隆　年　月　日檄

各差役接了檄文，赶急分报各营，催取救兵，不消片刻，各路保驾之兵，一齐俱到邹臬台处禀见。参将冯忠、游府陈标、都司周江、守备李文到四营将官一同叩见，其千总、把总、杂长、队长并四营马步兵，俱在辕门候令，共计一万有余。臬台见将勇兵强，满心欢喜，即时传令放炮起行，登时拔营俱起，正是炮响三声，旗分五色，人马浩浩荡荡，杀奔段府而来。话分两头，不能并说，只得放下此边。

再讲那边周日清被擒，被陈仁、李忠等解到叶公子案前，公子大喝道："你二人胆敢将吾税厂烧毁，今日被擒，有何话讲？"日清骂道："你这奸贼，目无国法，妄上横行，刻下死罪临头，犹未知悔，你好好将吾放出，万事干休，如若不然，我们伙计知吾被陷在此，一定前来救应，斩草除根，尔等死无葬身之地矣，悔之何及？"振声闻言，只激得怒气冲冠，即以手指日清骂道："今日你肉在砧上，任我施为，尚敢胡言乱语，真正死有余辜。"即对陈仁说道："某本欲将日清置之死地，以报深仇，奈他们余党尚多，未曾尽捉，恐防为害不浅，故欲待其余党前来接应，然后合力捉拿，一并治罪，尚未为迟，你等主意如何？"各人皆道："吾等亦正欲如此也。"正是：

预备戈弓擒猛虎，安排香饵钓鳌鱼。

公子即时吩咐家丁，将二人带往左面囚房监押。又拨家丁二十名轮流看守，以防疏漏走脱。说完，遂与陈仁、李忠等，复至段家庄接应。忽闻炮声连响，惊天震地，各人正在狐疑，见家丁走来跪报道："公子不好了，

187

小的听得邹臬台命同四营将兵，有万余人马从四面杀来，不敢不报，请令定夺。"振声闻说，大惊失色。陈仁劝曰："公子不用惊慌，自古道兵来将挡，水来土淹，何用惧他？趁他现时兵马未到，宜早预防迎敌，杀他片甲不回，方显我们手段也。"公子道："全仗调遣。"当时陈仁、李忠各教头，俱各分四面，迎将上去，又传齐庄丁，倘敌人一到，立即冲营截杀，我且不提。

回言邹臬台率领四营兵勇，火急前行，不消半日，前哨官禀报："离段家庄不远，请令定夺。"臬台闻言，即时传令人马，并着四营将官，前来听令。冯忠、陈标、周江、李文钊四人，一齐上帐请令，臬台吩咐道："你四人各领本营兵马，分为四路攻打，遇见圣驾，便为头功。若一路胜仗，即合兵相助，使敌人不能首尾相照，料必大胜。"又令段玉："同兵备道陈祥，带领本营兵马，往来照应，捉拿奸贼，方无脱漏也。"各人遵令前行，看看将近段家庄门前，尚未扎下营寨，突遇陈仁、李炳由东面冲击而来，冯忠先到，急忙接战。李忠、黄振又从西面冲来，陈标急忙迎住厮杀。又有何安、劳彪自南面冲来，周江即刻上前挡住，又见叶振声率领苏昭从北方杀来，却又撞了李文钊，两家接住厮杀。不提防邹臬台中军兵又到，连忙左冲右突，四处帮助去了。

那里段玉与兵备道陈祥兵到叶府，见无人把守，趁势冲入府中，逢人便杀，各壮丁仆妇，人人惜命，个个逃生，段玉杀得性起，不分男女老少，枪到就亡，血流遍地。陈祥见此情形，又不能阻拦，因寻不着周日清，恐怕有误大事，满心焦躁，左思右想，莫可如何。正是人急智生，偶然想出一条计策来，急忙冲入内堂，适遇一人慌张奔走出来，却是官样装扮。陈祥自忖此人必有来历，待我捉住他，哪怕他不说真情。急忙将他拿住，那人便像杀猪一般叫喊起来，又值段玉赶到，见了便叫："快将这奸党杀了，何用多言。"陈道台道："不可，我自有用处。"遂转口问道："你是叶府何人，把周日清老爷困在何处，从实说来，饶你一死，不然就取你狗命！"那人慌忙答道："好汉饶命，我、我、我姓莫名问谁，充当叶府师爷，你、你、你们周日清老爷，现下押在囚房里头，因公子欲尽获余党然后报仇，故未有伤害也。"陈祥闻言大喜，即着莫问谁引至囚房内，即将兵丁赶来，打破囚门救出周日清，回头将莫问谁一刀结果了。与日清在后赶到段家庄，正遇仁圣天子。

那叶振声及各教头，见了周日清在阵，一时摸不着头脑。又遇生力兵上来助战，不能抵挡，俱各大败。叶公子与苏昭力敌两军，并无怯战，却遇仁圣天子与日清到来助阵，正是仇人相见，分外眼明。叶公子一见，心忙无措，却被李文钊一枪刺去，正中咽喉，结果了他的性命。日清将双铜照苏昭头上打来，丢了半个天灵盖，呜呼一命哀哉。其余家丁各自逃生，日清等也不来追赶。仁圣天子回头，见余党尚众，即与日清等急赶上前，分头帮助捉贼。陈仁等被冯忠追逐，正在力怯，且挡且走，却撞了日清冲来，拦腰一铜，把陈仁打下地来，冯忠上前一刀取了首级。李炳欲来救应，反被日清敌住，一来一往，一冲一撞，不提防冯忠取了陈仁首级，从后追来，举刀一劈，去了李炳一只左手，负痛而逃。日清奋勇赶上，一铜结果了李炳，那边李忠、黄振又遇了仁圣天子生力军，自思断难抵挡，急急奔逃，却撞了冯忠合兵上来，与陈标首尾夹攻，生擒李忠、黄振。

这里周江与何安、劳彪战斗多时未能取胜，正值三路官兵得胜围上前来，将何安、劳彪困在核心。四面受敌，纵有七手八臂，焉能抵挡得住，欲待冲围，又不得出，况且枪挑刀劈，乱砍下来，杀得何安、劳彪二人汗流浃背，眼目昏花，手下兵丁七零八落。正是上天无路，入地无门，自知抵挡不住，束手受缚。各兵丁急将何安、劳彪二人捆缚，即时解上，送仁圣天子案前，请旨发落。

斯时，仁圣天子见奸党剿除，十分大喜，即传令鸣金收军，安下营盘，再作商议。邹臬台闻命，立即传齐冯忠等四营将官，点视三军，有无受伤事情，于是各自回营查明，一同禀复道："各营弁兵，托赖大人恩荫，又值天威下临，所以奸贼一律肃清，兵丁并无损伤，皆国家洪福所致也。"邹臬台闻禀十分大喜，即将擒来奸贼李忠、黄振、何安、劳彪等四名奏明，请旨定夺。"再叶振声等四命，均系在阵上当场杀毙，如何办理之处，出自圣裁，臣等理合一并陈明，恭请圣旨发落，不胜待命之至。"仁圣天子闻奏，龙颜大悦道："卿等救驾有功，朕心甚嘉。可恨这班奸贼，害国殃民，复欲谋害朕躬，实属罪大恶极，不容宽赦。至首恶叶振声等业经杀毙，着无用议，唯李忠等四贼，着即行正法示众，以儆奸暴效尤，而安良善。"邹臬台等，即将四贼遵旨照办，割下头颅，揭竿示众。

仁圣天子见诸事办妥，十分欢喜，着令各官将兵勇，散回营中，以重职守，又令邹文盛暂行回行供职，俟有旨下之日，另行升赏，以表功劳，兼注销此案。"朕与日清仍旧要往别处游玩，不能在此耽误太久，卿等切勿扬言出外，致生事端。"说完正欲与日清出营，恰遇段运松寻着回来，仁圣天子吩咐段运松道："朕已草密旨一道，段卿可从速回京，带往军机处，交刘墉开读，自然仍着你在翰林院供职。待朕回京之日，再作升赏，卿家从速回庄，打点一切。"说完，即与日清别了各官，出营前去。邹臬台欲率同文武远送一程，仁圣天子不准备官送行，就去了。

回言段翰林，见天子已去，自己又有王命在身，急急与段玉拜别各官，回庄打点去了。然后邹臬台饬令兵备道陈祥及四营将官，各人带领兵勇，回衙供职，恭候旨下不提。

再说段运松叔侄回到庄上，见四处颓墙败瓦，屋宇悄然，不觉潸然泪下，说道："古道君临臣宅，一定有斗杀。此语非诬也，今日虽然家散人离，犹幸剪除奸贼，报还此恨，也领天恩，复还原职。"正在思想，忽见家人妇子陆续回来，运松因一家团聚，十分欢乐，随即吩咐段玉道："我现在有圣旨在身,不能耽搁,刻日就要起程进京,你可在家谨守田园,照顾家务,并赶紧雇工匠来庄,修理各处交壁为要。我因京差紧急,不能在家经理,亲自打点一切。"再三叮嘱,然后吩咐家人段禄,收拾行李、马匹齐备,主仆二人往北京进发。沐雨餐风,晓行夜宿。正是有话则长,无话则短,不一日,来到皇都内地,已是黄昏时候了,主仆二人商议、现在日已西沉,不如寻得客寓,歇过今宵,明晨再到军机处可也。主仆连忙入店,用过晚膳,一宿无话。

次日清晨起个黑早,梳洗已毕,用些点心,运松穿起衣冠,着家人段禄带齐手本,同往军机处。段禄领命引路到军机房来,将手本传入,传帖官拿起一看,上写着前翰林院侍读段运松禀叩,见是太史公手本,不敢延慢,急忙上前禀明各大人得知。刘墉闻禀,满腹狐疑,他系被革翰林,何以又来此地?莫非有甚机密,立着传帖官请见,运松一闻请字,急忙举步入堂,即有陈宏谋、刘墉等一班大臣接见道:"不知先生远临、有何教谕?"段运松拱手对道:"不敢,学生有密旨在身,不能全礼,请刘军机跪接。"刘墉闻说大惊,即排列香案,恭接谕旨。不知刘墉如何迎接之处,且看下回分解。

第二十七回

扬州城抚宪销案
金华府天子救民

却说刘墉大学士，见运松说有密旨颁来，着他迎接，因此传令排开香案，自己朝北下跪，恭听天使大人宣读。运松即刻面南向北立，手捧诏旨，高声朗诵道：

奉天承运皇帝诏曰：朕自下游江南，原欲察吏安民，锄强诛暴，以安良善。偶于上年十月，行至扬州府属邵伯镇地方，得悉已故叶洪基之子振声，因思报仇，横行倍甚，奸恶异常，胆敢交通山贼，私设税厂在上官桥，害国殃民。朕因心怀不平，特自亲自与他理论，将他税厂烧毁，后在段运松庄上居住。那贼子闻知，领贼兵数千、教师七名，声言复仇，将庄上重重围困。触怒朕心，目击凶横，一时难耐，致此朕与贼战，众寡不敌，日清被陷，得段玉冲出围外。适遇河道陈祥搭救，禀明臬台邹文盛，调集四营兵马一鼓而来，将奸贼尽行剿灭，余众投降星散。朕见各营弁兵，俱能勤劳王事，救应朕躬，为此特谕尔军机处刘墉知悉，谕到之日，即便遵旨。

着段运松仍回翰林本任，并行知江南巡抚庄有慕，立将此案查明注销。并将叶氏家产，查抄充公，以奖勤劳将士。所有此次出力文武各员，俱着加三级，另行升用，以励兵行，而一收士效。钦此，钦遵。

段天使读完圣旨，刘墉朝北叩头，谢过了圣恩，然后立起身来，与段天使见礼罢，一同坐下，说道："恭喜天使大人奉旨开复原官，可贺可贺，但不知圣驾何时降临府上，因何生出如此事情？请道其详。"运松道："一言难尽，盖因晚生滴官归里，设账糊口，使子侄等负贩帮助。叶振声欲报父仇，独据一方，谋为不轨，致有设税厂私抽，刻剥小民。舍侄不服其抽，遭其毒打，适仁圣天子问起情由……"原原委委，如此这般，从头至尾面述一番。刘墉闻言道："怪不得天颜动怒，原来叶振声如此横行，所谓有其父，必有其子也。前者他父叶洪基，万恶不赦，触怒天颜，幸得圣恩高厚，念彼著有微劳，功臣犯法，只戮其身，而不及妻孥，犹不幸中之大幸也。今振声不知感激悔过，反欲报仇，真正死有余辜了。"谈罢三人相别各自回衙。

且不言运松回翰林院供职，单言刘墉回到私衙，即刻备下咨文，着值日官速速传提塘局差官，立刻赴辕领咨文，递往江南巡抚庄有慕开拆，火速前往，不得延误，致招罪咎。差官领命，即时带了夹板咨文，赶紧起身，离了京城，直往江南巡抚部院进发，无敢延误。不一日，行至江苏省城，立即入城，前到抚院衙中，将文当堂呈递。庄抚台见是夹板文书，大惊。急忙拆开一看，方知其故，原来邹臬台业已申详明白。今日又奉谕旨查办，务要认真办理，方无负圣心眷顾也。即着巡捕官传扬州府上来问话，并传参游都守、四营将官赴辕听候，适遇邹臬台上街请安、陈河道亲到禀事，随后扬州府四营将官均到，陆续一齐跪下道："不知大人传唤卑职有何吩咐？乞示其详。"庄抚台道："贵府叶洪基之子振声，谋为不轨，业已父子同正典刑，家人共陷法网。今因奉到圣旨，查抄家产充公，赏给兵勇，故特着贵府查明叶氏田地家产，该有若干？列明清单验看。"扬州府领命，查封叶宅去了。

庄抚台又对按察道："贵司调兵救驾，大悦圣心，现奉上谕，邹文盛着赏加头品顶戴，在任遇缺即补布政使司布政使；陈祥着补授江南提刑按察使司按察使；冯忠着以副将尽先补用，并赏戴花翎；陈标着以参将尽先补用，并赏戴花翎，周江着以游府遇缺即补，并赏戴花翎；李文剑着以都司遇缺即补，并赏戴花翎。其余随征兵勇均着有微劳，着每名加思赏给粮饷银一个月，即在叶氏家产内报销可也。至于段玉此次拼命向前冲围取救，大有功劳，唯他自行呈明，不愿出任，着加恩赐给五品蓝翎，衣顶荣身，以奖其忠勤工事之心。"各官领受皇封巨典，遂着庄抚院朝北行礼，望阙叩头，谢过圣恩，然后备各禀辞回署。庄有慕各事办妥，即令禀启房做下文书，复部销差不提。

　　且说浙江省金华府有一客商，姓李名慕义，系广东广州府番昌县人氏。因携资来此金华贸易，历二十余年，手上颇有余资，娶过一妻一妾，生下一子一女。且其人仗义疏财，乐善好施，济困扶危，怜贫惜老，如有义举，虽耗破千金，并无吝啬，因此士大夫俱重其名，妇人子女皆识其面。其名日噪，其望日隆。忽一日，自思到此贸易多年，虽然各行均能获利，唯是人生在世，岁月无多，光阴易逝，岁月难留，若不谋些大事业，如何能出色？现有洋商招人承充，不如独自干了，或者借此发积二三十万，亦可束装归里，老隐林泉，以享暮年之福，岂非胜此远别家乡，离宗抛祖？况古语有云："发达不还乡，有如锦衣夜行。"此言自己身荣，人不能见，真乃警世良言也。斯时李慕义想到高兴之处，不觉雄心勃勃，恨不得一刻就成，免被别人兜手，枉费了一片心机。随即托平日最知己的朋友前往说情，又亲自具禀陈说身家清净，情愿充当洋货商头。关官准了呈词，立即饬县查明禀复，均保家资丰厚，人品忠诚，即刻悬牌出示，准其充作洋商，并谕各行户，一体遵照办理。所谓世上无难事，只怕用心人。李慕义日思夜想，左求右托，毕竟被他作成了。今日奉到札谕开办，自然欢喜异常，十分得意，以为富贵二字，指日可待。当日有姻亲戚谊，乡宦官绅，行商等众，前来道喜恭贺。正是车马盈门，李慕义只得摆酒招呼，足足忙了十多天，方才事竣。况洋商系与官商交处，自然是另一番景象，出入威严，不能尽述。

谁料李慕义时运不济，命途多蹇。自承充洋商之后，各港洋货一概滞销，日往月来，只有入口洋货，并无承办出口。不上两年，越积越多，又无价值，左右思维，只得贱价而沽，反缺去本银数十万。李慕义见此情形，心中快快不乐，自忖现时仅做了两年，折去数十万，目下尚可支持，若再做二三年，仍系如此光景，那时恐怕倾家未能偿还，岂不反害了自己？思想起来，不禁心寒胆落，悔恨不已。谁是现下虽耗金多，各要设法脱身，方可免了后患。正在胡思乱想，忽见门子入报："张员外驾到拜访。"

李慕义闻言满心欢喜，连忙迎接入座，相见毕，开言说道："久别芝颜，时生倾慕，今日甚风吹得文翁光临也。"张员外答道："久违尘海，别绪依依，流光易逝，不觉握别尊颜两载有余矣。想见台福祈时增，财源日进，健羡难名。弟入京两载，今始还里，契阔多疏，特来领教，以慰久别渴怀，并侯仁兄近况耳。"李慕义闻言，一声长叹。张员外反吃了一惊，忙问道："兄有何事故，如此愁颜，乞即明白示知，或可分忧一二也未可料也。"李慕义道："弟因一时立心太高，欲发大财，是以承充洋商，不料一连两年，洋货滞销，唯有入口，并无办出。而且两年之内，积货太多不能运用，不得已贱价而沽，以致亏折本银数十万两，倘再如此，犹恐倾家难抵，所以愁烦也。"

张员外道："这事非同小可，若再耽延，恐防遗累不浅，趁势算清所欠饷项，具呈缴纳，然后禀请告退，另招承充，以免拖累，方为上策，千万早早为之。目下虽折耗多金，犹望再展宏图，重兴骏业，始为妙算也。弟意如此，未知尊意如何？"李慕义道："弟方寸已乱，无可为谋，祈兄代弟善筹良策为幸。况弟刻下银两未便，焉能清缴饷银，还求仁兄暂行商借帮助，感恩不尽也。"张员外道："此事倒易商量，唯是兄既告退洋商，有何事业谋生，倒要算定。因弟有知交陈景升，广东南海县人，在此承充盐商发财，目下欲领总埠承办所，因独力难支，故欲觅伴入股同办，系官绅交处，大有体面商人，似于阁下，甚为相配，较别行生意更胜一倍。弟因分身不开，所以不能合股，故特与你商量，如果合意，待我明日带同陈景升到来，与你面谈，订明各项章程，明白妥当，两家允肯，然后合股开办。若系兄台资本未便，待我处移转过去便是，未知尊意如何？还祈早日定夺。"李嘉义道："好极好极，弟一事未成，俱借贵人指引，此次洋商，几乎身家不保。幸赖仁兄指点迷途，脱离苦海，自己感领殊多，况复荐拔提携，代创生财之业，此恩此德，没齿难忘。而且人非草木，岂有不遵台命之理？"张员外闻言答道："好说，我与你知己相交，信义相照，虽云异姓，似若同胞，何必多言说谢也，总之急缓相通，患难相顾，免被外人笑话就是了。又因见你洋商消折大本，从何处赎回？故此荐你入股盐商，想你借此再发大财，方酬吾愿也。"说完，起身辞别，订期明日与陈景升前来面聚各情，再作道理。李慕义连声唯唯，随即送至门口，一拱而别。

原来那张员外名禄成，系金华府人氏，家财数百万，向做京帮汇兑银号生意。与李慕义交处十余年，成为知己，两相敬重，并无闲言，正是情同管鲍，如遇急需，借兑无不应手。因有这个缘故，是以情愿借银与李慕义再做盐商，想他恢复前业，乃是张禄成一片真心扶持于他。

闲话少提，再讲张员外次日即与陈景升同到李府相会，叙谈些寒暄之事，然后说盐埠之情，二人谈论多时，情投意合，李慕义即着人备办酒席，款待张陈二客，三人把杯谈心，直饮至日落西山，方才分别。从此日夕往来，商量告退洋商、承受盐埠各事。李慕义通盘计算，约费银五十万两方足支用，遂对张员外说明，每百两每月行息三毛算，立四揭单，交予李慕义收用。果然财可通神，不上半月，竟将洋关告退，又充当总埠盐商开办，暂且搁过慢表。

再言李慕义生有一子一女，子名流芳，居长，年方三七，平日随父在金华府贸易。其女适司马瑞龙为妻，亦系武举人。那流芳正当年富力强，习得一身武艺，适值大科之年，因此别父亲回去广东乡试，三场考完，那主试见流芳人才出众，武艺超群，竟然中了第十三名武举，报到家中，流芳母子大喜，随即赏了报子，回身并写家书及报红，着家人李兴立刻赶去浙江金华府报喜。家人领命去了，即有亲戚到来贺喜，于是忙忙碌碌，足闹了十余天方才了事。忙打算进京会试，并顺道到金华府问候父安，随即约齐妹婿司马瑞龙一同入京，放下慢提。

　　回言李慕义陈景升二人同办总埠，满望畅销盐引，富比陶朱。不想私枭日多，正体销路反淡，一更不如常，及至年底清算报销，比减常销三分之一，仅敷盘费，并无利息羡长，连老本息亦无着落，又要纳息，出门一连数载，一年还望一年，依然如此。陈李二人见这情形，料无起色，十分焦急，因此二人商量道："我等合成数十万两银，承办总埠，本欲兴隆发达，光耀门阊。不想年复一年，仍然折本，即使在家闲居，卖很出门以求利息，亦有余存可积，不致有亏无盈，耗入资本。况埠内经费浩大，所有客息人工，衙规礼节，统计每年需银数万，始足敷支，实系销路平淡，所入不敷所出，反致耗折本银，如此生意，甚为不值，如俗所云：'贴钱买难受。'不如早罢手，趁此收兵，虽然耗折本银，不致大伤元气，倘狐疑不决，尤恐将来受累不浅，你道如何！"陈景升道："此说甚合理，但我自承商务以来，所遇虽有利之厚薄，未有如此之亏折也，今既如此，必须退手为高。"

　　于是二人商酌妥当，将总埠内数目，造盘计算明白，约将缺少本银十万有余。现在所存若干，均派清楚，各自回家而去。正值李慕义退股回家，恰遇家人李兴前来报喜说："公子高中乡科第十三名武举人。"并将家书呈上，李慕义看到家书，忽然心内一喜一忧，喜的是流芳中了乡科，光宗耀祖，忧的是所谋不遂，缺耗多金，以致家业零替。且欠张禄成之项，自忖倾家未够偿还，不知何日方能归款，自问良心片刻不安。心中忧喜交集，越想越烦，况李慕义系年届古稀之人，如何当得许多忧虑，因此忧思过度，不思饮食，竟成了怔惊之症。眠床不起，日夕扮望流芳，又不见到，思思忆忆，病态越加沉重，只得着家人李兴赶紧回粤催促公子，即刻赴浙看视父病，着他切勿延误耽搁，致误大事也。李兴领命连夜起身往广东进发，日夜兼程行走，不敢停留，不一日行至广东省城，连忙进府，呈上家书。并说："家主抱病在床，饮食不安，现下十分沉重，特着小的赶急回来报知，并着公子即刻回府相会。"

那时流芳母子看了书信，吃了一大惊，急忙着李兴收拾行李，雇了船只动身，于是流芳与母亲妻子三人，赶紧下船开行，前往金华府，以便早日夫妻父子相见，免致两地悬悬挂望。遂又嘱咐船家水手，务须谨慎，早行夜宿，最宜加意提防，小心护卫，他日平安到岸，我多把些酒钱予你就是。船家闻言欢喜，命开船而行。正是有话则长，无话则短，不一日，船到金华府码头停泊，流芳即命李兴雇人挑担行李上岸先行通报，然后流芳与母亲妻子，雇好轿马，一并同行。

且说李兴押住行李，先到报信，李慕义闻得举家俱到，心中大悦，即时病减三分，似觉精神略好，急忙起身，坐在中厅，听候妻子相会，不一刻，车马临门，合家老少俱到。流芳入门，一见父亲，即刻跪下禀道："不孝流芳，久别亲颜，有缺晨昏侍奉，致累父亲远念，抱病不安，皆儿之罪也。"李慕义此时，见一家完整，正是久别相逢，悲喜交集，急着儿子起来，说道："我自闻汝中试武举，甚是欢悦，唯是所谋不遂，洋盐两商，耗去本银数十万两，以致欠下张家银两，未足偿还，因此心中一喜一忧，焦思成病。自是至今不能痊愈。今日得闻合家前来，完聚骨肉，即时病体若失，胸襟畅然，真乃托天福荫也。"说完，着家人摆办酒席，为团圆之会，共庆家庭乐事，欢呼畅饮，直至日落西山方才散席，各归寝所不提。

且说张禄成员外，自借银李慕义，分别之后，复行入京，查看银号数目，不觉有两年之余，耽搁已久，又念家乡生理，不知如何，趁今闲暇，赶紧回乡清查各行生理数目，并催收各客揭项为要，因此左思右想，片刻难延。即时吩咐仆从，收拾行李，快些回乡。不分昼夜，务要水陆兼程进发，不消几日，已至金华地方，连忙舍舟登陆，到各店查问一次，俱有盈余，十分大喜，大约停留半月，然后回家，诸事停妥，然后出门拜客。先到李慕义府中叙会，李慕义因病了数月，形颜消减，今非昔比。

禄成一见，吃了一惊，连忙问道："自别尊颜，瞬已三秋，未晓因何清减若此？恳祈示知。"李慕义答道："自与仁兄分别，想必财富多增为慰，弟因遭逢不遇，悲喜交集，至染了怔惊之症，数月不得痊愈，饮食少进，以致如斯也。后因日重一日，只得着家人催促妻子前来，以便服侍，及至家人齐集，骨肉团圆，心胸欢畅，登时病减三分，精神略好。谁是思及所欠仁兄之项，殊觉难安。"禄成道："兄既抱病在身，理宜静养为是，何必多思多想，以损元神，这是死之不察致惹采薪之忧。今既渐获清安，务宜慎加衣食，以固元气，是养生之上策也。但仁兄借弟之款，已经数载有余，本利未蒙清算。缘刻下弟有紧需，故特到来，与兄商酌，欲求早日清偿，俾得应支为幸。"李慕义闻说，心中苦切，默默无言。禄成见此情形，暗自忖度，以为银数过多，若要他们一次清还，未免过于辛苦，莫非因此而生吝心。我不若宽他限期，着他三次摊还，似乎易于为力。不差不差，就是这个主意，方能两全其美。遂又再问道："李兄何以并无一言？但弟并非催讨过甚，实因汇兑紧要，不得已到此筹划，如果急切不能全数归款，亦无妨对我直陈，何以默默无言，于理似有未妥，反致令人疑惑也。况我与你，相信以心，故能借此巨款，而且数年来，并没片言只字提及，今实因京邦被人拖欠之项甚多，以至如此之紧也。"

李慕义闻言，即时面上发赤，甚不自安，连忙答道："张兄所言甚是有理，但弟并非存心贪吝，故意推搪不欲偿还，实因洋商缺本，盐商不能羡长，又耗血本，两行生理，共计五年内破费家财几十万，故迄今仍未归还。况值吾兄紧用之际，又不能刻意应酬，极似忘恩负义，失信无情，问心自愧，汗颜无地矣。殊不知刻下虽欲归款，奈因措办不来，正是有心无力，亦属枉然。唯求再展限期，待弟旋乡，变卖产业，然后回来归款，最久不过延迟半载，断无延误不还之理，希为见原，幸甚幸甚。"张员外听了这番言语如此圆转、心中颇安，复又说道："李兄既然如此，我这里宽限你分三次偿还吧。"李慕义道："如此亦足感高情矣。"二人订定日期，张员外即时告别。李慕义人内对妻子告知"张禄成大义疏财，胸襟广阔，真堪称知己也。我今允许变产偿还，他即千欣万悦而去。现在我因精神尚未复原，欲待迟一两个月，身体略强壮，立即回广东去，将田舍产业变卖清楚，回来归还此款，收回揭单，免累儿孙，方酬吾愿也。"流芳道："父亲此言，甚是正理，本应早日还清，方免外人谈论，奈因立刻揭筹不足，只得好言推过耳。至于倾家还债，乃是大丈夫所乐为，即使因此致穷，亦令人敬信也。"夫妻父子直谈至夜静更深，方始归寝。

一宿晚景不提，到了次日，流芳清晨起来，梳洗已毕，用过早膳，暗自将家产田舍物业等，通眼计算，似乎仅存花银三十余万，少欠十余万方可清还，流芳心中十分焦躁，不敢令父亲知道，致他忧虑，反生病端。只得用言安慰父亲，并请安心调养元神，等精神稍微好些，再行回去筹措就是了。不觉光阴似箭，日月如梭，片刻之间，已经两月，李慕义身体壮健如常，唯恐张禄成复来追取，急急着家人收拾行李，催船回乡而去不提。

回言张禄成期限已到，尚未见李慕义还银音信，只得复到李府追讨，流芳闻说，急忙接见，叙礼毕，分宾主坐下，说起情由："前者令尊翁，曾经当面订准日期情款，何以许久并无音讯，殊不可解也。况令尊与我，相处已久，平日守信重义，谅无如此糊涂，我是信得他过，或是有别的缘故，亦未可知也。"流芳对道："父亲回广将近半载，并未寄信回来，不知何故，莫非路上经涉风霜，回家复病，抑或变卖各产业，未能即时交易，所以延搁日期，亦未可料也。仍求世伯兄谅，再宽限期，领惠殊多。"禄成道："我因十分紧急，故特到来催取，恐难再延时日。今既世兄开口讨情，我再宽一月之期，以尽相好之义，务望临期赶紧归款，万勿再延，是所厚望，倘此次仍旧延误，下次恐难容情，总祈留意，俾得两全其美也。"说完告别而去，流芳急忙入内，对母亲说知禄成到来催取银两，如此这般说法，孩儿只得求他，再为宽限之期，即行清款，若逢期乏银偿还，恐他不能容情，反面生端，又怕一番焦累，如何是好。其母道："吾儿不用担忧，凡事顺时应天，祸福随天所降，何用隐忧。倘他恃势相欺，或者幸遇贵人相救，亦未可知。"流芳只得遵母教训，安心听候而已。

不觉光阴迅速，忽已到期，又怕禄成再到，无可如何，十分烦闷，只得与母亲商量道："目下若再遇他来催银，待孩儿暂时躲避，母亲亲自出堂相会，好言推却，复求宽限，或者得他原情允肯，亦可暂解目前之急，以候父亲音讯，岂不甚妙，你道如何？"其母道："今日既系无可为计，不得已依此而行，看他如何回答，再作道理。"流芳见母亲一口依从，心中欢喜不尽，即时拜辞母亲，并嘱咐妻妹一番，着其小心照顾侍奉高堂，照应家务。"我今暂去陈景升庄上躲避数天，打听禄成这声气，便即回来，无用挂心。"再三叮嘱而去。我且不表。

再说张禄成，看看银期又到，仍未见李慕义父子之面，心中已自带怒三分，及候至过限数天，连影儿也不见一个。登时怒从心发，暴跳如雷，连声大骂李慕义父子背义忘恩，寡情失信，况我推心置腹，仗义疏财，扶持于他，竟然三番五次，甜言推搪，当我系小孩子一般作弄，即使木偶泥人，亦难哑忍，叫我如何不气？李慕义你既存心不仁不义，难怪我反面无情，待我亲自再走一遭，看他们如何应我？然后设法报置于他，方显我张禄成手段，若系任他左支右吾。百般推搪，一味迁延岁月，不知何时始能归还，岂非反害了自己？这正如俗语所云："顺情终害己，相信反求人。"真乃金石之言，诚非虚语也。遂着家人备轿侍候，往李府而来，及至将近到门，家人把名帖投下。门子接帖，急忙传递入内，禀知主母，李安人传语请见，门子领命，来至门前，躬身说道："家主母有请张爷相会，请进。"禄成闻说家主二字，心中暗自欢喜，以为李慕义一定回来，此银必然有些着落，急忙下轿，步入中堂，并不见李慕义来迎，只有家人让其上座，奉上香茶。禄成狐疑，带怒问道："缘何你主人不来相见，却着你在此招呼，甚非待客之礼。"家人禀道："小的主人尚未回来，月前小的少主，亲自回粤催促主人，至今未接回信，方才小的所言，家主母请会，想必张老爷匆忙之间，听语未真耳。"二人言谈未了，忽报李安人出堂相见。张禄成此际，只得离座站立等候，只见丫鬟婢仆，簇拥着李安人缓步行来。

禄成连忙行礼道："嫂嫂有礼了。"那李安人不慌不忙，从容还礼让座，然后说些寒暄客套。久别言词，谈了好一会，家人复献上香茶，二人茶果，禄成开言问道："前者慕兄所借本钱数十万两，至今阅数月之久，本利未蒙归赵。数月之前，余因小店亏空紧支，只得到来索讨，嗣因慕兄婉言推搪，许我变产清还，只得等候数月，谁想到期，全无音信，及再来询问，得会世兄之面，据云尊夫返粤，并无回音，不知作何究竟也？又因世兄求我延期，不得已再为展延，迨今复已月余，仍未有实信来。原此借项。实因慕兄承办洋商二年，欠款太多，不能告退，恐他再延岁月，破耗更多，一时动了恻隐之心，起了扶持之念，特与他缴清官项，告退洋商，更代他谋充总埠承办，实望他借风使帆，厚获资财，大兴家业，以尽我二人交情耳。不料三推四搪，绝无信义，即使木偶泥人，亦应惊骇发怒，况我有言在前，此项为数甚巨，若一次不能清款，可分三次还清，似我这般容情，还有什么不是？请嫂嫂将此情理忖度一番，便知孰短孰长也。"

李安人道："怎是丈夫失信难为叔叔，但我丈夫平日最重信义，绝无利己损人。所因两次承商，亏折过多，难以填补，即将此处生意估计，仅有五万之数，家中田园铺户，核算所值二十余万之间，两处归理仅足三十万，仍未够还叔叔之款。以我忖度，或者丈夫因此耽搁时日，欲在各处张罗揭借，或向诸友亲眷筹划，必欲凑足叔叔之项，始回来归款，以存信义，这是丈夫心意，所以许久尚无实音，盖缘筹措银两未足之故，实非有心匿避，致冒不洁爽信之名，受人指摘，谅他断断不为也。况承叔叔一团美意，格外栽培，岂敢忘恩负义，唯是耽误叔叔，自问亦觉难安，总是非有心推搪，故意迟延，实因力有未逮也，且请叔叔宽心，自然有日清还。无用挂怀也！"禄成闻此无气力之言，又无定期，不知何时方能归款，不觉勃然生怒道："我不管你们有心无心，以今日情形而论，极似存心图赖，果能赶紧清还，方肯干休，若再迁延，我就要禀官追讨，将你们家业填还，如有不足之处，更要把妇人女子，婢仆等辈，折还抵账，你须早早设法了事，才得两全其美，若待至官差到门，反讨那些羞辱，斯时悔之晚矣。"说完悻悻而去。

李安人听到此言，心中伤感，自怨夫君差错，不肯预早分还，况且数十万之多，非同小可，叫我如何做主筹还。急着家人往陈景升庄上，叫公子回来，商量要事。家人速忙前去，到了陈府，家人入内，说："奉主母之命，特来相请。"流芳闻言，即与陈景升分别回家，李安人见儿子回家，放声大哭，流芳不知其故，急忙问道："母亲所为何事，如此悲伤，请道其详。"其母道："我儿哪里得知，因张禄成到来追账，说你父亲忘恩负义，立意匿避图赖。他今决意禀官追讨，更要将你妻妹抵账。我想他系本地一个员外，交官交宦，有财有势，况系银主，道理又长，如何敌得过他，那时官差一到，弄得家离人散，如何是好？因此悲伤耳。"流芳用言安慰母亲一番，复回头劝妻妹小心服侍母亲，"凡事有我当头调停，断不致有累及家门之理，你等只管安心。"说完，独自走往书房。那流芳先时当着母亲妻妹面前，只得将言安慰，其实他听了这些言语，自己慌张无主，甚不放心，况且公账向例官四民六，乃系衙门旧规，若遇贪官污吏，一定严行勒追，这可如何是好？因此左思右想，弄得流芳日不思食，夜不成眠，时时长嗟短叹，切切悲啼，暂且搁过不表，后文自有交代。

回书再讲仁圣天子，与周日清自扬州与各官员分别，四处游行，遇有名山胜迹，无不登临俯览，因此江南地方山川形胜，被他们游览殆遍。偶然一日，行至海旁，仁圣天子叫日清雇船，从水路顺流游玩，果然南船快捷，十分稳当，如履平地一般。又见海上繁华喧闹，心中大喜，吩咐周日清道："你可着船家预备酒菜点心，以便不时取用。"日清闻言，忙问船主，那船主急急来到中舱，低声问道："不知二位老爷呼唤，有何吩咐？"仁圣天子问道："这条水道，是通往哪府地方？"船家对道："过了此重大海，就系金华府城，未知老爷欲往何处？"仁圣天子道："我等正是要到金华府城，但不知要几天才能到得？"船主道："以顺风而论，不消二日，即到金华府城。若不遇顺风，亦不过三天而已。"斯时仁圣天子闻言，十分欢喜，即着船家快些备办酒筵，预备取用，船家即领命而去。天子与日清二人，日夕清闲，或是饮酒玩景，或则叙谈往事，于是觅湾夜泊，不觉船到了金华府码头。船家既泊停当，请二位上岸游行。仁圣天子即着日清，把数日内之船费交他，然后起岸。

那时正值黄昏时候，日清忙向契父说道："日将西沉，不如趁早赶入城中寻寓，歇宿一宵，明日再往各处游玩，未知契父尊意如何？"仁圣天子道："甚是有理。"于是二人即行赶入城中，经过县前直街而行，抬头看见连升旅馆，招牌写着接寓往来客商，此寓是李慕义家间壁，二人忙步入门。

馆人一见慌忙接入堂中，叙礼坐下，问曰："二位客官，高姓大名，盛乡何省？"仁圣天子答道："某姓高名天赐，此是周日清，系北京直隶顺天人氏。因慕贵省繁华，人物富庶，特来游览，欲找洁净房间一处，暂寓数天，未知可有房间？总以幽静为佳，不拘大小。"馆人道："有，有！"随即带往靠南一间房子，果然十分幽静。原来这边仅有这所房间，不与外面左右相连，隔绝人声嘈杂，可云寂静。仁圣天子又见地方宽大，摆设精致，心中大喜，随即命馆人备办二人酒饭，有甚珍馐异味、佳肴美酒，尽管搬上来。馆人答道："晓得。"即时呼唤小二上来，侍候二位老爷晚膳，回头又对仁圣天子："老爷有甚取用，一呼即来。"语罢，告辞而去。即有小二到来服侍，送上香茶。二人茶罢，仁圣天子对日清道："这所房子，正合朕意，朕欲多住些时，以便游玩各处名山胜迹。"日清对道："妙极！妙极！"正在谈谈笑笑，忽见酒保搬上酒肴来，说不尽熊胆鹿肉，禽美鱼鲜。二人入席，开怀畅饮，咀嚼再三，细辨其味，果然配置得法，调和合度。于是手不释盏，直饮至月色东升，方才用饭，日清自觉酩酊大醉，靠几而睡。小二等将杯盘收拾，送上香茶，诸事停当，恭请道："高老爷路上辛苦，莫若早点安歇吧。"天子道："晓得，你们有事只管自便，毋庸在此等候也。"小二领命告退。

且说仁圣天子，见日清沉沉大醉，独坐无聊，寝难成寐，因此拾上一本书，在灯下展开，恰好看到入神，忽闻嗟叹之声十分苦切。不知声自何来，急忙放下书本，侧耳细听，方知出自隔邻，听他何故悲伤，奈闻言不甚明白，又听更楼才打二更，尚未夜深，趁早往隔邻一坐，便知详细了。于是出堂而去，馆人道："高老爷如此深夜，欲往哪里去？"仁圣天子道："非为别事，欲到隔邻人家一坐就回。"馆人道："使得，使得。"仁圣天子随即往李家叩门，门子接入问道："不知尊驾到来，有何事故？"答道："有要事特来探望你家主儿"门子急忙引到书房，与流芳相见。流芳问道：

"何人?"天子答道:"我也,因在隔邻,闻仁台嗟怨悲叹,寝寐不安,特来安慰。"流芳道:"足领高情,请问客官高姓大名?"仁圣天子道:"我姓高名天赐,系北京大学士刘墉门下帮助军机,未知仁台高姓大名,贵乡何处?"

流芳答道:"吾乃广东番禺县人氏,姓李名流芳,新科第十三名武举人。父名李慕义,在此处贸易发财,已历三十二年,无人不知其名。"仁圣天子道:"仁台既中武举,令尊贸易多金,正是财贵临门,欢喜重重,何反悲伤嗟怨?"流芳道:"客官有所不知,事因前数年,家父承办洋商,因此借过张禄成花银五十万两,不料命运不济,所谋不遂,办了数年,反缺大本,是以至今无银还他。数月前家父允他回粤变产清还,他亦原情宽限,谁是倾家未足欠数,所以至今仍未回来。张禄成屡次来催,限吾分三次清偿。昨日又再来讨催,因母亲出堂相见,婉言推搪,求再延期,他因此反面,说我父亲忘恩失信,立意图赖,不然何以有许多推搪?他决意将揭单据禀到金华府,求官出差追讨,若有不足,更要将我妻妹抵账,叫我哪里得不苦切悲伤?"仁圣天子道:"有这等事吗?欠债还本,应当道理,唯是欠账要人妻妹,难道官员不理,任他妄为?"流芳道:"民间告账,官四民六,此系定规,奸官哪有不追?若是禄成起初肯减低成数,亦可将就清还,无奈他要收足本利,就是倾家变业,未足填偿,故延至今时,致有这番焦累呢。"仁圣天子道:"不妨,你不用伤感,待吾借五十万与你,还他就是。但你们果有亲眷在此否?"流芳道:"只有对手伙伴陈景升,家财有三五万;并无别的亲眷在此。"在圣天子道:"既如此,你先与陈景升借银一万五千,作为清息,其余本银五十万,待高某与你还他,我明日同你往陈景升家说明,看其允否?再与你往金华府取回揭单注销,以了此事,仁台便可入京会试。"流芳闻言,心中大喜,急忙呼唤家人,快备酒筵,款待高老爷。正是:

承恩深似海，载德重如山。

须臾，家人摆上酒筵，二人入席畅饮，成为知己，你酬我劝，各尽宾主之情。不知后事如何，且看下回分解。

第二十八回

仁圣主怒斩奸官
文武举同沾重恩

　　仁圣天子与流芳直饮至深夜，方才分别，回至连升客寓，歇宿一宵，晚景不提。次日清晨，流芳梳洗已毕，急忙亲到连升国拜谒，并约齐同到陈景升家，仁圣天子应允。又令日清与流芳相见，各叙姓名，然后三人一同用了早膳，随即吩咐馆人照应，三人同过陈家庄而来。景升迎入，叙礼坐下，各通姓名，流芳起身说道："弟因张禄成催银太紧，无计可施，幸遇高老爷，慈悲挽救，愿借银五十万两，予弟还他，故特来与兄商量，欲在兄处借银一万五千，清还息项，未知兄意允否？"景升道："现在弟处，银两未便，如之奈何？"仁圣天子说道："陈景升不借，真是无乡亲之情。"陈景升道："非吾不借，奈因现无便银耳。既然高老爷五十万亦能借得予他，何争这些须小费？借贷于他，成全其美，李兄感恩更厚了。"仁圣天子闻言，心中大怒，说道："陈景升真小人也，他既不愿借银，你可认我为表亲，待我到公堂，说起情由，推迟三两日，等待银到，还他债主就是。"景升答道："这个做得。"仁圣天子即叫流芳把家属细软，搬到陈家，暂时躲避，免致受官差扰累恐吓。流芳闻言，急跑回家，对妻妹母亲说明其故，然后收拾细软等物，一齐搬去陈家，仅留家丁仆妇，看守关防门户。

　　仁圣天子见诸事停当，随即叫流芳说道："待高某先去金华府探听消

208

息，看其事体如何，再来商议，二位仁兄暂在此处候我，顷刻便可回来。"说完乘轿向府署而去。适值知府坐堂，仁圣天子连忙下轿，迎将上去，将两手一拱道："父台在上，晚生参见了。"知府抬头，见他仪表不俗，礼貌从容，不敢怠慢，即答道："贤生请坐。高姓大名，有何贵干。"仁圣见问，离座答道："某乃刘中堂门下帮办军机高天赐也。兹因李流芳所欠张禄成之项，闻说揭约单据存在父台处，未知是否，特自亲来，欲借一观。"知府道："贤生看他作甚?"仁圣天子道："父台有所不知，因他无力偿还，高某情愿将五十万本利，清还于张禄成，故来取回揭单。"那知府听了此言，暗自思想："那高天赐是何等样人? 敢夸如此大口，又肯平白代李家还此巨款。看他一味荒唐，绝非事实。待我与他看了，然后问他，银两在何处汇交，即知虚实。"这是知府心中着实不信，故有此猜测，并未当面言明。因而顺口说道："高兄既系仗义疏财，待弟与你一看就是。"回头叫书办快将张禄成案卷内揭单取来，书办即时检出，呈上府尊，知府复递与仁圣天子。接转一看，见揭约上盖着盐运使印信，写着江南浙江两省盐关总商执照。

立揭银约，李慕义系广东广州府番禺县人氏，缘乾隆二年在金华府充办通省洋商，亏缺资本，国课未完，兹因复承盐商，不敷费用。自行揭到本府富绅张禄成花银五十万两，言明每本两加息三钱算，订用三周为期，至期清算本利，毋得多言推搪，爽信失期，此系两家允许，当面订明，并呈金华府尊，加盖信印为证。又系知己相信，并非凭中荐引，空口无凭，故特将盐运使发出红照，写立揭约，交张禄成执手存据。

一实李慕义亲自揭到张禄成花银五十万两。

乾隆　年　月　日　李慕义亲笔

仁圣天子将揭单从头至尾看完，知府正欲问他银两在何处汇交归款，忽见他将单据收入怀中，说道："父台在上，高某现因银两未使，待回京汇款到来，然后归还就是。"知府闻言大怒道："胡说，你今既无银两何以擅取揭单，分明欲混骗本府是真。"回头呼唤差役，"快些上前，与我捆了这个棍徒，切莫被他逃走去了。"仁圣天子闻言，十分气恼，连忙赶前一步，将金华知府一手拿住道："贵府是真的要拿高某吗？我不过欲缓数天，待银汇到，即行归还，何用动怒生气，你今若允肯我所说，万事干休，如有半字支吾。我先取了你性命。"当时知府只气得三尸神暴跳，七孔内生烟，况又被他拿住，又不能顶硬，大声喝道："你这该死棍徒，胆敢将本府难为吗？我若传集兵勇到来，把你捉住，凌迟处死，那时悔之晚矣。"仁圣天子斯时闻听此言，心中暗着一惊，诚恐调齐练兵来围，寡不敌众，反为不美。不如先下手为强，急向腰间拔出宝刀，照定知府身上一刀劈下，即时分为两段。各差役见将本府杀死，发声大喊，一齐上前，却被仁圣天子横冲直撞，打得各人东逃西跑，自顾性命。

那时仁圣天子急忙走向陈家庄，说与景升知道，"因我杀了知府，现在官兵齐起，追赶前来，我们需要趁势上前迎敌，大杀官兵一阵，使他不敢追来，然后慢慢逃身，又可免家人受累，你道如何？"流芳应道："事不宜迟，立刻就要起行。"于是仁圣天子与日清结束停当，先行迎敌，行不上二里，却遇官兵追来，急忙接住厮杀。原来各练兵起初闻说道："有一凶徒闯入府堂，杀死本官，打伤差役，令各兵追捉凶手。"众兵以为一个凶徒容易捕捉，乃不曾预备打仗，因此吃了大亏，倒被日清与仁圣天子二人刀剑交加，上前乱杀，及陈景升及流芳从后冲来，首尾夹攻，把官兵杀得大败，四散奔逃，各保性命。仁圣天子四人也不追赶，往北而行，行了五十里路，仁圣天子即与景升、流芳二人作别，陈景升听说，心中苦切，不舍分手，道："高老爷与我等一同到京。"仁圣天子道："高某有王命在身，要到浙江办事，不能陪行，你们急往北京，赴科会试，若得金榜题名，便有出头之日，各宜珍重自爱。毋惰其志，余有厚望焉，就此分别，后会有期。"说完，与日清回身往后行走。

　　圣天子在金华府，断结张禄成一案，与陈景升、李流芳别后，便同周日清往浙江而来。这日到了杭州府城，择了个福星照的客寓住下，闻说天竺山同西湖两处景致甚佳，次早起来，用过点心，与日清两人预备到西湖游玩。哪知这一去，又引出许多事来，且看下回分解。

第二十九回

印月潭僧人不俗
凤仪亭妓女多情

　　话说圣天子与周日清二人，出了福星照客寓，问明路径，来到西湖。只见一派湖光，果然是天生的佳景，行不多远，有座丛林，上写着一块匾额，乃是"三潭印月"四字。圣天子与日清说道："可见人生在世，总要游历一番，方知天下的形势，若非亲眼看见，但知杭州西湖胜景，却不知美景若何，地势若何，岂非辜负这名湖的绿水。"

　　两人站在庙外，远远看见那湖光山色，果然一清到底。圣天子道："怪道从前苏东坡名句有云：'水光潋艳晴偏好，山色空蒙雨亦奇。'若非亲到此地，哪知道西湖所以好、山色所以奇的道理呢？"日清听圣天子如此说法，也就抬头去看。见这湖面有三十里宽阔，三面环山，一碧如玉，适当昨夜小雨，将山上洗得如油一般，一种清气直到湖心，彼此相映，任你什么俗人，到此也神清气爽。两人观看一回，步进印月堂，方丈早知有客，和尚出来迎接，邀入内堂坐下，早有人献茶。日清向和尚问道："上人法号怎称？今日得晤禅颜，实深欣幸。"和尚连称："不敢！"道："僧人名叫六一头陀。"

　　圣天子听他说出这两字，忙笑道："闻其名即知其人，可见法师是清高和尚，不比俗僧举动的，但不知法师何以取六一两字？当日欧阳修为扬州太守，修建平山堂住址，遥望江南诸山，尽收眼底，故起名平山，又平日常在客堂挟妓饮酒，以花宴客，往往载月而归；后来又起望湖楼，无事就使居楼上，因自称六一居士，这是当日欧公的故事，和尚今日也用这两个字，谅必也有所取了。"和尚道："檀越所见不差，欧阳公起这别号，虽在扬州，但此地也有一处胜迹，不知檀越可晓得吗？"日清道："我等初到此地，倒还不知，和尚既有用意，何不明道其详，好去游览。"和尚道："这湖西有座孤山，山上有口泉，与扬州平山堂第五泉相似，从前苏东坡尝到此地取水煮茶，品这泉水的滋味，却与第五泉不相上下，因慕欧公的为人，乃当世的贤太守，适又在此品泉，所以命名取义，起了一个'六一泉'三字。僧人因欧苏两公，专与空门结契，曾记东坡与道通和尚诗云：'为报韩公莫轻许，从今岛可是诗奴。'当时虽是戏笔，可见出家人也有知文墨的，不能与酒肉僧一同看待，僧人虽不敢自负，却也略知诗赋，又因借家复姓欧阳，故此存了个与古为徒的意思，也就取名叫六一头陀。"

圣天子听他说了一大篇，皆是引经据典，一点不差，满心欢喜，说道："原来是这个用意，但不知六一泉，现还在吗？"和尚道："小僧因此取名，岂肯任其湮没，檀越既要游玩，今日天色尚早，可先叫人将泉水取来，为二公一品如何？"天子道："如此则拜惠尤多了。"说着，和尚已叫人前去，这里又谈论一番，甚是投机。和尚见他二人虽是军装打扮，那种气概却是不与人同，心下疑道："这两人必非常人，我同他谈了这一回，尚未问他姓名，岂不轻易放过？"因说道："檀越才高子建，学比欧苏，僧人有对五言对联，教求檀越一书，以光禅室，不知可能赐教否？"

此时天子已高兴异常，本来字法高超，随口应道："法师如不见弃，请即取出，俾高某一书。"和尚听说，当即在云房内面，取了一副生纸五言联对，铺在桌上，那笔墨都是现成的，因时常有人在此书画。天子取起笔来，见门房上是云房两字，触机写道："海为龙世界，云是鹤家乡。"虽然只是十个字，却是一气而下，那种圆润飞舞的笔力，真是不可多得。和尚见他将联句写毕，上面题了上款："六一头陀有道"，下面是："燕北高天赐书"。写完递与和尚，和尚又称谢了一番，复向周日清问道："这位也是姓高吗？"日清道："在下姓周名日清，这位却是干父，因往江南公差，从此经过，特来一游。"此时六一泉的水已经取到，和尚就叫道人取了上等茶叶，泡了一壶好茶，让二人品尝了一回，却是与扬州平山堂第五泉的水相仿。天子因见天已过午，加之腹中又饥，遂在身边取出一包碎银有五两多重，说作香仪。和尚谦逊了一回方才收下，两人告辞，出了山门，复行绕过湖口，来到大路，只见两旁酒馆茶肆，不一而足。那些游玩的人，也有乘船的，也有骑马的，乃有些少年子弟，吹弹歌舞，妓女多姿，一时也说不尽那热闹。天子到了前面，见有一座酒楼，上面悬着金字招牌，是"凤仪亭"三字，见里面地方极大，精美洁净，就与日清走进，在楼上拣了付座头坐下。当有小二上来问道："客人还是请客，还是小酌？"日清道："我们是随便小吃的，你这里有些什么精致酒肴只管搬取上来，吃毕一总给钱于你。"小二答应下楼，顷刻间搬上七八件酒碟，暖了两壶酒，摆在面前，说道："客人请先用酒，要些什么大菜，只管招呼。小的不能在此久候，仍要照应别的客人，请你老人家原谅。"天子见小二言语和平，说道："你去你的，我们要什么，喊你便了。"两人在此坐下，你一杯，我一盏对饮起来。

忽见上首一桌，拥了五六个妓女、三四个少年人，在那里猜拳。中有一个妓女，年约二八光景，中等身材，一双杏眼，两道柳眉，雪白的脸儿，颊下微微的红色晕于两旁，虽不比沉鱼落雁，也算闭月羞花，那些少年，都在那桌上歌弹欢笑，却不见她有一点轻狂的体态，就是旁的妓女，勉强猜拳饮酒，也不过略一周旋，从不自相寻闹。天子看了一会，暗道："这妓女必非轻贱出身，你看这庄重端淑，颇似大家举止，只可怜落在这勾栏之中，岂不可惜?"正自疑惑，忽见另有一妓，将她拖往下面桌上，低低说道："你们那件事，可曾说好吗? 你的意中人究竟肯带你出去吗?"这妓女见问，叹了一口气说道："姐姐你不必问了，总是我的命苦，所以有这周折，日前那老龟已经答应，说定五百两身价，你想他一个穷秀才，好不容易凑足这数目前来交兑，满想人银两交。哪知胡癞子听了这个风声，随即添了身价，说要一千两，老龟见又多了一倍，现在又反齿不行了。他现在如同害病一般，连茶饭也不想吃，这些人约他同来，他都不肯，我见了他那种样子，哪得不伤心，因众人要代我两人想办法，不得不前来应酬，我看这光景，也想不出什么法来。就使大众出力，也添五百两银子，若小胡再添一倍，还不是难成吗? 弄来弄去，徒然将银子花费，把我当为奇货可居，我现在打定主意，老龟如听众人言语，松了手，无论一千五百，还可以落点银子; 若是拣多的拿不肯轻放我，姐姐我同你说的话，我虽落在这火坑里，出身究竟比那些贱货重些。我也拼了这条命，尽一个从一而终的道理，小胡固然不能到手，老龟也是人财两空，他此时还在我那里等信，你想想看，好不容易遇这个人，又遭了这折磨，这不是我命苦吗?"说着眼圈一红，早滴了几点眼泪。

那个妓女见她如此，也就代她怨恨，说道："你莫向这里想，看他怎样说，总要代你设个善处之法。"说毕，那人又到那张桌上，向众人斟了一回酒，那个妓女望着一个三十多岁少年说道："你们今日所为何事? 现在只管闹笑，人家还在那里等信! 我们这一位已是急煞了，你们也看点情面，究竟怎样说?"众人被她这句话一提，也就不闹，大家好好地议论了一会，只听说道："就是这样说，他再不行，也就怪不得我们了。难道人又被他硬占住不成?"众人又道: "如此好极，我们就此去吧。"说着大家起身，携着妓女，双双携手，下楼而去。

天子与日清看得清楚，心中已知道八分，说道："这姓胡的不知是本地何等样人？如此可恶，人家已将身价说定，他又来添钱，我看这妓女颇不情愿，先说什么穷秀才，后说什么胡癫子，这两个人的称呼，人品就分上下了。"日清道："我们向店小二问就晓得了，看是哪院子里的，如何设法倒要出点力。我看这女子，倒不像个下流的。"二人正说之间，小二已端了一碗鸭子清汤上来，日清问道："适才那桌上一班妓女，是哪个院子里的？离此有多远？"小二道："客官是初到此地，怪不得不知道，这里有个出名的妓院叫作聚美堂，就在这西湖前面一里多路，有条福仁同内第三家，这同朝东大门，就是聚美堂，凡过往官商，无不到那里瞻仰瞻仰。方才在这里谈心的那两个妓女，一个叫李咏红，一个叫蒋梦青，皆是院内有名第一位妓女，不但品貌超群，而且诗词歌赋无一不佳，就是一件不随和，寻常人任他再有钱，她也不在眼内。现今这李咏红新结识了此地一个秀才叫徐璧元，却是个世家子弟，听说文学颇好，家中又无妻室。李咏红就想随他从良为室，前日已经说定身价，不知何故又反齿不行，被胡大少爷加价买去。现在这些人皆是徐璧元的朋友，不服气，一定要代他二人设法，我看是弄不过胡家的，胡家又有财，又有势，地方官皆听他用。徐璧元不过个秀才，有多大势力。"天子听了小二说的这一番话，忙问这姓胡的究竟是谁？不知小二说出何人来，且看下回分解。

第三十回

夺佳人日清用武
打豪奴咏红知恩

话说小二将李咏红的原委说了一遍，日清问道："究竟这姓胡的是此地何人？如何这样有势？"小二道："客官有所不知，这姓胡的，他老子从前做过甘肃巡抚，叫作胡用威，生性贪酷，后来在任上贪赃枉法，被京城里御史知道，参奏上去，皇上勃然大怒，就将他革职，永不起用。他得了这个意旨，就由甘肃回转家乡，因为他赃银甚多，回来就买了几万亩良田，雇人耕种，自己就坐在家里享清福。地方官因他有许多家财，凡到每年办奏销时钱粮不足，就向他借，他又因自己是革职人员，怕被人看不起，乐得做人情，官要多少，他就借多少。等到下忙，官又还他，次年春天又借，如此借办已非一年，官因占他的大情，无论他的困户欠了租，竭力代催，一毫不得缺少。即是这杭州城内，再有大面子的人，只要得罪这胡用威，地方官都会为他说话的，所以无势力的人，见他如见鬼一般，绝不敢与他争论。他的儿子，就是方才李咏红说的那个胡癫子，见他父亲如此行为，他就格外为非作歹，终日寻花问柳，无所不为。见人家有好女子，不论是什么人家的，总要想甚主意来，顺了自己的心意，否则不是动抢，就是说人家欠他家的钱，请官追缴，闹到终局，总是将人抵钱。平日在这一带酒馆内，天天闹事，吃了酒席，不给钱也就罢了，还要发脾气，掷碗碟。我

217

们也不敢与他争论，只好忍气吞声，我看他总有一天报应，这样凶恶太厉害了。现在因李咏红被众人抗住，晓得行武不得，故意用钱压人，只要鸨儿一答应，他就抬人，随后银子还不晓得在哪里付呢！聚美堂的龟头现在贪多，到后来就要吃苦了，只可怜李咏红遇了这种人，怕要自尽的。你们二位客官，未见过胡癞子，既癞且丑，莫说李咏红这种美人，就是干净的猪狗，大约也不肯跟他。"说着，旁边的桌上又喊添菜，小二只得跑到那边去照应去了。

　　圣天子与日清说道："我道谁的儿子，原来是胡用威这匹夫之子，从前本来格外宽恩，免他一刀之罪。哪知他在此地，仍是如此作恶，这样纵子为非，若不将他治罪，何以除地方之害？"日清道："干父且请饮酒，店小二的话，也未可全信，我们吃过酒，到寓处内歇一会，然后就到聚美堂去看看，好在聚美堂离我们客寓相隔不远，从前不知道，所以未留神，此刻既晓得，便可叫客寓内的人，将我们送到堂子里游玩一会，顺便打听打听。如李咏红被那秀才带去，也就罢了，免得再生事端，若胡癞子果真横蛮，然后与他争论不迟。"圣天子听说，也觉有理，就随便用了些饭，又叫小二抖了毛巾擦一把脸，日清算了酒钱，会账已毕二人下楼，直往福星照客寓而来。行不多远，只见一丛人，拥着一个女子而来，嘴里说道："你这人不知好歹，我们公子好意要你，花了这么多银子将你赎出火坑，别人求之不得，你还嫌好怨恶的，此时不去也要去的，你母已将卖身契早立好了还怕你跑去不成？我看你快些去吧，从前有轿子与你坐你不坐，也不能怪我们了。"说着一个吆喝，将那女子横抬起来往前就跑。日清便上前一看，不是别人，正是方才在凤仪亭的妓女李咏红。只见她嘴里骂道："你们这班狗奴，拨弄得主人做这种事，要想我从他，就是他死了，来世为人，总是未必。也不想姑奶奶是谁，我与他拼着这条命便了。"日清听了这番话，知道是胡癞子的家人来劫李咏红，到了此时，不由得气往上撞，便分开众人，上前喝道："你这班狗才，全无王法，这样青天白日，敢在街上抢劫女子，我看你们快快放下，免汝等一死。若再胡行，老爷想饶你们的狗命，咱这两个拳头是不肯的。"说着把众人一推，已推倒五六个，还有十几个人拖住李咏红，皆被日清上去两边一推，倒在下面，不由你的。大家将咏红放下，转身向日清骂道："你这强盗，是哪里来的？我们公子买妾，与你何涉，要你前来阻拦，岂不是自讨苦吃吗？你若识时务，快赔了不是，各人走各人的路；若再这样横行，访访我们公子是谁，谅你这两腿做贼，讨板子打。"日清听了这话，哪里忍耐得住，即抢起双拳，向着众人乱打一阵。

那些家人，在先动手动脚声称捉人，不一会，被日清几拳一打，都头青面肿，没命地逃走了。还有几个腿脚慢的，已被打伤，睡在地上。

圣天子见日清将人群打散，便走上前向李咏红问道："你这女人究竟如何人家出身？方才在凤仪亭，已知道你这缘故，胡癫子你既不肯从他，他是一个恶少，必不甘心，此时这班家奴打走，稍停一会定然复来，你在此地总是不妙，不如跟我到寓处稍坐，现在徐壁元在哪里去了？让我叫人寻他来把你带回去方为稳当，若在这里总是不妥。"李咏红见他们二人如此仗义，便含泪谢道："奴家乃是前任秀水县吴宏连之女，因父亲为官清正，所以临终一贫如洗，只剩奴家与母亲两人，前数年母亲已死，勉强将衣物典卖，买棺入殓。因有一姑母在金陵，拟想前去投亲，奈何不识途径，被乳母骗至此地，售与聚美堂为妓。奴家几次自尽，皆遇救不死，近来遇见此地徐公子，其人也是世家子弟，乃祖乃父，俱身入翰林，只因家道清贫，笔耕度日，一日为朋友约至聚美堂饮酒，奴家见他品学兼优，加以尚未授室，是以情愿委身相从，满想离此苦海。不料鸨母重利，要身价银五百两，徐公子本是寒士，哪里有此巨款？后来各朋凑集此款，以便代交。哪知道胡姓无赖，见奴家略有几分姿色，便与鸨母添价，愿给纹银一千，方才奴家在凤仪亭回来，他已先兑了五百两，鸨母也不顾何人，即将卖券书好，迫令奴家相从。奴家实不甘愿，所以这班如狼似虎的家奴，前来啰唆。今蒙两位恩公搭救，真是感恩不浅了。"说着就拜下去。

日清道："你不必如此，现今依我们说的为是，且到客寓坐一会，想那些人总会复来的。"李咏红见说，只得跟着进了客寓，日清问了徐壁元的住处，就去寻找。哪知他去未多时，早听客寓外面人声鼎沸，说道："这两人是在这里面，莫让他跑了，我们进去先将李咏红抢出，然后再将那两人捆送到官。"圣天子见这样情景，知道前来报仇，便将李咏红往客房里一送，自己站在房门外面骂道："你这班混账狗才，方才打得不够，现在又来寻死，我在此间，谁敢上来？"那些人见一个京腔大汉拦在门口，说道："你这人好大胆，你明明在路上抢人，还说我们不是，莫要走，吃我一棍。"说着，一个四十多岁的家人拿着一根木棍向里面打来。

圣天子见他动手，不觉无名火起三千丈，怒气冲天，提起右腿，早把那人踢倒在院落以内。那人一声高喊道："你们大众全行进来，这人在此动手。"话犹未了，外面进来七八个壮汉，蜂拥前进，皆被圣天子拳打脚踢，倒在地下。开客寓的主人，见闹了这般大祸，连忙上前作揖说道："高客人，你是过路人，何必管这闲事？你一怒事小，我们可要吃苦头了，这些人不好惹的，他的主人，在此地谁不怕他？出名叫胡老虎，你将他家人打得如此，如何是好？"圣天子笑道："你不必怕，一人做事一人当，不怕他再有多大势力，皆有高某担当。"

话还未了，门外面又喊一声，看见一个少年，二十三四岁光景，邪目歪眉，斜戴着小帽，一脸的癫皮，带着许多打手冲进客寓，向主人骂道："你这没眼珠的王八蛋，也不知公子爷的厉害，乱留些恶人在这里居住，连公子将钱买的人，都抢起来了，这人现在哪里？快快代我交出来，与你无涉，若不交出，我打断你这狗腿，然后将他们捆送到官究罪。"店主人被胡癫子这一番怒骂，战战兢兢地道："公子爷开恩，小人实不知情，抢公子的

220

人现在这里，公子捆他便了。"胡癞子抬头一看，见所来的人，一个个已倒在地下，打伤爬不起来，只见喊道："公子爷快叫好手将这强人捆起来，小的们受伤重了。"胡癞子一听，怒不可言，喝道："你们还不代我拿下！"说着，众人一拥而进，有二三十人，将院落围住，内有几个身手好的，上前就打。

圣天子到了此时，也顾不得什么人命，飞起二拳，或上或下，早又打死数人。无如寡不敌众，胡癞子带来的有三四十人，打了一班，又来一班，打了半会，精神已渐渐不足，加之饮酒又多，这一番用力，酒性全涌上来，登时力量不足，手脚一松，上来几个人，已经按住。后面各人见大众得胜，复又一拥而进，七手八脚，抬了出去，往钱塘县衙门而去。到了大堂，只见胡癞子已到，说道："你们在此看守，我进去会了本官，说明缘故，请他立即坐堂，拷问这厮为什么如此凶恶？"众人答应，就在大堂下侍候。过了一会，果然里面传出话来，招呼侍候。只见三班六房差役人等纷纷进来，站在两旁，又过一会听见一点声响，暖阁门开，县官升堂，不知问出何情，且看下回分解。

第三十一回

入县衙怒翻公案
到抚辕请进后堂

话说钱塘县升堂已毕，坐在公案上面，喝令带人上堂问讯，早有几个，将圣天子领到堂下，叫他跪下。圣天子冷笑一声道："你这狗官，不问情由，只听一面之词就来坐堂，干国体何在？上不能为朝廷理政，下不能为百姓申冤，一味贪财枉法，交结绅士，欺压良民。这样狗官，要他何用？还叫俺前来跪你，岂不叫你折死？"知县听他如此痛骂，喝道："左右还不拖下，重打一百！"两边吆喝一声，才要动手，圣天子怒气冲天，纵步上前，早把公案推倒，隔着桌子，就要伸手去打。那知县见来势凶猛，从未见如此厉害，已吓得跌倒公案下面。圣天子又上前将公案踢倒，即将他举起说道："你叫众人打俺，如若动手，先叫你送命。"知县生怕被他打死，赶着说道："好汉快放手，我叫众人散开便了。"那些站堂的差人，见本官如此，也就一哄而散。圣天子将知县放下，说道："今日权且饶你狗命，从速将胡癫子交出，免汝一死，不然连汝这狗官也莫想做。"说着恨恨在堂上坐下，要知县交人。

知县见他放手，早已一溜烟跑入后堂，即刻命人从墙头上出去，到巡抚衙门投报说："强人白日打抢，被获到堂，又复捣乱公堂，殴打县官，请即派兵前来捉拿。"且说这浙江巡抚，乃是龚温如，听了这个消息，吃惊不小，说道："省城里面有此奇事，那还了得？"立刻发了令箭，传令中军，带着标下二百名亲兵前往捉拿，来辕办讯。中军得令前去，早见钱塘县堂上仍坐了一人在那里喊叫，向知府要人。中军一见喝道："你是哪里来的蠢夫，皇家的公堂，竟敢混坐？难道不知王法吗？快走下来，免得老爷动手。"天子怒道："你这有眼无珠的狗才，这小小的知县堂上，俺坐坐何妨？就是巡抚堂上，我坐了也无人敢问，你既奉命前来，就此将知县与胡癫子捉拿辕门，好叫龚温如重办，如何？"

这中军见圣天子如此大话，不将你重责，你不知王法，即叫众兵丁上前拿获。圣天子此时一想，我此时若再动手，徒然伤人性命，这是何必？且日清不知可寻着徐壁元，设若未曾寻到，他回寓见了这样，又必不肯甘休，李咏红见是她的事情，闹出这样大祸来，假使一急，寻了短见，更是不好。我此刻不如跟他前去，见了龚温如，他一定认得孤家，那时叫他传令拿人，将胡用威父子治罪，免得多一番周折。想罢，向中军喝道："你们休得动手，若是无礼，莫说一二百人，就是一千八百，俺也打得开去，既是龚温如派你前来，待我见了他就明白了。"说着站起身，下了大堂，直往门外就走。中军见他这样，不是个寻常之辈，也就跟在后面，出了县衙，指点着路径，到了巡抚衙门，先叫人看守。然后自己穿过暖阁，到了后堂，对龚温如说明，人已捉来，请大人就此坐堂。巡抚因案情重大，不能不自己审问，遂叫人传书差衙役大堂侍候，自己就立刻换了衣冠，从后面出来。但见暖阁门开，三声炮响，龚温如到了堂上，叫中军带入审讯。中军领命下来，将圣天子领到堂上。圣天子向上一望，即见龚温如虽然年老，精神却比以前时候还要强。当即高声道："龚年兄，可认识高某吗？"

龚温如一闻此言，就有疑惑，但见是个熟脸，想不起姓名，听的说高某，心内一动，想道："当今圣上常在近省游玩，听说改名高天赐，莫非就是此人？"再凝神细细一看，吓得魂不附体，赶忙要下来叩头。圣天子看见，连忙摇头道："不须如此，既然认得高某，就请退堂便了。"龚温如见说，知道圣天子不露真名，怕被人认得，登时走下堂来，站在身边，让了进去。然后又传中军，吩咐书差等各退。此时堂下差役人等，究不知这人是何官职，连巡抚大人皆如此恭敬，也不敢问，只得退了出来，在门口打听。

龚温如见书差已散，走进里面，向着圣天子叩头便拜道："臣该万死，不知圣驾到此，诸事荒唐，罪甚，罪甚。"那圣天子笑道："这又何罪之有？还是赶快差人把胡用威父子齐齐拿下，此事不必张声，外面耳目要紧，朕还要到别处游玩，有人询问起，只说是陈宏谋的门生，与兄同年，前来公干。朕此时回寓，看那徐璧元究竟来否？"龚温如此刻已晓得胡用威之子抢夺妓女，被圣天子遇见，只得跪下问道："圣上回寓，臣是立刻签拿胡用威父子正法，还是等圣天子到来施行？"圣天子道："日清还未回来，看徐璧元那里究竟如何？一齐候旨便了。"说着圣天子起身出来，龚温如只得遵旨，不敢声张，在后堂跪送天子。不表他在督辕候旨。

再说圣天子回到寓内，客店主人见他回来，忙问道："客官前去，未吃苦吗？"圣天子笑道："谅这巡抚，敢将我怎样？可恼这知县，如此狼狈为奸，胡家父子自然放纵。待我回京之后，总要将他调离此地，方可为百姓除害。"店主见他说了这番话，在先众人拖到县里，后来又到抚辕，不但无事，反而大摇大摆地回来，心下实在不解，忙上前问道："客官，你老人家自咋回来寓，今早就匆匆地出来，及至回来又闹了这事，究竟你老人家尊姓？听你口音，是北京人氏，现在到此有何公事？"圣天子道："某乃姓高名天赐，与这里巡抚是同年，京中军机大臣陈宏谋是我的老师，现在有公事到江南，路过此地，听说西湖景致甚好，所以绕道到此一游。但我同来的那人，可曾已经回来？"又问道："那个妓女哪里去了？"店主人道："那个客人，见他匆匆回来，听见你老人家遭了这事，他也问李咏红到了何处去？我因胡家人多，不敢与他争论，客官走后，胡家就带人来，将咏红抢去，我将这话告诉他，他就怒不可言，在后追了前去。"圣天子听见这话，大约日清到县里寻找，不然就跟到胡用威家中要人，谅也不会妨事，我且在此等他。

此时已是上灯时分，店小二掌上灯来，圣天子就一人在房中闲坐，又要了一壶酒，在那里小饮。过了一会，送上晚饭，圣天子也就一人吃毕。忽然店小二进来说道："外面有人问高老爷呢，请示一声是见还是不见呢？"圣天子想道："我到此地，并无熟人，还是何人问我，倒要见他谈谈。"说道："你且将他带进来，究是谁人？"小二出去，领着一个三十上下后生，走到里面，向圣天子一揖道："小生萍水相逢，素无交谊，乃蒙慷慨，如此竭力相助，可敬可敬。"圣天子将他一望，见他衣服虽不华美，却非俗恶的公子，那一种清高气象现于眉宇，听他所说这话，乃道："老兄莫非就是徐壁元吗？"后生赶着答道："适蒙令郎见召，特来请安，但不知尊公将胡姓家丁驱逐之后，曾否再有人来，妓女咏红现在何处？"

原来徐壁元早间在聚美堂同李咏红说明，如众朋友能代他出力，也凑一千银子与鸨母，则就完全无事，若仍有别故，只得各尽其心，我今生也不另娶。李咏红听了这话，格外伤心，说："你不必如此，我已经心死了，果真不能如愿，我拼一死以报知己而已，你此时且在我这里等回信吧。"哪知咏红才到凤仪亭，胡家已趁此时将银子缴来，通令鸨母写券画押，徐壁元见事已如此，不能挽回，所以气恼，独自一人回去。及至周日清寻到他那里，说明来历，才知道咏红被圣天子拦阻下来，就在福星照客寓里，他就请日请先行，自己随后前来面谢，谁知咏红又被胡家抢去。此时圣天子见他询问，笑道："老兄在此稍坐，立刻就有消息，但这事已惊动官府了，不是老夫有些手脚，自己且不能摆脱，何况老兄的贵宠？"徐壁元惊问道："现在究何说法，令郎到何处去了？"圣天子就把胡癫子带人前来，以及闹

225

到县衙，后来到抚辕的话说了一遍。徐壁元方才知道，起身称谢道："失敬，失敬！原来先生是文教中人，现官京职。既是如此，寒舍不远，不如光降数日，便可叨教，较胜客馆寂寞。"圣天子也甚欢喜，说道："且等日清回来，再定行止吧。"

徐壁元嘴里虽如是说，心里仍是记着咏红。正在房内盼望，日清已走了进来，圣天子问道："那里事情如何处置，现在李咏红何处去了？"日清道："我国谊父被人拖到抚辕，怕有尴尬，赶着到了那里，见辕门口毫无声息，内心疑惑，就闻人说抚台已坐过堂了，有一位姓高的，是个大官，抚台见了随即退堂，我想此事绝无妨碍，故而问明路径，便到胡用威家中。见他门口有许多人拥着，也不问情由，打了进去。哪知龚温如已派人到胡家，将李咏红带至抚署去了。我想这事，既是抚台做主，谅无意外之处，所以也就回来，但是此间被谊父打死的这些尸身，店家如何设法？"

圣天子被他这句话提醒，连忙将小二喊来问道："方才打死胡家的那几口尸身，到哪里去了？何以我回来，一点事没有？"店主人道："是钱塘县那里，着人来抬到前面草庵里收殓去了，小人也不知何故。"圣天子一听，知是钱塘县听见抚宪不问这案，退入后堂接见，晓得不是寻常人，故而预先收尸，免得再生枝节。因道："既钱塘县抬去，那就是了，但是我住了两天，多少房钱，说来好给予你，我们要到徐公子家里去呢。"不知真去与否，且看下回分解。

第三十二回

杭州城正法污吏
嘉兴府巧遇英雄

圣天子叫小二，将房钱算明，预备给他银两，搬到徐壁元家居住。当下店主人算明房钱，就由日清给付，一同与徐壁元出了店门，信步而去。约有一里远近，已到门首，只见小小门墙，起居不大，壁元先进去招呼，复行出来迎接，圣天子到了里面，见是朝南两进住宅，旁边一道腰门，过去是两间书室，内里陈设颇觉雅洁，壁上名人字画亦复可观。圣天子坐下，当有小童献茶已毕，圣天子问道："老兄既通书史，何不立志读书，做此狎邪之游，有何意趣？"壁元道："先生之言，何尝不是，乃小生自得一怜，屡战不第，又因家道贫苦，不得不谋食四方，所以那用功两字，无暇及此。去岁由他省归来，偶与朋友会，遇此名姝，一见倾心，令人难舍，不料多情却是无情，惹出这番祸来，思之再四也是羞惭。"

圣天子见他言语不俗，心下想道："他口才例如此灵捷，但不知腹中如何？若能内外兼美，这也是有用之才，且试他一试如何，再作道理。"想罢向壁元道："老兄如此说来，虽是一时抛荒，那从前佳作，谅皆锦绣，老夫虽不弹此调，然眼界还不致大讹，何妨略示一观，借叨雅教。"壁元见他是个作家，本来自己手笔甚好，此时又承他周全，岂能拂意？说道："小生俗语方言，不足为大雅一晒，既蒙指示，只好遵命现丑。"说着，将平日所做

227

的诗词歌赋全行取出。圣天子展开一看，真是气似游龙，笔如飞凤。看过一遍，称赞不已，说道："老兄有如此才华，困于下位，可惜，可惜！但不知历来主试者，有一二人赏识否？"壁元道："上年岁试，郭大宗师曾拟选拔，未及会考，宗师病故，以后又为捷足者先得。"圣天子听说，赞叹交集，说道："老兄终年游学，无可上进，何不取道入都，借图进步？"壁元叹了一口气道："一言难尽，小生先父也曾供职在京，只因清正持躬，一贫如洗，及至临终之日，勉强棺殓。家中现有老母，小生若再远离，来往川资，既无此巨款，且家母无人侍奉，所以想将李咏红娶回，一来内顾有人，二来小生可以长途远去。不料事又如此，岂非命不如人吗？"

天子见他如此说法，倒也是实情，乃道："你不必为此多虑，老夫与龚温如既是同年，他将李咏红接去，定有好音，老夫明日即须赶往他处。我有两封书信，你明日可取一封，先到抚辕投递，自然咏红归来。另一封可速往京都，到军机陈宏谋处交递，信中已历历说明著他位置，我乃是他门生，见了此信，断无没位置之理，如问某何日回京，即说不日就回，到抚辕里面，也是如此说法。"徐壁元一一答应，此时日清已由客店回来，三人谈论了一回，已是三更时分。徐壁元的母亲，听见外面有客，已着小童送出一壶酒，并八个下酒的菜碟，当下三人饮了一会，各自安歇。

次日一早，圣天子就在书房内下了两道旨意写好。却巧壁元已由里面出来，见天子与日清早经起身，赶着叫人送出点心，让他二人吃毕。天子就将两封信交与壁元道："老兄等我们走后就去，定有佳音，如果到京，再在陈宏谋府中相见是了。"说着与周日清两人告辞，向嘉兴而去。

这里壁元等他走后，也未将书信拆开观看，谅非谎话，就与人借了衣冠，一直来到抚辕，先在门上说道："昨日来的那位高老爷，有书信在此，嘱我面呈大人，望即代回一声。"门上见他说是高老爷那里来的，哪敢怠慢，随即去回明龚温如。抚台一听，连忙大开中门，升炮迎接。门丁也不知何人，如此尊贵，因是本官吩咐，只得报呼出来，对壁元说道："大人有请！"只听三声炮响，暖阁大开，龚温如早已着了公服，迎下阶来。壁元此时实在诧异，道："我不过一个生员，何以抚台如此恭敬，就是看高大人之面，也不致如此。"只得上去彼此行礼，分宾主坐下。龚温如随即叫人紧闭宅门，所有家人一概退出。壁元格外不解，也只得听他摆布。龚温如见人尽退，便向壁元问道："天使有何圣命？可先说明，好备香案。"

壁元见问，诧异道："生员并非天使，只因高老爷昨日之事，投入辕门后，即在生员家中居住一宵，说与大人是同年至友，今早因匆匆欲赴江南，未能前来告辞，兹有亲笔书信一封，嘱生员来辕投递，如此而已。"龚温如道："老兄有所不知，昨日并非高某，乃是当今天子，游历江南，来此观西湖景致。昨日老夫方见，圣驾既有意旨，请天使稍坐，着人摆香案开读。"说着喊进两人，招呼速赴大堂摆设香案，恭接圣旨。那些家人个个惊疑不定，只得忙忙地传齐职事，摆设已毕，进来请徐壁元就读。龚温如出了大堂，当面站定，行了三跪九叩礼，然后跪在下面，请天使开读。徐壁元只得将圣天子与龚温如的信恭读一遍，读毕，将这旨意当中供奉。龚温如起来，又将徐壁元请入后堂，设酒款待，问他何日前来领人。

徐壁元此时知是天子的恩旨，也就望阙谢恩，向龚温如道："生员不知是天子，故而草草前来，此时既知圣命，也不敢过于草率，只好择吉前来亲领。"二人散席之后，徐壁元告辞出来。龚温如立即传了藩司，将钱塘县革职撤任，委员处理。然后传了仁和县带同辕门亲兵，将胡用威父子捉来正法，所有家产，抄没入官。隔了数日，徐壁元动用了衔牌职事，花轿鼓乐，到抚辕将李咏红娶回，然后择日进京不提。

且说天子与周日清别了徐壁元，听说嘉兴府属，人物繁华，地方秀雅，就同周日清取道而行。不日已到境内，进入府城，只见六街三市，铺面林立，虽不比杭州热闹，却与松江相仿。当日在府衙前，东街上择了万安公寓客店住下。小二招呼已毕，拣了单房，打开行李问道："客官是在家吃饭，还是每日假馆？"日清道："你且讲来，吃饭怎样？不吃饭的又怎样？"小二道："我们店例，不吃饭，单住房，每日房价大钱四百，吃饭在内，却是加倍。"圣天子听说，道："哪里能一定，你每日就照在家吃饭预备便了，将来一起算钱，但是房屋吃饭皆要洁净。"

小二听说，知道是个阔手，连声答应，出去打脸水、送茶，诸事已毕，掌上灯来。天子道："此时天晚，也不能出去，你且暖两壶酒来，照寻常菜外，另有什么，多摆些进来，一总给钱与你。"小二格外欢喜，忙道："我们小店自制的嘉兴肉，美味投口，老爷们要吃，就切一盘来下酒。"日清道："好极，我们在外路，久听说此地有这忭美肴，非是你提起，倒忘却了。"说着，小二走了出去，切了一盘肉进来。两人饮酒大吃，实是别有风味，吃了一会，还未收去，忽听叮当一声响，接着有人骂道："老子在你们店中暂住，也不是不给房饭钱，为什么人家后来的要酒要菜，满口答应，老子要嘉兴肉，就回没有，这是何故？究竟有也没有？再不送来，老子就要连家伙捣毁。"只听店家道："你虽是付钱，也该讲个情理，我们这嘉兴肉，虽卖与客人，不过是应门面，才来的这位客人，因他是初到此地，不能不给他一盘。你每日每顿要这嘉兴肉，哪里有这许多？你不愿住在此处，嘉兴这么大的地方，客寓并非只我一家，尽管搬到别处住，也没有人硬拖住，你这样发脾气来吓谁？"

那人被掌柜的这一顿抢白，哪里耐得下，接着冲了出来，揪着掌柜就是两拳，骂道："你这死杂种，先前同我说明缘故，老子也是吃饭的，难道不讲理？为什么来的时节，你就说：'我家房屋洁净，要什么有什么！'你既说得出这句话，就不应将我做耍，方才我要就没有了，果真没有也罢，为何奉承别人，独来欺我？我说两句，还道我发脾气，你难道开的黑店吗？我就打你一顿，看你申冤去。"说着又是几拳打下，那个掌柜的先还辩嘴，后来被打不过，只得乱喊救命。

天子听得清楚，知道为饮食所致，赶忙与日清出来观看，见那人四十岁上下，长大身材，大鼻阔口，两度高眉，一双秀图，身穿湖绉短衫，长裆马裤，薄底快靴。那种气象，甚是光彩，不是下等人样子。忙上前拦道："老兄尊姓，何必与小人动怒？有话但须说明，拳脚之下，不分轻重，设若打出事来，出门的人反有耽误，请老哥撒手。招呼他赔你不是便了。"那人见天子如此说，也就松手，说道："不是在下好动手脚，实是气他不下，方才所说，诸公谅该听见，可是欺人不是。"说着松下手来。日清就上前答话，问他姓名，不知此人说什么话来，且看下回分解。

第三十三回

害东翁王怀设计

见豪客鲍龙显能

话说嘉兴府客店内，有人闹事，揪着掌柜的乱打，圣天子赶着那人劝开，问他的姓名，那人道："在下是安徽人氏，姓鲍名龙，不知二位尊姓大名，何方人氏？"天子道："某乃姓高名天赐，这是某的继子，姓周名日清，直隶北京人氏，阁下既是安徽人，到此有何贵干？"鲍龙道："在下本在安徽军营内当杂长，只因有个表弟居住此地，广有家财，因念军营太苦，欲投奔到此，筹办盘川，想在广东另谋进身。不料表弟被人攀害，坐入县牢，家中皆女眷，不便居住，所以住在这店内，哪知道这掌柜与小二，如此欺人。"天子见他出语豪爽，说道："他们小人，类多如此，足下不必与他较量，且请到某房中聊饮二杯！"

说着就将鲍龙邀入自己房内，复叫小二暖了一壶酒来，将嘉兴肉多切两盘，小二此时被一闹，也无法想，只得又切了一大盘嘉兴肉放在桌上，与他三人饮酒。天子见鲍龙毫不推辞，举杯就饮，你斟我酌，早将一壶酒饮完，复唤再添酒，天子问道："鲍兄说令表弟为人攀害，但不知究为何事？何妨说明，如可援手，也好大家设法。四海之内皆兄弟也，岂可坐视其害？"鲍龙道："高兄有所不知，舍表弟姓郭，名叫礼文，乃是贸易之人，就在这府行前，大牌坊口开过钱米铺。他是个生意人，自然各事省俭。

店中有个王怀，乃是多年的伙伴，所有账目，全在他手里，每年到年终，除薪水外，表弟必多送他数十千文以作酬劳。在表弟意见，已是加丰，哪知这王怀还说太少，明地里不好与他讲论，暗地就在账上东扯西欠，不到半年工夫，净欠八百数十，这日被我表弟查出，起初因他是旧友，或者一时讹错，也未可知，不过问他一声，请他弥补。不料他知已露出马脚，就把心偏了过来，嘴里答应照赔，到了一月之后，又空二三百元，我表弟见他如此，知他有意作弊，就把他生意辞退，他不说自己对不起东家，反因此怀恨。却好隔邻有座小客店，不知哪日无意落下火种，到了二更以后，忽然火着起来，顷刻间，将客店房屋烧了干净。当时表弟等人从梦中惊醒，自己店门还保护不及，哪里还有工夫去救人家呢？这小客店的店东，不怪自己不谨慎，反说我表弟见火不救，次日带了妻小到店中吵闹。表弟本来懦弱，见他如此闹法，也是出于无奈，从来只有宽让窄的，因道：'你不必这样胡闹，我这里送你二十两银子，你到别处租些房屋再做生意去吧。'这小客店的人，见有了钱也无话说。不知怎样，被这王怀知道，他就去寻小客店内店主的老子说：'郭礼文有这样家财，你不讹诈他，去讹诈谁？二十两银子，只是个零数，我这里有个好讼师，请他代你做张状词，包管到县里一告就准，不得一千，就得八百。那老头子是个穷人，被他一番唆使，就答应照办。王怀当时寻了这里一个出名的讼棍，叫杨必忠，却是文教中的败类，说明得了钱财三人瓜分，就捏词嫁祸，写了一张状词，说我表弟放火害人，恃财为恶。到了告期，那小客店的老头子，就去投告。起初，嘉兴县吴大爷还清楚，看了一遍就扔下来，说：'郭礼文既有钱，绝不肯这么做，显见是有意诬害。'哪知杨必忠又做了第二张状词，说郭礼文自己有钱，怕小客店设在隔壁，人类不齐，恐怕偷窃他店中物件，故此用些毒意，放火烧了，不然何以郭礼文情虚，肯给纹银二十两，令他迁让。这个禀帖告进去，那些差役人等，皆知郭礼文有钱，在县官面前，加了些丑恶的言

233

语，说得县官批准提讯。到了提讯的这日，我表弟胆又小，见公堂上那等威武，格外说不出话。县官因此疑惑，竟致弄假成真，将他收入监牢，遵律治罪。在下前月到此，因他家别无亲友料理这事，故而具了一禀，想代他翻案，奈至今日，还未批出。你二公想想，这不是不白之冤吗？在下不是碍着表弟在监，怕事情闹大更属难办，早将那王怀打死，天下有这样坏心肠的人！"

天子听他说了这番话，又见他英雄赳赳，倒是个热肠汉子，说道："老兄不必焦虑，明日等某就到县里。代你表弟申冤。我看你如此仗义，断不是个无能之辈，从前曾习过武艺，有何本领，何妨略示一二？"鲍龙道："不怕二位见笑，我鲍龙论武艺两字，也还不在人下，只因性情执拗，不肯卑屈于人，所以在军营一向仍是当个杂长，那些武艺平常的，会巴结会奉承，反在我之上，到了临阵交锋时节，就显分高下了。"天子听说，也是代他负气道："我道京外文官，是这等气节。在武营中，也是如此，岂不可恼，我看后面有一方空地，现在无事，何不略使拳棒，以消永夜？某虽不甚熟，也略知一二。"鲍龙谈得投机，也不推辞，三人就出了房门，来至院落，将袖子卷起，先使了一起腿，然后开了个门户，依着那醉八仙的架落，一路打去，起先还看见身体手脚，到了随后的时节，哪里见有人影，如同黑团子一般，只见上下乱滚，呼呼风响。天子此时赞不绝口，道："有此良才，困于下位，真令英雄无用武之地了。"一路打完毕了，将身子往上一纵，复行向地下一落，手脚归了原处，神色一点不变，说道："见笑大方！"天子道："有此手段，已是可敬，岂有见笑之理？但不知老兄愿进京吗？"鲍龙道："怎么不愿，只因无门可投，故而不做此想，若早有人荐引，也等不及今日了。"天子道："既如此说，明日先将你表弟事厘清，高某与军机大臣陈宏谋是师生，将你托他安置，绝无不行之理，大小落个官职，比较似觉强多了。"鲍龙大喜道："若得你老提拔，也就感恩不尽了。"

三人复由外面进来，谈论了一会，然后各自回房安歇。

　　一夜无话，次日早间，天子起来梳洗已毕，先到鲍龙房内，见他已经出去，心下想道："我同他约定一齐到县里结这事，何故他一人先走了？"只得复又出来，回到自己房中。日清已叫人将早餐备好，两人用毕，鲍龙已走到房来。天子问道："方才前去奉访，见老兄已不在那里，如此绝早，到何处公干？"鲍龙道："昨因你老说，同在下今日赴县里结这事，唯恐衙门内需使费用，故到舍亲处，将你老的话说与家姑母、表弟媳知道，他们感激万分，嘱在下先行叩谢，候表弟出狱后，再进前来趋叩。"天子道："说哪里话来，大丈夫在世，当以救国扶危为是，况且又替地方除害，一举两得，有何不可？我们就此同去吧。"鲍龙答："是！"三人一齐出了客寓，行不多远，到了嘉兴县衙门，只见头门外挂着一扇牌，是"公出"二字，因向鲍龙说道："来得不巧，县官出门去了，也不知是上省，也不知是因案下乡勘验，鲍兄何不打听打听？"鲍龙道："既是县官公出，此刻就便进去，也是无用，还是让我打听明白，到底哪里去了，几时回来？"说毕请天子与日清二人在外面稍等，他便自己寻着那承行的书办，问道："县太爷往哪里去了？"书办道："进省公干，昨日奉到抚台公事，调署钱塘首县，因此地交代难办，暂时不能离任，所以进省，将这话回明上宪。"鲍龙道："钱塘县难道没有县官吗？为甚要调他前去？"那书办道："你还不知道呢，现在当今皇上南巡，见有贪官污吏，轻则革职，重则治罪，这钱塘县因断案糊涂，却值圣上在杭游玩，下了旨意，把钱塘县革职，着抚台另委干员署理，我们这位太爷，声名还好，所以将他调署首县，两三日也就可回来了。"鲍龙打听清楚，转身出来详细说了一遍。天子知道龚温如接着圣旨，依旨办了，心中顿觉欣慰，又问："前曾听说苏小小坟在这城内，不知鲍兄可曾去过吗？"鲍龙道："晓却晓得，并非只为游玩而去，只因在下由本籍到此，曾从那坟前经过，故而知道，二位如欲去游玩，鲍某引路便了。"

天子听了大喜，就约他同去游玩，鲍龙答应。三人信步而来，有三四里光景，已到前面，只见远远的一派树木，将坟墓绕住，坟前一块石碑，石碑上写"苏小小墓"四字。天子向日清说道："可见人生无论男女，贫贱富贵，总要立志，然后那忠孝节义上，总可各尽其道。你看苏小小只不过当年一个名妓，一朝立志，便千古流传，迄今成为佳话。我看那些贪财爱命的人，只顾目前快乐，不问后来的名声，被人恨，被人骂，到了听不见的时节，遗臭万年，岂不被这妓女所笑？"鲍龙在旁说道："你老所见不差，只是而今之世，被苏小小笑的人多着呢。但为妓女，不如她也就罢了；最恨那一班须眉男子、在位官员，也学那妾妇之道，以博上宪欢悦，岂不为苏小小羞死？"两人正在坟前谈论，早又闹出一件事来，不知后事如何，且看下回分解。

第三十四回

重亲情打伤人命
为义上大闹公堂

　　话说鲍龙正在议论，天子见苏小小坟上，地势风景十分美雅，与鲍龙谈论一番，就在坟前席地坐下。忽见对面来了两人，低低地在前面说话，见那神色，却非正道。天子因不知是何人，自然不甚留心。唯有鲍龙一见，赶忙静静的，不动声色地躲到那二人背后窃听，只听那人道："你为何今日到这里？"又一人道："我因你那张犯词，虽然告准，不料以假成真，现在虽想他几百两银子了事，也不可能，这位官实在古板，若说一句反悔话，他又翻过面来，我们又吃不消。本是想他些钱文，现在钱想不到手。他虽吃了苦，我却把那二十两银子贴用完了，今日在家实在没法，因来此地，看有什么游玩客人，如有认识的，想向他告帮，凑几文度日。"那一个道："你这人好糊涂，做事也不打听打听，现在我们这里的县太爷调首县去了，难道换个新官来，也像他吗？只要在门稿上放个风，说郭家的财产极多，现在这官虽不要钱，谁走上了这条路，还怕郭礼文不肯用钱吗？那时我们也好想办法了！"

　　话未说完，早把鲍龙气得忍耐不住，跳上前去骂道："你这两个死回，已经害得人家下狱，现在又想这恶念，郭礼文究竟与你们何仇，如此害他？"说着走上前去，早把一个四五十岁老者揪住往地下一放，举起拳头，在背上就打，不过几拳，早把那人打得口吐鲜血。那一个见鲍龙如此凶猛，一溜烟早跑开去了。

　　天子见鲍龙如此毒手，生怕将老者打死，又是一件重案，连忙上来劝解，见那人睡在地下，已是不能开口。鲍龙道："这就是我对你老述说的那个王怀，他将我表弟害到这般地位，他还乱想心思，等新县官来复行翻案，这种人不将他打死，留他何用？"说着又几脚，早把那人打得呜呼哀哉。天子道："这人已经打死，他家岂无家属，定然前来理论，报官相验，你是凶手，怎么逃得过去？"鲍龙道："大丈夫一人做事一人当，岂有逃走之理？我此刻就去自行投到。"说着就把王怀两脚提起，倒拖着就走。天子与日清说道："此人倒是个有胆量的汉子，孤家若不救他，甚是可惜。"正要喊他站住，前面早来了八九个人，手中执着兵器，蜂拥而来，喊道："凶手往哪里走，你打死人不算，还将尸首倒拖，这是何故？"说着来了三四个人，将鲍龙捆住，往前面抬去。

　　天子大喝一声道："你们这班狗才，若早将他放下，免得眼前吃亏，若有半个不字，叫尔等死在目前。"那一班人听了他说这话，皆说道："必是同谋之人，我们也将他带去，好轻我们的身子，如不然，他何以代鲍龙掩饰？"说着又上来几个，就想动手。早被天子两脚一起，踢倒几个，后面日清接着又是一阵乱打，早就打倒几个。众人见势不佳，只得将鲍龙放下，又不敢将他放走，只得跟着他三人而行，到了城内，鲍龙果然是英雄，绝不躲避，一直向衙门而来，到了门首大堂上喊道："今日是谁值日，苏小小坟前那个王怀是我鲍龙打死的，你们快来代我报官，了结此事。"那值日差听说，赶忙上来问明缘故。那班捉他的人正是当方的地保，因客店的店主见王怀已死，赶着到地保那里送信，所以众人将鲍龙拿住。此时见差人来问，他们就将打死情由说了一遍，差人只得先将鲍龙收入班房，等候县官勘验。正闹之际，已有一人骑着一匹马，跳到面前，在大堂下骑，匆匆地进了里面，不多一会工夫，里面传出话来说："老太爷已抵码头，快快预备侍候，不可怠慢！"值日差一听，就把鲍龙带入班房，喊齐职事到码头去接。

此时天已正午，天子怕鲍龙肚饥，就在身边取出一锭银两，叫日清买了些点心、大饼送到班房与鲍龙充饥，就与日清回转客寓。吃了午饭，复行到了县衙，见大众纷纷，皆说县太爷回来了，顷刻就要升堂。二人走到面前，果见公案已在大堂上设下，两边站了许多差役。天子与日清站在阶下，专待县官出来，听他审问，如不公正，再上去与他理论。主意想定，只听一声鼓响，暖阁门开，嘉兴县早走出来。天子往上一看，这人有五十多岁，中等身材，黑漆漆的面，一双乌灵眼，两道长眉，是个能吏的样子。升座已毕，先传地保上前问道："你既为地方上公人，他两人斗殴，你就该上前分解，为何坐视不救，以致闹成人命？凶手现在何处，姓甚名谁？"地保禀道："大老爷明见，这凶手非是别人，即是郭礼文的表兄，因他表弟被王怀唆人控告，收入监禁，路见王怀，挟恨寻仇，打中致命身死。凶手现在班房，求老爷提他到案，便可得知底细了。"县官听说，随即吩咐："带凶手！"下面差役答应，当由值日差到班房内，将鲍龙带至堂上跪下。县官问道："你姓什么？你表弟因放火害人，本县已问明口供，收监治罪。汝是何人，胆敢挟仇打死人命，快快从实招来，免致吃苦。"

鲍龙也全不抵赖，就将对天子说过的话，一五一十，在嘉兴县堂上说了一遍。县官道："这明是你挟仇伤害，若说郭礼文冤枉，本县连刑都不用，他就自认不讳，可欠显系实情，尔之所供，显见不实，本县先将你收禁，等相验之后，再用刑讯。"说着，叫人钉镣，将鲍龙收监，一面打轿起身。到苏小小的坟前相验。仵作上前细验已毕，只听报道："一确是斗殴致命，三处俱是拳伤，下面二处亦是致命。"县官听报，复行离座，观视一周，当命填了尸格，标封收验已毕，打道回衙。

此时郭礼文的母亲，已听见鲍龙将王怀打死，自己首告，收禁起来，赶忙到衙门打听，果然不差，更加痛哭不止。天子见了这样，忍耐不住，见县官才进内堂，他就将大堂的鼓乱敲起来，那些差人吓了一跳，说道："不好了，这件案子未消，又有人来喊冤了。"赶忙跑过去问道："你是何人？在此地胡闹。有何冤枉？快快说明，大老爷立即升堂。"天子道："你就进去禀知你家本官，说我高天赐代朋友申冤，快些令他出来见我。"那差人听他如此大语，已是可恶至极，说道："我们就进去代他回一声，若是没有冤枉，官是必定动怒，免不得有个扰乱公堂的罪名，重则治罪，轻的也要打几十板。"说着，到了里面回道："外面有一姓高的，不知何故击鼓，问他也不肯说，只请老爷坐堂，请老爷示下。"嘉兴县官听有人喊冤，怕他真有冤情，遂道："通知他不必再击鼓，我立即升堂便了。"差人走出，县官果又具了衣冠，坐了大堂，传击鼓人问话。天子听说，走到前面，立而不跪，向着县官拱手道："请了，请了！高某因郭礼文、鲍龙皆遭无妄之灾，为人陷害收入监牢，望你看高某之面，将他放出。"县官说道："胡说，还不代我下去，此乃人命重案，你是何人，前来作保？岂不是自投罗网。本县始不深究，好好下去具结，以后不得再行击鼓。"天子听说，笑道："莫说你这小小知县不能阻我，就是督抚，也不能奈高某怎样，王怀实死有余辜，若再不将鲍龙放出，高某一时性起，也不问你何人，将你乱打一阵，看你可认得高某手段。"

　　知县听他这一番话，不禁大怒，喝道："你这人好不知利害，莫非疯了吗，若再在此乱说，这公堂之上，也不问你何人，可就要治罪行刑的。"天子道："我高天赐也不知见过多少大小官员，岂畏你这小小知县，若以势力压我，先送样厉害与你。"说着，举起右腿，在暖阁上打去，早把屏门打倒。知县此时也顾不得什么，忙把惊堂木一拍："左右给我拿下！"差人一声吆喝，拥上前来动手，早被天子一连几腿，打倒几个。众人因在苏小小

240

坟前吃过他的苦头，晓得他的厉害，哪敢再上前来。知县见此情形，又将惊堂木大拍起来，唤道："快拿人！"天子岂容他威武，打得性起，抢到堂上，伸手就想打他，县官见势不妙，赶着入后堂去了。毕竟后事如何，且看下回分解。

第三十五回

周日清力救郭礼文
李得胜鞭伤鲍勇士

话说嘉兴县跑入后堂，周日清见不可以理论，即将原差抢住一个，先打了几拳，只听那原差叫喊连天，但求饶命。周日清当下说道："你快将鲍龙、郭礼文交出，万事干休，不然，就将你这狗头打死。"那原差被打不过，哀求说道："此事我不敢专主，需本官答应，才可放他两人。"周日清不由分说，即拖着原差，勒令交人，原差也是无法，只得将他带入监中，早听得鲍龙在内骂不止声，日清听见，喊道："鲍兄在哪里？我周日清前来救你。"鲍龙听见，真是意想不到，忙答道："我在这里！"日清听说，立即进内，只见鲍龙戴着刑具，不禁大怒，走上去将刑具打下，随即问道："你那表弟现在哪里？"鲍龙道："就在这隔壁。"遂喊道："表弟，现在高老爷来救我们了，你可快出来！"郭礼文在内，听见有人前来劫监，反吓得如见鬼一般，浑身发抖。周日清作急跑了过去，也就将他这刑具打下，随着自己在前面开路，不一会已到大堂。

天子见他们出来，聚在一起，望着堂上说道："今日饶汝狗命，下次再如此糊涂，定不饶恕！"说着与周日清、鲍龙出了县衙门，道："你们预备往哪里去？"鲍龙道："闹到这个地步，此地谅想不能住了，小人拟想先回表弟家中，将所有细软收拾起来，连忙奔往他乡暂避。"天子道："如此岂

242

不把郭家产业闹个干净？不必如此，总有高某担当，你仍将他送回去居住，无论有天大事情，高某总有回天之力。"鲍龙见说这话，也就依着说道："你老在客寓，也不稳便，倒不如也搬到我表弟家中，就是有些动静，彼此也有个照应。"天子也就许可，叫日清到客寓搬运物件，自己却与鲍龙一起到郭礼文家。

此时他母亲妻子，见礼文回来，真是喜出望外，赶忙出来问他："怎样放出来的？"鲍龙怕她们女眷担不住事，故不敢将实话说与她们知道，但说是这位高老爷设法，把表弟救出来的，你们只谢高老爷便了，郭礼文的母亲也不知是何人，只得依着鲍龙的话，上前称谢，天子也就谦逊了两句。不一刻工夫，已见日清把物件运来，就在郭礼文店堂后面一进住下。店里一班伙计见主人出来，也就个个欢喜，哪知到街上一看，只见众人纷纷乱跑，说："县里有北京人大闹公堂，把监犯劫去了，此刻县里已紧闭四门，禀了府太爷，传齐守城官，前来搜获，难保不出事，我们快些走的好，免惹不必要的麻烦。"说着大家各跑回去，顷刻间，街上店面皆关起门来。

有个伙计见了这样，知是鲍龙他们的事，飞奔回来向礼文说道："不好了，城门现在都闭了，守城营已经调兵前来，我们这里怎说，要走就快走，还可赶得及，不然此次被他捉住，就是你三人有本事，恐怕敌不过这些人。"郭礼文听说，吓得魂飞天外，说道："我一人招了这横祸，不过一人受罪，家小还不妨害，承你三人将我救出来，闹了这大乱子，连累你们也是逃不了这祸，怎样是好？"鲍龙先前也还不怕，此刻被礼文说了这话，看见他两眼流下泪来，也就不免惊慌。天子说道："你们不必如此大惊小怪，我此刻写封书信，叫日清赶往杭城，来往不过五日工夫，包管你们无事，现在虽然闭城，只要他前来，先打他一个精光，后来让我到嘉兴府去，见了府官与他说明，谅他不敢怎样。过两日等日清的回信前来，可就没事了。"众人见他如此说法，到了此时，也只好听他摆布，遂即取过文房四宝。天子就避着人下了一道旨，用信封封好，交日清收取，又叫郭礼文摆上饮食，让日清赶快吃饱，奔到杭州抚辕投递。日清答应，又招呼鲍龙小心服侍干父，自己一人前去不提。

且说嘉兴府姓杨叫长祺，是个两榜出身，向做京官记名道府，却巧这嘉兴府出缺，例归内选，就将他补了这缺。其人四十五岁，虽是个文人，手脚上甚有功夫，因他父亲杨大本，是个武状元出身，他少年随着父亲在任上，所以习文之下兼之习武。这日正在行内料理上下公事，忽见值日差匆匆的同着门丁家人进来说道："请老爷赶快出门，现在嘉兴县内有一姓周的，叫日清，同一个高天赐，在大堂上将县官周光彩老爷打入后堂，又将犯人郭礼文由监内劫去，还在城外苏小小坟前打死一人。"杨长祺一听自然惊慌起来，说道："府城白日里有如此事，这还得了，快备马来！"手下赶着，将他平日所骑的一匹白骏马上好了鞍，带了亲兵小队，杨长祺就上马飞奔而去。到了县衙，见城守已到那里，忙问周光彩："怎样了？"

周光彩赶紧上前禀道："卑职由省里回来，还未到大人那里禀见，因苏小小坟上地保人证前来喊冤，王怀被鲍龙打死，报请相验。卑职以事关人命，只得飞身前去，回来将凶手鲍龙获住，才钉镣收禁，忽然来了两人，不遵听断，殴打公差，将大堂暖阁俱自打倒。卑职才要擒捉，差役又被他打倒逃走，随即到监内将鲍龙及前次放火的监犯郭礼文一起劫去，是以卑职飞禀大人，请闭城门，将城守营调来搜捉，谅此三人，必在郭礼文家中，务必擒获正法。"杨长祺道："既然如此，可快前去。"说着自己先带了小队前去。此时周日清已经将天子的书信藏在身上，出了大街，见远远人声鼎沸，飞奔而来，知道寡不敌众，只得绕到小路，向城外走去，将到城门，快要下锁，被他大喊一声，举起右腿，将门兵打倒，开了城门如飞而去。这里天子见日清走后，叫鲍龙找出两根铁棍，自己取一根，在店门外站立，叫鲍龙取一根在里面保护家眷。所有店内的伙计，早已逃走无踪，分拨已定，见街上百姓纷纷奔逃，说今日闯出一场大祸，城守营同县太爷都来了。

天子向前抬头一看，果然呐喊一声，当中一人骑着一匹白马，手中提着一根棍子，后面也有一人骑马，提了钢鞭，领着手下兵丁一路而来。天子不等他到面前，就迎上去，向嘉兴府杨长祺喝道："你为一郡太守，全不精心察吏，听凭下属冤枉百姓，高某已将郭礼文同鲍龙二人由监内带回，你此时前来何干？"杨长祺听得他自称高某，说将犯人带回，谅必就是此人，吩咐一声："代我拿下！"那些兵丁听见府大老爷叫拿，一个个如狼似虎拥上前来，虽然人多，哪比天子威灵，只见大喝一声："休得动手！待高某送汝等回去。"提起铁棍，上三下四盘旋如舞，早把那些兵丁打散。

这嘉兴府内，虽是个城府，从未经过这事，所有那些亲兵小队，平时见着威武，哪知全是些架子，到了临时，一个有用的没有。杨长祺见了这样，只得自己举动棍子，向天子面前打来。天子见他来得勇猛，大喝道："狗官！有我在此，敢如此恃勇？"谁知皇上福气真大，杨长祺平时武艺虽是高强，就被天子这一喊，究竟是个君臣，不能侮犯，突然两臂一酸，那根棍子如千斤之重，再也提不起来，又怕中了天子的棍子，只得把马一领，往后退去。守城营李得胜接着上来，舞了几下钢鞭，也是如此。又不能径自回去，只得在马上喊道："此人武艺高强，战他不过，快将这店房围住，到里面仍将郭礼文捉住要紧。"众兵丁答应一声，蜂拥前去，将店堂拆毁一空，冲到后进，鲍龙见众人已到，也就大喊起来，举棍迎上前去。杨长祺见又有一人，只得复奔上来，与鲍龙对敌。

两人一上一下，棍去棍来，战了有三四十个回合，鲍龙渐渐敌他不过，想要奔逃。李得胜上来夹攻迎敌，鲍龙手上的铁棍稍松了一下，被李得胜一鞭打中肩头，负痛跌下，当有兵丁抢上，将他捆了起来。天子见鲍龙被擒，生怕众人后面要啰唣郭礼文的家小，赶着转身又跳进来，想挡住杨长祺，哪知人数太多，守城营与府衙亲兵小队，还未退去，嘉兴县又带着马步通班前来，天子虽有神勇英武，也都有些力怯。哪知护驾尊神见天子受困，遂即大喊一声，说："当坊土地何在？还不急遣能人救驾？"土地听了这话，吓得魂不附体，就到城隍神那里报讯，请派功曹查点有何人可以救驾。功曹听见，遂与土地出了庙，走到吕祖宫门口，见有一人睡在地下，鼻息如雷，身体壮大，随即将这人唤醒前去救驾。欲知此人是谁，且看下回分解。

第三十六回

醉大汉洪福救主
旧良朋华琪留宾

话说城隍神派了值日功曹与上地，走到吕祖宫门口，只见一个大汉，睡在地下，鼻息如雷、满脸酒气，功曹向土地说道："此人可以救驾。"说着两人上去，将那汉一推道："你贫苦了这许多年，今年该你发迹，现在前面困住真龙，你快前去救驾！"说着又踢了两脚，把那人惊醒，吓了一身冷汗，说道："这不是见鬼？我往哪里去救驾！"正在猜疑之际，只听人声鼎沸，许多人往前跑去，说着："拿着一个了，还有一人在那里大战呢，大约也是跑不了。"那大汉一听，也不问情由，就将平日用的一根生铁扁担，跟着众人飞脚前去。

你道此人是谁？乃是嘉兴县内第一条好汉，叫作赛金刚洪福，其人祖上也是军功出身，做过甘肃提督，到了他这代已是中落，偏生自己又不长进，专门舞钱，那些酒肉朋友，见他有几个钱，又甚慷慨，就有三朋四友，许多人靠着他养活。不到一两年，把家私吃得干干净净。那些无赖朋友见他无钱，也就不理他了。幸亏他力大无穷，见无钱用，别项生意又不会做，见嘉兴县城外一带，俱是山林树木，他就将平日用的铁棍子，改做扁担，买了一把大斧上山砍柴，变卖度日，得几个钱就在这吕祖宫门口买酒打内饮食。晚间无事，一人就早早睡觉，被值日功曹将他惊醒，朦朦胧胧地爬将起来，带着铁扁担，跟着众人，跑到郭礼文店前，见官兵差役已捉住一人，在那里捆住。店堂外面，乃有一人，被府大老爷与城守营困住，洪福上前一看，就将铁扁担一舞，横扫起来，嘴里骂道："你们这班杂种，这许多人战他一人，岂有此理？是有本领的，一人战一人，老爷专打抱不平，不能让你们传人多欺人少。"说着，那扁担已打倒五六个人，到了天子面前，喊道："尊公，你莫怕，有我赛金刚在此，也不惧这些鼠辈。"说着，早一扁担，把杨长祺的棍子削去半段。李得胜见又来一人，举鞭来迎，怎经得洪福是个生力，前舞后摆，早把李得胜两眼舞得昏花。本来李得胜与鲍龙战了好一会，力量已是不足，加之洪福本领又厉害，所以战了二三个回合，败了下来。洪福见李得胜要走，也不去赶，将扁担四面一旋，用了个露花盖顶，把那些营兵，打得跌跌爬爬，早倒了数十个，有的腿部受伤，有肩头打伤的，呐喊一声道："我们走呀，这人厉害不过。"说着早把鲍龙放下，各自逃命去了。

李得胜与杨长祺两人见了这样，只得又上来拼战洪福。那时鲍龙又从地上爬起来，拾起铁棍，帮着洪福力战。天子见他两人可以敌住众人，就抽身到了后面，叫郭礼文道："你将母亲，妻小安排在一处，此地你是不能住了。等事平复，你再回来。此刻先同我三人冲出城去，暂且寻个地方住下，不然我们容易走，你这一家就没命了。"郭礼文到了此时，也顾不得家产房屋，只得自己背着母亲，所幸妻小，一双大脚，尚能走路。天子就在前面开路，招呼一声："鲍龙，你不必斗了，同我走吧。"说着举起铁棍，冲开一条路，与鲍龙前后保住郭礼文一家人口，出了重围。后面洪福已经赶到，说道："你们慢行，等我一同走吧。"大家就聚在一起，直往东门而来。

城上虽有兵把守，见了鲍龙洪福，早已吓得软在面前，城门锁又朽烂不堪，鲍龙上前一扭，早扭下来，共计四男两女，一齐出了城门。行了有

248

五六里地面，天子问道："这是什么地方？可有熟人家吗？"郭礼文道："这里叫作王家洼，前面再走一里多路，就有个姓华的朋友，家住在那里，可以到他家里暂住一宵，明日再作主意。"众人齐道："有此人家，我们就去投奔便了。"于是众人又走了一会，已到了一所村庄，郭礼文识得路径，领着众人进到庄里，因天色漆黑，只得高叫两声，里面有人接声问道："来者可是郭大哥吗？"郭礼文道："华哥可赶速出来，小弟招了横事，特到你处暂避一宵。"里面听说，赶着拿了火把迎出来，将大众接至里面。在正宅旁边三间草房内住下，见众人皆是仓忙失措，忙问因何此刻到来，究为何事？

郭礼文就将自己被诬害的话，及鲍龙与天子救他的话说了一遍。华家虽然担惊害怕，无奈他们俱已进来，也不好推他们走，说道："你们在此虽不妨事，但不可露了风声，那时官府派人前来，还是躲避不住。"天子见那人怕事，忙问道："这位尊姓大名？"郭礼文道："这就是我最好的朋友，叫华琪。"天子道："既是至好，何必如此惧怯。已经从城里到此，我与鲍龙都未害怕，难道此地比在城里还碍事吗？"洪福在旁说道："若那些狗头再来，我洪福老爷这根扁担，也就够那些人受得了。华兄只管放心。"华琪被众人一顿说，也没奈何，只得备了酒饭，请众人饮食安歇。郭礼文的母亲妻小，自有女眷接待，我且不表。

且说城里杨长祺与李得胜战了一阵，仍是未将鲍龙、郭礼文获到，彼此闷闷不乐，说我们如此本领，也曾经过大敌，何以这三四个人就敌他不住，岂不可恼？周光彩道："现在各犯既被他逃走，唯有先将这店封锁，明日再添兵追赶，务要捉捕到来，谅他们一夜之间，也走不多远。"说着就与知府城守三人，当将郭礼文店内所有一切货物财产封锁起来，准备随后充公，回衙歇息。次日大早，又添调合城兵丁，前去追赶了一日，哪里看见这一班人，只得出了缉捕文书，通详上宪请兵捉拿。哪知这里公事还未到

249

省，杭城巡抚衙门早接到圣旨。

这日，龚温如正在堂内办事，忽听巡捕上来禀道："圣旨下，请大人接旨！"龚温如吃了一惊，赶着摆了香案，在大堂上叩礼已毕，请天使宣读。周日清就在堂上将天子的书取了出来，高声读了一遍。龚温如听毕，谢恩起来，将周日清请入后堂，彼此分宾主坐下。龚温如道："圣上既到了嘉兴，天使来时究是怎样？请道其详，好这里派人前去。"日清又将郭礼文如何被王怀陷害，光彩如何听信家丁，准了状词，将礼文收下监牢，如何在客寓遇见鲍龙，乃救出郭礼文，前后地话说了一遍，又道："天子意旨叫大人如何办理，就请大人遵办便了。"龚温如道："天子招呼调周光彩来省，另委员置理，郭礼文销案，除王怀已死外，仍访拿讼棍杨必忠，审明照例惩办。但不知天使来杭之后，杨长祺与知县及城守可否惊动圣驾？"日清道："既是大人放心不下，请大人立刻备文差人星夜至嘉兴府投递，无论如何也就可以完事了。"龚温如见催促甚紧，只得立刻备好了文书，派了中军星夜驰往嘉兴府投递，仍留日清在行内饮酒。日清道："天子在那里盼望，怕中军一到嘉兴，地方官知道天子在本地，必然前去请罪，那时众人晓得，天子必然不肯在那里耽搁，仍然要往别处而去。那时小伍不在面前，天子岂不一人独往？"龚温如听这话有理，也就不敢苦留，一面打发中军前去。

这里日清就告辞出去。真是急如星火，不一日，已到嘉兴府内。正是上灯时节，赶紧进城，走到这郭礼文店门首，见已上了封条，吃一惊，说道："难道天子已被这班狗头拿去了？倒要打听明白，方好放心。"说着见那面来了一人，日清上前一把抓住，问道："你是什么人，也在此盼望，大约你也是郭礼文一类，我将你捉到县里去，问你要人。"那人被他一吓，赶忙跪下："老爷撒手，我不是郭礼文家的人，我是郭礼文朋友家的长工。"周日清道："不管你什么朋友不朋友，只要说出郭礼文现在到哪里去了，老爷就放你，若有虚言，便将你捉到县里问罪。"那人被他一吓，赶紧跪下求道："老爷你千万莫说是我说的，我告诉便了。"日清见知道底细，甚是欢喜。乃道："你果真说出来，我不但不捉到县里，还重重赏你。"那人便将郭礼文与天子、鲍龙、洪福那日晚上奔到华家的话，说了一遍。日清大喜道："你不必怕，我实对你说道，我就是高老爷的继子，正要寻他们说话，你既晓得，还带我去，自有重赏。"那长工见他如此说明，方把愁肠放下，就带着日清，复出了城。来到华琪家中，果见天子在内，日清上前说明巡抚的话，不知后来各事如何，且看下回分解。

第三十七回

　　周日清小心寻圣主
　　杨长祺请罪谒天颜

　　话说周日清到了华家，见天子就把龚温如的话说了一遍，天子又把洪福前来救驾的事说知。日清见洪福果是英雄气概，两个谈论一番，彼此皆甚投机。次日，天子与日清仍要到金华游玩，就顺道回京。当日晚间，就与鲍龙、郭礼文说明，预备明早动身。郭礼文上前说道："恩公为小人费了如此心，理应等事平之后酬谢一番，方是道理，为何就急急要去？且此间捉拿甚紧，小人的家小，还恐难居于此地，拟想到别处躲避，恩公此时就走，小人仍是没命。"说着流下泪来。天子见他如此忠厚，乃道："你不必愁虑，或已经将你前案注销，明日包有府县官员前来寻找谢罪，请你进城复行开店，我怕牵留难走，所以明早动身，免得耽搁。我实对你说，现在军机大臣陈宏谋乃是某的老师，浙江巡抚龚温如，某亦与他同年，他那里已经有了公事下来，叫嘉兴府捉拿讼棍，代你申冤。你也不必搬往别处，明早就可以进城的。"郭礼文一听，方转悲为喜，乃道："原来是位大老爷，小人有眼无珠，多多得罪。"天子道："汝等不知，何罪之有？"鲍龙听说是个京官，格外欢喜道："在下失散了，既是你老明日要去，我等也不敢强留。但是萍水相逢，竟蒙拔刀相助，此恩此德，没世难忘，但不知此后可能再见尊颜否？"说着英雄眼内也早流下几点泪来，大有好汉惜好汉的

252

意思。天子见他如此，乃道："鲍兄既不忍与某相别，我便写封书与你进京投递，博一个大小功名吧。"鲍龙感激不已。洪福在旁听见鲍龙如此也就高声说道："若高老爷能荐人进京，我洪福也求一荐，好让我与鲍龙一同前去，好有个伴。"天子见他二人皆如此说，乃道："既然如此，我今晚就写信一封，你两人可先到浙江巡抚衙门投递，那里自会招呼，虽你两人盘川不足，他也可帮助你们的。"说罢，鲍龙与洪福欢喜无限。

天子见众人睡觉之后，在灯下写了两道御旨，一着龚温如打发公差，一同带他二人进京，路上较有照应。一道是与陈宏谋，着他知会兵部，将洪福用为都司之职，鲍龙着赏给巴图鲁勇号、记名总兵，遇缺即补。两道意旨写毕，次日一早起来，就将这两道圣旨封好，交与鲍龙说道："你等嘉兴府县来后，将你表弟仍搬到城里，照旧生意，然后与洪福赴杭城，到抚辕投递，自可上进。"说毕，二人叩头便拜，称谢不已。郭礼文知款留不住，只得领着妻小，前来叩头拜谢。华琪也摆了一桌酒席送行，稍尽地主之情。天子与日清见众人如此实心，也就用了几杯酒，然后别了众人，与日清往金华而去。

这里嘉兴府杨长祺，自被天子与鲍龙等人，打伤众差役，避奔出城以后，次日早间派差添兵出城寻获，只因那些兵丁未经过大敌，又因个个皆有身家，明知郭礼文家小住在华琪庄上，却不敢去捉拿。所以一连数日，庄上一点没事。这日杨长祺又要比差勒限缉获，忽见外面有人进来禀道："抚台大人派了中军有要紧的公事，前来与大人商议。"杨长祺一听，甚为诧异，赶忙请进，到了花厅，彼此相见已毕，问道："抚宪有何要事，烦老兄前来？"那中军道："请让旁人暂退一步，方好谈心。"杨长祺疑有机密事，随即屏退众人，问道："抚宪有何见谕，请道其详？"中军道："并非抚宪己事，因贵府人类不齐，嘉兴县又判得糊涂，圣上有旨意到抚宪处，嘱令赶速派人前来。"说着就将圣旨并龚温如文书，一并取出与杨长祺看。

杨长祺接了过来，前后看毕，只吓得面如土色，说道："臣罪该万死。"随即跪了下来，望阙叩头不止，然后起来向中军说道："这事还求老兄在抚宪前成全，请其代奏，只因有责任攸关，不知圣驾亲临，故而如此。现在谁有自请罪名，候旨施行。但郭礼文如此冤枉，周光彩并不禀报，所以未能晓得。现在郭礼文已经出城逃走，只好赶速着人密访，如天子仍在此地，就可面自请罪。"

　　说着随即喊了几个家丁，叫他不必声张，赶速到城外访问，如有实信，飞速前来；一面又叫号房立传首县。不多一会，周光彩已到。杨长祺也就将他请到后堂，与抚辕中军见礼已毕，杨长祺命周光彩坐下，将文书与他看过。自然也是魂飞天外，口称："有罪！"当时就将顶戴除了下来，叩头不止。中军又说道："周老爷也太不留心，前日还在省中，胡用威那一案，抚宪也曾说过，天子改易高天赐名号，也该晓得。为何回来，又竟闹了这步地位，岂非咎由自取？"周光彩更是无言可对，只得自己认过了罪。一日，那打听的家人已回来说道："小人访得清楚，郭礼文与众人并未远去，就在这东门外王家洼地方，有个姓华的人家躲避，离此也不过五六里路，老爷可去不可去呢？"那中军道："只怕不知，既知道踪迹，何能不去？有重罪在身，能当面请罪，圣恩宽大，不予深究，那就可以无事了。"杨长祺道："大人所说甚是，小弟就立刻前去。"说着起来，与周光彩两人步行前去。中军道："某既到此，也只好陪两位前去一行，好去销差。"杨长祺见中军肯去，甚合己意，就此三人带了几个亲随，又将朝服携着，预备到庄上再穿。由午后走起，到王家洼，已是申牌时分。

　　到了华琪庄上，杨长祺怕手下亲随说不清楚，自己与周光彩走到里面，见有一个长工在门口打扫，他就上前问道："长工你家家主可是姓华吗？"那长工见他是个好似面熟，犹如在哪里见过的，就是一时想不起来，说道："这里果是姓华，你这人找华家谁人？"杨长祺说："我不找姓华的人，因

254

华家有个朋友住在这里，姓郭，叫郭礼文，我与他有话说，特地由城里来见他，请你进去说一声，说我是嘉兴府知府杨长祺，问他天子可在此地，哪里去了？"那长工听他说是知府，又问礼文，只吓得乱抖不止地说道："小人不知大老爷前来，求大老爷息怒。"杨长祺见那人甚是忠厚，也就用好言敷衍他道："你不必如此，我不过前来要见天子，故而问你，晓得不晓得，可快说来。"长工道："郭大爷与鲍龙、洪福三人俱在此地，唯没有个天子。"杨长祺见这个人如此，知道不可理解，乃道："你先进去说一声，待我见了面自然晓得，断不为难你便了。"那长工只得奔到里面，与郭礼文说知，当时鲍龙与洪福听见，也就着慌道："怪不得他如此大话，乃是一朝圣主，真是有罪有罪。"

　　杨长祺见长工久不出来，等得着急，也就一人在外面将朝服穿好，与周光彩走了进去，先向郭礼文问道："天子现在何处？请带我一见，说罪臣杨长祺前来面请圣安领罪。"郭礼文见了这样，格外说不出话来，不知如何是好。鲍龙究竟在营里见过的，到了此时，只得上来道："此地只得一位高天赐老爷，是北京人，前日在城中救了我弟兄，来至此间住了数日，并不知道是位天子，已于昨日早间，到金华去了。"杨长祺见天子已走，且连鲍龙等人皆不知道，心下虽然害怕，料想圣恩浩荡，似可以不知不罪了，当时就将旨意与天子的文书，说了一遍，然后众人方知是天子。唯有郭礼文知自己无罪，仍然回家生理，所有案情，一并注销，仍一面访获唆讼之人问罪。嘉兴县心地糊涂，着即行撤任，另委员置理，其余着毋庸议。鲍龙听说，也就与郭礼文朝北谢恩。华琪此时亦出来了，个个皆感恩不尽，皆说是圣明天子，如此英雄，自然四方太平。

　　杨长祺见天子已到金华，只得仍与中军回衙、捉拿唆讼之人问罪，郭礼文家产仍还给开张，各事已毕，中军仍回省城，不知后事如何，且看下回分解。

第三十八回

旧地重游山僧势利
轻舟忽至姊妹翩跹

再说圣天子与周日清雇了只船,由内河取道镇江,渡江而北,预备仍在扬州耽搁数日,即行北上回京。这日又到了扬州,当下开发了船钱,即刻登岸,在钞关门内寻了一家"普同庆"客店,与周日清二人住下,安歇一夜。次日早间,梳洗已毕用了早点,即与周日清信步先在城里各处,任意游玩,也无甚可游之处,随即步出天宁门,在官码头雇了一号画舫,便去重游平山堂。沿途看来,觉得道路依然,两岸河房及各盐商所造的花园,也有一两处改了从前的旧貌,繁华犹是,面目已非,因不免与周日清说了些感慨的话。

一路行来,不到半日已抵平山堂码头。圣天子即与周日清登岸,循阶而上,又一刻,已进了山门,一直到了方丈。当有住持僧出来迎接,圣天子一看,见非从前那个住持,因至方丈厅上坐下,当有庙祝献茶上来,那住持僧便问道:"贵客尊姓大名,何方人氏?"圣天子道:"某乃北京人氏,姓高名天赐,和尚法号是什么呢?"那住持僧道:"小僧唤作天然。"又问周日清道:"这位客官尊姓?"周日清也就通了名姓。圣天子与周日清与天然说话时,就留意看他,觉得天然颇非清高之行,实在一脸的酒肉气,而且甚是势利。天然见着圣天子与周日清,既未说出某官某府,又连仆从都不曾带，便有些轻视之心，勉强在方丈内谈了两句，坐下一刻，便向圣天子道："两位客官，还要到各处去随喜吗？"口里说这话，心里却是借此催他们走。圣天子宽宏大度，哪里存意到此，就是周日清也想不到天然有这个意思。圣天子便道："和尚既如此说，甚好，高某本欲各处游玩一回，就烦和尚领某前去。"天然见圣天子叫他领路，可实在不愿意，你道这是为何？

原来无论什么地方，凡是这些庵观庙宇、胜迹名山游人必经之地，那些住持和尚、道士等人，如若有见识、有眼力及道行高深的，却有另一种气概，遇着贵客长者，极力应酬，自不必说，就使客商士庶，也还不敢过于怠慢。如这些生成俗物，再加一无见识，但存了一个势利心，只知道趋奉显达。只要是仆从如云，前呼后拥的这般人士，他一闻知，早令庙祝预备素斋素面、极好名茶，在那里等着。及至到了码头，又早早换了干净衣服，站在码头上躬身迎接。那种趋承的样子，实在不堪言状。及至迎入方丈，茶点已毕，便陪着往各处游玩，然后供应斋饭。若遇着那些往来客商，连正眼也不曾看见，这方丈内，是从来不放这些人进内的。再下一等，那就更不必说，唯有一种人，他却不敢居心轻慢，既非达官大贾，又非士庶绅商，却是那妇人女子。无论她是红楼美女，绣阁名花，还是小家碧玉，只要是这等人到了这些地方，那些和尚道士，就马上殷殷勤勤，前来问长问短，小心侍候，只恐这些名门淑女、碧玉绿珠不与他闲话。但只要稍问一两句，他便倾山倒海，引着你问长问短，他又外作恭敬之容，内藏混账之见，千古如一，到处皆然。

现在天然见圣天子着他领导各处游玩，居心实在不愿，因借词说道："小僧本当领导，实因尚有俗事不能奉陪，请客官自便！"周日清闻言，也就甚觉不悦，因含怒说道："和尚你这说话，俺好不明白，你既出家已经脱俗，所谓四大皆空，一尘不染，还有什么俗事？今据你这等说法，和尚还有俗事，可谓千古奇谈了，但既有俗事，当时又何必出家，误入这清高之地？实在可笑！"天然被周日清这句话，问得个目瞪口呆，不能回答。天子究竟是大度宽容，因代天然说道："日清，你算了吧，虽然和尚四大皆空，本无俗事。但是他既住持这个地方，他便为此地之主，难保无琐屑之事。他既说有事，俺们就不必勉强他，好在俺也是来过的，所有各处，也还认得，就与你同去便了。"周日清虽见圣天子说，究竟心中不愿，却也不敢违逆，只得随着天子走出方丈，天然也勉强送了出来。圣天子便与周日清各处游玩去了。

这里天然心里甚是不乐，当时就命侍者道："等一会儿，方才在方丈那里两个人如果再来，你就说我下山有事去了，不必再来告诉我。"那侍者自然答应，天然也就退归静室。这静室在方丈后面，非至尊且贵的人，不能放他进去。可巧天然进入静室，不到片刻，那侍者进内报道："现在城里王八老爷，请了许多客前来，船又靠码头了，大概不一时即可抵此。"天然闻言，听到既然是王八老爷前来，是本山的施主，而且是个极发财的人，怎肯不去迎迓，因此他便赶紧出了静室，前往码头迎接。

你道这王八老爷，究是谁呢？原来这王八，从前本非世家，因后来在八大盐商家内做了总管，所有这八大盐商家的事，都要与他往来，因此就交接了在城的这一班富户。不到数年，赚的钱已经不少，应该要他转运，又得了一宗无意而得的横财，就此成了个大富户，虽总不能与八大商并驾齐驱，却也自立一帜。又兼着本地的官绅，见他发了财，居心想他有些关注，也就与他时常往来。他见得本地官绅也都来与他交往，他便以为是巴结他，恭维他，看得起他，也就趾高气扬起来，以为自己不可一世。后来又报效国家二三万银子，朝廷赏他一个五品职衔，他便借此夸耀乡里，以为是钦赐的功名，因此更加居移气，养移体，广置姬妾，精选娈童，在家时门前仆从强如虎，出外是道上旌旗像似龙。而且出入乘舆，绝不徒步，家中妻妾因他如此，也就光宠了起来。

　　天然到了码头上，躬身站立，在那里迎接，终以为是王八本人请客，到此哪知并非男客，只听船中一片笑语之声，即刻就斜着两只眼睛，向船舱里溜去，只见是一群女眷。天然已知是王八的太太们请女客，正在心里打算，又见船头上站着两个家人，皆是二十岁上下年纪，踢跳非常，扎束干净，在那里招呼船户搭跳板、打扶手，不一刻，船户将跳板搭好，用竹竿打了扶手。天然站在那里，埋着头，外似恭敬，两只眼睛只管斜视着向跳板上溜去。只见从船舱里走出一人，年纪十八九岁，容颜秀美，体态轻盈，所有装束，自不必说，扶着一个二十三四岁的少年女子，慢慢上了跳板。又听舱里一声娇滴滴的声音说道："六妹妹，你走好了，防备着滑下水里去。"只见在跳板上走的这个带笑说道："人家正是心悬得怕，你偏要来吓人家。"一面说，一面慢慢地走，一步不到三寸，在那跳板上，侧着身子，并着脚，一点一点的移开，好容易下了跳板，上了岸。口里还笑说道："我的妈妈，好不容易走过来。"

　　接着舱里走出五六个人来，皆是二十岁左右，一样的珠翠满头，绮罗遍体，衣香鬓影，环佩叮当。天然尽管埋着头，斜着眼，呆立着悄悄地偷看。末后舱内又走出一个，有二十一二岁模样，却是生得温柔明媚，倜傥风流，笔直的一对金莲，刚有三寸左右，左手扶着一个俊俏的少年女子，右手扶了一个十三四岁的婢女，那婢女盘了双丫鬟，却也极有可观，慢慢地走过跳板，登了岸聚在一起。此时天然的两只眼睛，却也不向船舱里去溜，可是掉转过来，也不呆立在那里，便赶紧抢两步，走到那方才在船头上招呼水手的那两个家人面前问道："请问管家，八老爷可来吗？"那家人道："八老爷今日不来，这是我们家三姨太太，来此请客。"天然听说，即刻抢步跟在后面，将一众女眷，请入方丈献茶。欲知后事如何，且看下回分解。

第三十九回

俗和尚出言不逊
猛英雄举手无情

话说天然和尚问明王八家的家丁，知道这些女眷是王八的三姨太所请，天然心中明白，当即赶上前去，请他们进入方丈坐下，命人献茶，自己即靠在方丈内窗子口那张方凳子上坐下相陪，一一命人摆茶盘、拿点心，又叫人去取泉水，泡那顶上的香茶，还要用两饼龙井茶叶。一面极力招呼，一面斜着眼向各人溜去。正在意乱心迷之际，忽听王八的第三个侍妾，向天然说："这大和尚如此周旋，使我等实在过意不去，下次我等还是不要来了，带累你大和尚忙得如此。"天然见说，赶忙答道："说哪里话来，姨太太是难得在此请客的，偶然到此，这是僧人应该，唯恐招呼不到，还请姨太太与众位太太、少奶奶、小姐们包涵些儿，僧人已备了素面，请问是先到各处去游玩过了，回来再吃面，还是吃了面，再到各处去游玩？听太太们便。"

只听王八的第三个妾又说道："大和尚你不必费事，我们已带了酒席来，不过借你的厨房来烩一烩菜就是了。现在就请你大和尚领着我们到各处游玩一番便了。"天然道："小僧自当领导。"说着就站起来，让她们出了方丈，他便跟在她们后面，指点着到各处游玩去了，并且说道："小僧早就招人备了素菜，既是姨太太带了酒席来，好在近日天长，就留在午后当点心好了。如今先去各处游玩一番再说吧。"你道王八这第三妾，为何如此请客？原来她本姓陆名唤湘娥，是个从良妓女，因自己前三日过小生日，那五六个花枝招展般的女子，皆是她从前院子里的姐妹，现在有从良的，有已经脱籍尚未择到主人的。陆湘娥过小生日那天，她们皆去送礼拜寿，陆湘娥要还请她们，家里的地方虽大，究嫌不甚爽快，不如请到平山堂还了席，因此与王八说明。王八又极其宠信，陆湘娥一说，王八也就自然应允，所以雇了船只，带了酒席前来。

　　天然和尚带着陆湘娥等去各处游玩，先游了两处，并未遇着什么游客，忽然陆湘娥要去看第五泉，刚走进门，可巧圣天子与周日清从欧阳文忠公祠内走出，迎面碰见。当时圣天子见是人家内眷，也就慢一步，让她们过去，及见天然在末后追随，圣天子并未与他较量，也就将前语忘了。倒是周日清在旁看见，不觉勃然大怒，暗道：咱们叫他陪我们到处游玩，他说有俗事，原来就是这样俗事，要陪伴女子闲游。此时已是跃跃欲试，因见圣天子可以容纳，不与他较量，也还不便出头，只得忍耐，预备随后再与他说话。心中虽如此想，此时天然已走了过去，不过片刻，陆湘娥等已过第五泉回来。

　　周日清又仔细看天然是何光景，只见他笑逐颜开，一面走一面与湘娥闲语，那一种故意卖弄风骚的样子，实在不堪入目。此时却按捺不住，低低地与圣天子道："父王可见这贼秃如此混账吗？"圣天子也早已看见，今见周日清问起，也就说道："已看见了。"周日清道："似此不法必须惩戒他一回，方出胸中之气。"圣天子虽未开口，却也明这意思。周日清微窥其意，当下就跟了下来，及至转了几个弯，又不见天然与那些女眷，周日清暗道："看光景又到别处去了，等会见，到他方丈那里再去与他算账。"主意已定，又与圣天子到各处去游玩了一回，这才向方丈而来，走至方文门口，这里那侍者上前拦道："请你们两位客官，就此止步吧，里面有女眷们请客，客官们不便进去，请客堂里用茶吧。"

圣天子见那侍者说话婉转，也就预备不进去。周日清在旁问道："你家方丈现在哪里？我与他有话说。"那侍者道："方丈现在里面招呼客人呢。"周日清道："他招呼什么客？"那侍者道："是城里王八老爷的姨太太，借这里请女客，呼我家和尚在那里招呼酒席。我家和尚，因为王八老爷是我们山上的施主，常布施功德，故此不便相辞，只得在里面照应。"周日清听说，不由三尸冒火，七孔生烟。当下一声喝道："好大胆的贼秃，你可叫他快快出来，俺老爷与他讲话，倘若稍有迟延，借故躲避不出，可不要怪老爷用武，管什么王八乌龟，俺老爷就冲进去了。"这一片声喧，那侍者也不知所措，若要进去通报，争奈和尚招呼过的，若不进去通报，看见周日清那雄赳赳、气昂昂，知道不是好惹的，怕他真个打进去，不但和尚要吃亏，连那些女客也要带些不便。

正在进退两难之际，天然在方丈里早已听外面喧哗，已走了出去。一见是方才在方丈那两位客官在这里吵闹，当即上前说道："客官不必如此，要知道里面现有官家女眷宴客，你们二位客人，是不便进去的。天下事要讲理，胡闹是不行的。"周日清见他出来，已是怒火焚身，恨不得即刻上去，把他痛打一顿，又见他言语顶撞，试问如何能够忍耐得住？当下就抢一步上前，伸开巴掌，认定天然嘴巴上一掌，口中说道："好狗贼秃，你敢顶撞老爷吗？"这天然被他一巴掌，不但痛入心肺，登时就红肿起来，嘴里的牙齿已打落了两个，满口鲜血流将出来。他还不识时务，以为这平山堂是奉旨敕建的所在，平时自己又与在城官绅都有来往，便仗着这点势，也就口中不逊起来。

此时圣天子也不免大怒，即命周日清道："既然方丈里有人家内眷，不要惊吓她们，你可将这贼秃，提到客堂里去，与他讲论。"周日清答应着，立即走过来，伸了一只手，将天然的衣领一把揪住，轻轻地一提，如同缚鸡一般提着就走。天然死力挣脱，再也挣脱不开，不由得跟着周日清到了客堂。此时合山的和尚及庙祝等人都已来齐，都站在客堂外面，七言八语地乱说，又见圣天子与周日清在盛怒之下，不敢进去。只见圣天子大喝一声道："好贼秃，你还不给我跪下！"天然哪里肯依？周日清一听此言，叫他跪下也就不容他不跪，即将右腿一起，认定天然腿弯子上踢了一下，天然不由地便双膝跌下尘埃。圣天子便向他说道："你这贼秃，太也托大，你但知势利两字，为尔等本来面目。你可知道高某是何人？我且告诉与你，内阁陈宏谋、刘墉是高某的老师，现在两江总督、江苏巡抚与高某同年。因高某奉旨前往江南密查要案，顺道过此，因慕平山名胜之地，乃重来一游，所以仆从人等全未随带，只是这位周老爷同来，因他是我的继子，沿途可以照应。方才在你方丈之内，使你陪着高某游玩游玩，你见我等不是达官显贵，就不愿相陪，以俗事二字推诿，彼时周老爷也就暗含怒意，与你辩驳起来。若非高某在旁极力排解，你彼时就不免要吃苦，高某亦明知你存了个势利之心，所谓势利山僧，到处皆是，这也不是你这贼秃一人，所以高某也不与你较量。为何你因俗事，不愿与高某同游。又何以不因俗事追随那班内眷？高某却不明白。这也罢了，或者因那班内眷她家的家主，是你的施主，平时有布施，偶尔内眷来游，情不可却，不得不勉为其难，陪她们去游玩一回，只好将自己的俗事暂时抛下，非若暂时的过客偶尔到此，既无功德，又无布施，可以简慢。果然如此，于情理上还可以说得过去，不过太觉势利一点。为什么已经领着她们游玩一番，她们借你的方丈宴客，自有她家的奴仆在那里侍候，设再不敷所使，你只应派两个老年纪的庙祝进去相帮，才是道理。你却恋恋不舍，借着这照应的题目，只管在里面追随。如此看来，你这贼秃，尚不仅在势利两字，及至周老爷唤你出来，你不知道自己有理亏之处，还敢出言顶撞，以为高某不过是寻常的过客，就顶撞他两句，绝不妨事。再不然，就倚仗官绅之力，以势压人。今高某也不与你在此较量，我将你这贼秃送往地方官那里，勒令他处治你个勾引妇女的罪名，看你怎样奈何我高某。"天然见说出这一番话语，登时哀求起来。毕竟后事如何，且看下回分解。

第四十回

写书信恶僧遭驱逐
返京城诸臣请圣安

话说天然和尚，到了这个地步，知道这两个客官是京中的大员，也吓得魂飞魄散，伏在地下叩响头，口中哀求说道："小僧有眼无珠，语言冒犯，接待不恭，还求两位大人、大老爷格外开恩，宽其既往，小僧当从此革面洗心，不敢再以势利两字存在心中。若将小僧送往地方官衙门惩治，这勾引妇女的罪名，小僧是万万担当不起，而且小僧实在不敢存这恶念。今日实因王八老爷的家眷，在此饬令小僧招呼，小僧又碍于施主份上，不得不勉强周旋。还求二位大人、大老爷俯鉴小僧不得已的苦衷，法外施仁，不咎既往，小僧当办香顶礼，日祝二位大人老爷万代公侯，子孙昌盛。"

天然在里面跪，客堂外面这些和尚见方丈如此，也就环跪下来哀求了一回。圣天子见了这样光景，倒也好笑，从前那种势利，现在又如此卑微，实在是山僧的本色。因暗想道："他既然知罪，如此哀求，朕也不必与他较量了，就是他追随那班妇女，也是有他不得已的苦衷，他若不款待殷勤，又恐遭他施主之怪，只要他从此悔罪，也就算了。"心中想罢，也就问道："你家从前的那个方丈，叫作了空，现在哪里去了？你可叫他前来见我，他见了我自然知道高某的来历。"

原来圣天子初次南巡，在平山堂游玩，那时方丈便是了空。天然见问，复跪下面禀道："了空和尚已圆寂了。"圣天子听到了空已死，复又叹道："了空和尚才算是个住持，如你这贼秃，实所谓酒肉和尚，高某本当将你送往地方官严加处置，姑念你已知有罪，一再哀求，你家众僧又苦苦代你求情，高某只得看众僧哀求情切，法外施仁，不予深究，以后若再如此，高某可万难容忍。现恕你无罪，且下去吧。"天然见说，这才把心放下来，当下又叩了个头，才站立一旁，躬身侍候。

此时天已过午，天然复上前说道："小僧蒙两位大人大老爷的恩，不予治罪，小僧真是感激不已，但是现在已有申牌时分，想两位大人大老爷也当用饭，小僧前去招呼，聊备一餐素面，求两位大人大老爷赏个脸，就在敝山稍用些须，免得再回城去用饭。"圣天子与周日清二人，当初来时本有此意，预备在山上吃面，及见天然那种势利，便不高兴，就打算去各处游玩一回，也就开船回城吃饭。此时，天然又闹了这一阵乱子，圣天子又督责了一番。时候却甚不早，今见天然留住吃面，却好腹中也有些饥饿了，也就答应。

当下天然这一欢喜却出乎寻常之外，当即将厨子喊来，招呼厨役，令他要做得格外精洁，那厨子自然不敢草率。天然当下又请圣天子仍去方丈里坐。周日清道："怎么又请俺到方文里去，你那里有官家内眷，我们不方便进去的，难道此时可以进去，不似从前的不便了吗？"天然复又跪下说道："还求老爷不记前事，小僧感激无已，现在王家的内眷已经去了，因此还请老爷们到那里去。"天子见说，也就站起身来，与周日清同至方丈。

你道王八家那个三姨太太陆湘娥，并请来的那些同院姐妹，为何去得这样快？原来陆湘娥一听见外面吵闹，即令天然出来看视，不一会，见有人进去说："天然被打，现已拖到客堂里去讲话。"又见有人来说："那两位游客，是京中的大员，到江南密查要案，因为和尚出言不逊，要将和尚送到地方官那里去处治，问他一个勾引妇女的罪名。"陆湘娥一闻此言，唯

266

恐连累自己，连酒席都未终局，即同着诸姐妹，吓得蝶散鸳飞而去。所以那方丈内，始而为莺花金粉世界，一变而为寂灭虚无的境地。天然僧也算是个大倒霉，就因陆湘娥等一来，他在先满心欢喜，以为这些女菩萨，将她们应酬好了，必然有一宗大大的布施，哪知反而出了乱子，不但不能如心所愿，反而遭了一阵毒打，还将口内牙齿打落了两个，还要跪在地上叩了一阵子响头，又贴了一顿绝好的素面。

圣天子与周日清吃过素面以后，日已西斜，当即出了方丈，回船进城，天然此时自然恭送如仪，再也不敢怠慢。圣天子在船中对日清道："这和尚如此势利，在先那样怠慢，此时又如此趋奉，到底是个俗僧。"周日清道："今日这和尚，虽然经了这顿打骂，当时不敢违拗，再三哀求，特恐此后又再回复原来的样子。但存势利二字，倒也罢了，最可恶的，见了那妇人女子那种涎脸，实在讨厌，若将他留在此地，将来闹出不尴不尬的事来，究竟于这胜迹名山大有关碍。依臣儿愚见，莫若写一封信与扬州府，令他札饬两县，押逐这和尚离了此地，另招高僧住持，将来也可免了有尴尬之事发生。"圣天子听了此语，也觉甚有道理，当时也就点头允肯。不一会，已到天宁门，约黄昏时候，当下开了船钱，二人上岸进城，到了客寓，吃过晚膳，圣天子就在灯下写了一信，封固好了，然后安歇。次日早间，一面命小二代雇了船只，一面命周日清将这封信送往扬州府署，并不等他回信，当即回来，就与圣天子上船，开船而去。

这里扬州府接着这封信，看毕之后，只吓得汗流浃背，你道为何？原来这知府与浙江巡抚龚温如是亲戚，在一月前，就接到龚温如的密信，说道："当今圣天子微服南巡，因为不肯使臣下知道，故而易名高天赐，说不定要重游扬州。"使其随时探听，不可怠慢。所以扬州府一见信内有"高天赐"三字，便惊恐起来，不敢将这封书信，作为平常书信，竟作为圣旨看待，当即排了香案，重行三跪九叩首礼毕。一面飞传江、甘两县到此，说明一切。甘、江两县就惊恐异常，当下向扬州府说道："大老爷既奉到谕旨，卑职等理应前往接驾，恭请圣安。"扬州府道："某虽奉到圣旨，但圣上是微服南巡，恐惊扰百姓，劳民伤财，某等又不知圣驾驻驿何处，意旨之内，又未说明，只好密派妥差，赶急打听圣驾是否仍在城内。打听清楚，某等才可前去"，江、甘两县，只得唯唯。

扬州府道："圣旨上说，平山堂住持僧天然势利太甚，违忤圣颜，实已罪大恶极，虽经天子格外开恩，已在该山略予薄惩，恐将来仍有不尴不尬之事，着令某转札贵县，将平山堂住持僧天然押逐出境，不准逗留等语。某想该僧竟敢如此势利，而又违逆圣颜，实已罪大恶极。虽然圣天子仁厚为怀，不予深究，唯某以为仅押逐出境，不足以蔽其事，贵县可即饬差速将该僧飞提到案，以便根究。"江、甘两县听说，当下说道："大老爷明见，在卑职看来，既是圣旨上但令将该僧押逐出境，并未着令大老爷有撤查之意，卑职的愚见，即便遵旨施行。该僧虽罪有应得，蒙圣天子格外开恩，何必又不合圣意。不知大老爷以为如何？"

扬州府听说也觉有理，因道："某不过因该住持太为放肆，竟敢违忤天颜，所以要大加惩戒，贵县既如此说，某等即遵旨施行便了。"当下两县当即唯唯退出，回至本署，即派差前往平山堂将住持僧天然提讯。

却说圣天子自从重游平山堂之后，就取道淮安，到了济宁，舍船登岸，与周日清缓缓而行，在路上遇有名胜之地，及民间之疾苦，无不游玩拯救，真如古之天子巡幸的规模，但不过微服巡幸与銮舆迥然不同。一路行来，走了一个多月，已安抵京中。在京文武诸臣，闻得圣驾已回，自然出郊跪接，恭请圣安，诸臣见了圣颜，虽是南巡日久并无风尘之色。文武诸臣私心窃喜，莫不颂圣天子福德齐天。

从此君民一德，朝野同心，真个是一人劳而万民享其安，一人忧而天下共享乐，以致穆清交泰，一道同风。万民蒙利乐之休，四海仰升平之福，于是蛮夷入贡，万国来朝，使天下之人爱之如父母，仰之如日月，敬之如神明，畏之如雷霆，此其所以穆穆皇皇，巍巍荡荡，垂亿万年有道之宏基，而且德并唐虞、道隆文武，攘攘而来，熙熙而往，真个是天下一家，中国一人，国泰民安，风调雨顺。《书》有云："一人有庆，兆民赖之"，此言真不虚矣，因作诗以颂之，诗曰：

> 天子当阳抚万邦，一人有庆兆民康。
>
> 君推文武雍熙瑞，臣迈玲珑龙佐弼良。
>
> 四海俱安歌帝德，九重高拱仰垂裳。
>
> 钦哉万寿无疆业，喜气庚歌拜手扬。